中國語言文字研究輯刊

十一編

許錟輝 主編

第 6 冊

《十誦律》詞彙研究

戴軍平 著

花木蘭文化出版社

國家圖書館出版品預行編目資料

《十誦律》詞彙研究／戴軍平 著 -- 初版 -- 新北市：花木蘭文
化出版社，2016〔民 105〕
目 2+196 面；21×29.7 公分
（中國語言文字研究輯刊 十一編；第 6 冊）
ISBN 978-986-404-733-8（精裝）
1. 十誦律 2. 研究考訂
802.08   105013764

ISBN-978-986-404-733-8

中國語言文字研究輯刊
十一編　　第 六 冊　　　　　ISBN：978-986-404-733-8

《十誦律》詞彙研究

作　　者　戴軍平
主　　編　許錟輝
總 編 輯　杜潔祥
副總編輯　楊嘉樂
編　　輯　許郁翎、王筑　美術編輯　陳逸婷
出　　版　花木蘭文化出版社
社　　長　高小娟
聯絡地址　235 新北市中和區中安街七二號十三樓
　　　　　電話：02-2923-1455／傳眞：02-2923-1452
網　　址　http://www.huamulan.tw 信箱 hml810518@gmail.com
印　　刷　普羅文化出版廣告事業
初　　版　2016 年 9 月
全書字數　135394 字
定　　價　十一編 17 冊（精裝）台幣 42,000 元
版權所有·請勿翻印

《十誦律》詞彙研究

戴軍平 著

作者簡介

戴軍平，1973 年 10 月 27 日出生，湖北省荊門市京山縣人。廣州市中山大學漢語言文字學專業碩士畢業，師從麥耘先生，攻讀音韻學；暨南大學漢語言文字學專業博士畢業，師從曾昭聰先生，攻讀中古漢語。現任職於貴州省貴陽市貴州師範學院外國語學院，副教授，教《中國傳統文化》、《古代漢語》等課程。個人主要研究領域爲漢語史、古代天文曆法等。

提　要

　　魏晉南北朝是中國歷史上社會變動非常劇烈的時期，也是漢語發展史上的關鍵時期。在此期間，漢語詞彙由以單音節詞爲主的格局向以複音詞（尤其是雙音詞）爲主的格局轉化。漢譯佛經在這個轉化過程中起了很大的促進作用。漢譯佛經的出現，是漢語發展史上的一件大事。由於多種原因，東漢以至隋代間爲數眾多的翻譯佛經，其口語成分較之同時代中土固有文獻要大得多，並對當時乃至後世的語言及文學創作產生了巨大的影響。漢譯佛經是研究漢語史，尤其是漢魏六朝詞彙史的寶貴材料，應該引起我們的充分重視。

　　《十誦律》是鳩摩羅什等譯經大師翻譯的一部重要的佛教律典，它的語言在漢譯佛經中具有相當的代表性。目前漢譯佛經的語言研究已經成爲學術研究的熱點之一，在以往的研究中，學者們偏重於經藏（佛教典籍包括經、律、論三藏）的研究，而對律藏則少有人問津。事實上，律藏中很多經文的口語化程度比起經藏有過之而無不及，律藏是研究漢語詞彙史的寶貴語料。本文試圖在這方面略盡綿薄之力。

　　本書分爲六章進行論述：

　　第一章是緒論。介紹《十誦律》及其譯者，該書的研究現狀和研究價值，還有其它相關情況的說明。

　　第二章是《十誦律》的詞彙系統概貌。《十誦律》的詞語可以分爲佛教詞語和一般詞語，而一般詞語又可以分爲舊詞和新詞兩部分。本章將佛教詞語分爲很多類，並分析了佛教詞語的特點。

　　第三章是《十誦律》的新詞新義研究。這是本文關注的重點。新詞和新義都可以分爲兩類。分析了新詞的構詞方式，還把它們和現代漢語的詞彙作了比較。

　　第四章是《十誦律》的同素逆序詞研究。同素逆序詞的大量存在反映了當時漢語複音詞的凝固化程度不高，而現代漢語中的大量消失則體現了語言的經濟性原則。

　　第五章是《十誦律》的異文研究。異文對佛經的整理和語言學的研究都有重要價值。

　　第六章從五個方面探討了《十誦律》詞彙研究對大型語文辭書的修訂作用，如增補詞條，增補義項，提前書證等。

　　最後是結語部分。

目
次

第一章 緒 論

　　魏晉南北朝是中國歷史上社會變動非常劇烈的時期，也是漢語發展史上的關鍵時期。在此期間，文字學、詞彙學、語義學、修辭學都在繼承先秦兩漢的基礎上有了新的發展，湧現出了很多名著，如呂忱的《字林》、張揖的《廣雅》、顧野王的《玉篇》、陸德明的《經典釋文》、劉勰的《文心雕龍》等。不僅如此，這個時期還產生了一門新的學科——漢語音韻學。反切的創造和四聲的發現爲漢語音韻學的產生奠定了基礎，而反切的創造和四聲的發現都跟佛經的翻譯有密切關係。〔註1〕

　　關於漢語史的分期，學者們目前比較一致的意見是，東漢魏晉南北朝隋代屬於中古漢語，西漢是從上古漢語到中古漢語的過渡時期，初唐、中唐是從中古漢語到近代漢語的過渡時期。從漢語發展史上看，中古漢語以其口語化和單音詞向複音詞轉化的特色在漢語史研究中佔有承上啓下的重要地位。

第一節　《十誦律》及其譯者簡介

　　《十誦律》是我國最早譯出的一部廣律，是佛教「說一切有部」的根本戒律，共 61 卷。所謂廣律，就是對每一律條加以廣泛解說的律典。「廣泛解說」，通常包括四個方面的內容：①制緣，即制定此律條的緣起；②律文，即此律的

─────────────

〔註1〕何九盈《中國古代語言學史》，廣東教育出版社，2005 年

正文；③犯緣，即構成犯戒的條件；④開脫犯戒（不算犯戒）的緣由，就是設定一些雖形似犯戒，但實質不算犯戒的條件。廣律所收輯的律文，主要是對出家二眾的全面規範。它的主要內容是止持戒和作持戒以及僧團內部的制度儀軌等。《十誦律》起初爲後秦弗若多羅與鳩摩羅什共譯，中途弗若多羅去世，在廬山僧慧遠的大力促成下，由龜茲僧曇摩流支接替他的工作，成 58 卷。根據《高僧傳》「多羅誦出十誦梵本，羅什譯爲晉文」的記載，前面 58 卷的漢譯應該都是鳩摩羅什的手筆。此後，經罽賓僧卑摩羅又整理補充，發展成 61 卷。因將戒律分爲「十誦」（即十項或十部分）敘述，故名《十誦律》。第一、二、三誦包括四波羅夷法、十三僧殘法、三十尼薩耆法等八法；第四誦包括受具足戒法、布薩法、自恣法等七法；第五誦包括迦絺那衣法、俱舍彌法、瞻波法等八法；第六誦爲雜法；第七誦爲尼僧律，包括六法；第八誦爲增一法，包括二十一法；第九誦爲憂波離問法，分爲二十四法；第十誦包括比丘誦、比尼誦等四法；最後附「善誦毘尼序」，分四品，前二品講兩次結集始末，後二品集錄有關安居、衣食、醫藥、房舍等的一些規定。

梁釋慧皎《高僧傳》卷二對鳩摩羅什、弗若多羅、曇摩流支、卑摩羅又的生平都有較詳細的記載。鳩摩羅什傳文煩未錄，這裏只作簡介。而其它三傳都不長，且涉及到《十誦律》翻譯的具體情況，故逕引原文，略作刪節。

鳩摩羅什（344—413），天竺人，後秦時僧人，著名譯經家。譯經總數說法不一，相差甚大，《出三藏記集》記爲 35 部，294 卷；《開元釋教錄》則爲 74 部，384 卷；而《高僧傳》記載鳩摩羅什臨終前自稱「凡所出經論三百餘卷，唯十誦一部未及刪煩」。未詳孰是。所譯經廣泛，但重點是般若系大乘經和中觀派論著，影響巨大。翻譯文體採用意譯法，具有外來語與華語調和之美，該增則增，該刪則刪；內容信實，文筆流暢，一旦落筆，難以取代。鳩摩羅什在中國譯經史上獨樹一幟，開一代新風。

> 弗若多羅，此云功德華，罽賓人也。少出家以戒節見稱。備通三藏而專精十誦律部，爲外國師宗，時人咸謂已階聖果。以僞秦弘始中振錫入關，秦上姚興待以上賓之禮，羅什亦挹其戒範，厚相宗敬。先是經法雖傳，律藏未闡。聞多羅既善斯部，咸共思慕。以僞秦弘始六年十月十七日，集義學僧數百餘人於長安中寺，延請多羅

誦出十誦梵本，羅什譯爲晉文，三分獲二，多羅構疾，奄然棄世。
眾以大業未就而匠人徂往，悲恨之深有逾常痛。

曇摩流支，此云法樂，西域人也。棄家入道，偏以律藏馳名。
以弘始七年秋達自關中。初，弗若多羅誦出十誦未竟而亡。盧山釋
慧遠聞支既善毗尼，希得究竟律部，乃遣書通好曰……流支既得遠
書，及姚興敦請，乃與什共譯，十誦都畢。研詳考覈，條制審定，
而什猶恨文煩未善。既而什化，不獲刪治。流支住長安大寺，慧觀
欲請下京師，支曰：「彼土有人有法，足以利世。吾當更行無律教處。」
於是遊化餘方，不知所卒。或云終於涼土，未詳。

卑摩羅叉，此云無垢眼，罽賓人。沈靖有志力。出家履道，苦
節成務。先在龜茲弘闡律藏，四方學者競往師之。鳩摩羅什時亦預
焉。及龜茲陷沒，乃避地焉。頃之，聞什在長安大弘經藏，又欲使
毗尼勝品復洽東國，於是杖錫流沙，冒險東入，以僞秦弘始八年達
自關中。什以師禮敬待。叉亦以遠遇欣然。及羅什棄世，叉乃出遊
關左。逗於壽春，止石澗寺。律眾雲聚，盛闡毗尼。羅什所譯十誦，
本五十八卷，最後一誦謂明受戒法及諸成善法事，逐其義要，名爲
善誦。又後齎往石澗，開爲六十一卷，最後一誦改爲毗尼誦，故猶
二名存焉……其年冬，復還壽春石澗，卒於寺焉，春秋七十有七。
叉爲人眼青，時人亦號爲青眼律師。

（以上三段引文均見梁釋慧皎《高僧傳》卷二）

第二節　律藏在詞彙研究中的重要性與研究現狀

魏晉南北朝時期，雖然書面語和口語早已分道揚鑣，但由於儒家經典的權
威性和文人追求典雅的復古思想，使得在中土文獻中大量保留的還是文言這種
早已失去生命力的死的語言，不能反映當時語言的實際情況，加之當時僞託古
人之名著述蔚然成風，因此這一時期的中土文獻在反映實際語言使用情況和語
料的真僞方面均存在著一定的問題。

從公元 220 年魏文帝曹丕立國，到公元 581 年隋朝建立，在這 360 多年
中，除西晉有過短暫的統一外，其餘大部分時間裏國土分裂，戰亂不斷，民

不聊生，人們厭惡現實，紛紛皈依佛門，尋找安身之所和精神寄託。佛教自西漢末年從印度經西域傳入中國，由於統治階級的支持，在魏晉南北朝時期得到廣泛的傳播，信徒眾多，寺廟大量建立，「南朝四百八十寺，多少樓臺煙雨中」，就是這一盛況的生動寫照。隨著佛教的盛行，規模宏大的譯經事業隨之展開，佛教徒們翻譯了數量龐大的佛經，並逐步確立了譯經的規範與原則。譯經語言在繼承前人經驗的基礎上走向成熟，從直譯轉為意譯，從佶屈聲牙變得通順暢達，從枯燥乏味變得文采斐然，在漢魏以來的民族共同語的基礎上，最後形成了一種比較特殊的白話文——佛經文獻用語。它既不同於先秦的文言，又不同於中古的《世說新語》、《搜神記》的白話，跟後來的唐傳奇和宋話本的白話也有一定的差別。總而言之，它是個「四不像」。譯經事業的根本目的在於弘揚佛法，廣收信徒，擴大其影響，佛教要以廣大的普通民眾為主要宣傳對象，這就決定了譯經者要盡可能避免使用文言，而要盡可能使用當時人們的口語，這就是佛經中包含大量口語成分的根本原因，加上其它一些原因，如有的譯師漢語水平不高、筆受者便於記錄等，使得漢譯佛經中的口語成分較之同時代中土固有文獻要大得多，為後來的語言研究者留下了當時口語的大批珍貴資料。

魏晉南北朝漢譯佛經以其口語性較強的特點受到了漢語史研究者的高度重視。蔣冀騁先生從語音、口語詞彙、語法、俗字四個方面論述了漢譯佛經材料對漢語史研究的重要性。〔註2〕方一新、王雲路先生也指出：「故東漢以來為數甚多的先唐譯經有較大的口語成分，把它們比作漢魏六朝口語材料的聚寶盆，是毫不誇張的。因此，漢譯佛經在漢語詞彙史的研究方面具有其它中土文獻所不能替代的重要而特殊的價值，亟待我們去發掘、利用。」〔註3〕曾昭聰老師的《佛典文獻詞彙研究的現狀與展望》一文從語料範圍、研究角度、研究方法和現階段已經取得的重要成果等方面對佛典文獻詞彙研究的情況作了比較全面的總結，指出了存在的問題和今後需要努力的方向。

佛教典籍包括經、律、論三藏。在以往的研究中，學者們偏重於經藏的研究，而對律藏注意不夠。事實上，律藏中很多經文的口語化程度比起經藏有過

〔註2〕 李維琦《佛經詞語彙釋》蔣驥騁總序，湖南師範大學出版社，2004年。

〔註3〕 方一新、王雲路《中古漢語語詞例釋》序言，吉林教育出版社，1992年。

之而無不及，律藏是研究漢語詞彙史的寶貴語料。張永言先生指出：「就我輩研究方向言，三藏之中，除『經』而外，『律』藏蘊涵口語詞彙資料頗豐，值得注意，而『論』則似乎用處較少。」〔註4〕據筆者對帥志嵩、譚代龍等先生所編《佛經文獻語言研究論著目錄》（1980～2006）的統計，該文共收錄中國大陸公開發表的論著共736篇（部），其中關於律藏的論文只有4篇。〔註5〕2007年至今，關於律藏的論著依然寥寥無幾。在中國佛教所傳的四部大律中，只有關於《摩訶僧祇律》的論著稍多一點，而對於同樣重要的《四分律》、《五分律》和《十誦律》則少有人問津。關於《十誦律》的語言學論著目前只看到兩篇（部）：龍國富（2004）的《〈十誦律〉中的兩個語法形式》和焦毓梅（2007）的《〈十誦律〉常用動作語義場詞彙研究》。焦文是關於常用詞的，以《十誦律》爲主要語料，結合其它共時、歷時語料討論了斯瓦迪士基本詞彙表中涉及到的13個常用動作語義場的共時分佈及其由上古到中古時期的發展演變情況，探尋常用動作語義場演變的原因及規律，其中涉及主要動詞40餘個。迄今爲止還沒有人對《十誦律》的詞彙進行過比較全面的研究，本文試圖在這方面作些嘗試。

　　本文是對《十誦律》的專書詞彙研究。關於專書詞彙研究的意義，很多學者都進行過論述，如周祖謨先生在《呂氏春秋詞典》的序言中指出：「詞彙是構成語言的材料，要研究詞彙的發展，避免紛亂，宜從斷代開始，而又要以研究專書作爲出發點。」〔註6〕江藍生先生也認爲：「爲了使漢語史研究更加系統、深入地開展下去，有兩樁基礎性的工作必須要做。一是有計劃、有選擇地開展各代的專書研究，全面描寫其中的語言現象。專書研究是斷代研究的基礎，而斷代研究又是漢語史研究的基礎……二是系統開展漢語常用詞演變史的研究。」〔註7〕

〔註4〕　轉引自曾昭聰《漢語詞彙訓詁專題研究導論》，暨南大學出版社，2010年，第38頁。

〔註5〕　陳開勇《佛教廣律套語研究》，《河池師專學報》2004年第1期；龍國富《〈十誦律〉中的兩個語法形式》，《語言研究》2004年第2期；錢群英《佛教戒律文獻釋詞》，《語言研究》2004年第2期；張建勇《中古律部漢譯佛經語詞札記》，《中國海洋大學學報》2005年第6期。

〔註6〕　張雙棣《呂氏春秋詞典》周祖謨序，商務印書館，2009年。

〔註7〕　江藍生《求實探新，開創漢語史研究的新局面》，《語言文字應用》1998年第1期。

第三節　《十誦律》的研究價值

「律藏主要收入戒律併兼收各種佛教故事集。其中，戒律部的經文是為修行的僧人制定的日常生活和精神修養等各方面的行為準則，可以分成三類：一是簡略的戒條摘抄，一是解釋戒條細則的經文，這兩類經文內容枯燥；還有一類是完整的戒律，其中通過許多早期僧團僧尼修行生活中的各種具體實例和一些比喻說理故事，記述了當年制定有關戒條的緣由和經過，從僧尼的衣食住行以至七情六欲，涉及了生活的各個角落，不僅有很強的故事性，也反映了不少早期僧團的習俗，是佛經中生活氣息最濃厚的部分。」〔註8〕《十誦律》屬於上面說的第三類。佛教戒律往往是佛陀根據僧團內部發生的某些具體事件有針對性地制定出來的，用以說明什麼是犯戒，什麼是不犯戒，各自應該得到怎樣的懲處。《十誦律》為了交代制戒緣由，講述了很多生動有趣的故事和寓言，使用了大量形象貼切的譬喻，內容豐富，題材廣泛，語言淺近生動，口語性很強，使得《十誦律》在許多方面都具有相當高的研究價值。

從語言學研究的角度來看，《十誦律》作為中古漢譯佛典文獻，具有其它中土文獻所不能替代的重要而特殊的價值，是研究漢語語音、詞彙和語法史的寶貴材料。汪維輝先生提出了語料選擇的四個標準：「一是反映口語的程度；二是文本的可靠性，包括時代和作者是否明確，所依據的版本是否接近原貌；三是反映社會生活的深廣度；四是文本是否有一定的篇幅。」〔註9〕用這四個標準來衡量，《十誦律》都是研究中古漢語詞彙的很好的語料。

1、從語言特色來看，《十誦律》和其它漢文佛典的語言一樣，從整體上看是一種既非純粹口語又非一般文言的特殊語言。《十誦律》雖然是一部律典，但並不是枯燥乏味的戒律條文的簡單堆砌和羅列，它的故事性和口語性很強，故事生動有趣，引人入勝，語言淺顯易懂，貼近社會生活，富有生活氣息。

2、從文本的可靠性來看，《十誦律》有明確的譯者和翻譯的起訖時間。後秦弘始六年（公元 404 年）十月十七日鳩摩羅什和弗若多羅開始翻譯，中途弗若多羅去世後暫時擱置，由於廬山慧遠的促成，曇摩流支繼承了弗若多

〔註8〕 俞理明《佛經文獻語言》，巴蜀書社，1993 年，第 6 頁。

〔註9〕 汪維輝《〈周氏冥通記〉詞彙研究》，載《中古近代漢語研究》第一輯，上海教育出版社，2000 年。

羅的未竟事業，和鳩摩羅什一起譯完該經，不久鳩摩羅什就去世了（公元 408 年）。可以斷定，《十誦律》的翻譯是在公元 404～408 年之間。梁僧祐《出三藏記集》、隋費長房《歷代三寶紀》、隋法經《眾經目錄》、唐智升《開元釋教錄》、《隋書·經籍志》等均收錄《十誦律》，對其流傳情況和篇卷的分合有明確記載。

3、從內容來看，《十誦律》涉及當時古印度社會生活的方方面面，諸如佛陀的生平、僧團的組織形式、佛教與婆羅門教等「外道」的鬥爭、佛教各部派的鬥爭、王室內部的篡位謀殺、種姓制度的黑暗、邦國征戰、神話傳說、民間故事，等等。無論是研究語言學，還是研究古印度的文學、宗教學、歷史學、民俗學，乃至植物學、動物學、地理學等，都可以從中找到寶貴的材料。

4、從篇幅來看，《十誦律》共 61 卷，78 萬餘字，卷帙浩繁，能爲語言研究提供豐富的語料。

第四節　幾個問題的說明

一、版本問題

本文佛經以日本《大正新修大藏經》紙質本和中華電子佛典協會製作的 CBETA 電子本爲主，有疑問的地方與《中華大藏經》（漢文部分）進行校勘。本文所例引的其它佛經材料都依據電子佛典。本文凡引用佛經中的例句，都在其後括號內依次標明冊數、經號、頁碼和欄號（以阿拉伯數字標明其冊數、頁碼、行數，以 a、b、c 代表上、中、下欄）。凡是例句沒有注明書名的，都來自於《十誦律》。如果有例句來自於其它經書，會在冊數、經號、頁碼和欄號前面標出書名。

二、複音詞的判定標準

「由於漢文沒有分詞書寫的傳統，詞與非詞的界限是比較模糊的，要正確切分併不容易。尤其是古語詞，由於語言時代性和語境的雙重限制，難度更大。」〔註10〕本文以《十誦律》的複音詞爲主要考察對象，研究中首先必須解決的是複音詞的判定標準問題，即如何切分複音詞與詞組。漢語詞與非詞

〔註10〕方一新《語詞考證與解釋》，《古漢語論集》第 3 輯，165 頁。

的切分是一個十分複雜和棘手的問題，現代漢語是如此，而對正處於漢語詞彙復音化過程中的中古漢語佛經詞語則更是如此。由於魏晉南北朝時期的佛經語言正處於由單音詞爲主向複音詞過渡的時期，複音詞的凝固化程度不高，因此在判定時不能完全依據現代語感。各位學者所確定的詞語切分標準大多各有側重，周法高先生提出五個標準：頻率、可否分用、鑒定字、意義、語法。〔註11〕程湘清先生提出四個標準：語法、詞彙、修辭、頻率。〔註12〕王雲路先生提出五個標準：詞頻、詞性、詞義、構詞、音節。〔註13〕本文在進行詞語切分時，以意義作爲主要標準，同時兼顧其語法功能，以盡可能保證選詞的精確。但對於正處在凝固化過程中的組合，難免會有不當之處。王力先生（1980）說：「必須承認，詞和仂語之間沒有絕對的界限。」〔註14〕

三、新詞新義的判定標準

目前學術界比較通行的做法，是根據《漢語大詞典》來判斷新詞和新義，這是可行的。《漢語大詞典》收詞達 37 萬 5 千餘條，新近出版的《漢語大詞典訂補》又增補了 3 萬餘條，雖然詞條和義項仍有不少遺漏，但畢竟很有限。《漢語大詞典》追求的目標是「源流並重」，每個義項下所舉書證都力求是最早的，所以完全可以用《漢語大詞典》有沒有收錄以及所舉書證年代的早晚來判斷新詞新義。本文將《漢語大詞典》沒有收入以及《漢語大詞典》中僅有一個義項而又引例晚於《十誦律》的詞看成新詞，將《漢語大詞典》沒有收入的義項或義項引例晚於鳩摩羅什時代的詞義看成新義。

〔註11〕周法高《中國古代語法・構詞編》，臺灣臺聯國風出版社，1962 年。

〔註12〕程湘清《漢語史專書複音詞研究》，商務印書館，2003 年。

〔註13〕王雲路《中古漢語詞彙史》，商務印書館，2003 年。

〔註14〕王力《詞和仂語的界限》，《龍蟲並雕齋文集》，中華書局，1980 年。

第二章 《十誦律》詞彙系統概貌

　　《十誦律》作爲一部重要的佛教律典，它是鳩摩羅什等譯經大師的嘔心瀝血之作，而且它翻譯於漢語發生急劇變化的魏晉時期，因此它的詞彙特點在中古漢譯佛經中具有相當的代表性。

　　漢譯佛經的語言是一種既非純粹口語又非一般文言的特殊語言變體，它與中土文學具有明顯不同的文體特徵。「（1）刻意講求節律，通常是四字爲一頓，組成一個大節拍，其間或與邏輯停頓不一致；每個大節拍又以二字爲一個小節。基本上通篇如此。這與中土散文迥然不同。（2）不押韻，不求駢偶對仗。這與中土韻文還是不同。」〔註1〕佛教徒們爲了讓社會各階層的人們理解和接受這種外來宗教，無論是對信眾宣講布道時，還是在翻譯佛經時，都必然會採用大眾化的通俗易懂的語言，不避俚俗，儘量口語化。朱慶之先生總結了漢譯佛經詞彙的三大特點：「含有大量的口語詞和俗詞語；複音詞極爲豐富；含有大量外來詞。」〔註2〕《十誦律》翻譯於漢語的語音、詞彙、語法都發生急劇變化的魏晉南北朝時期，它的詞彙系統體現了漢譯佛經的詞彙特點。

　　語言是社會歷史的產物，在語音、詞彙、語法這三者當中，詞彙的發展變化是最快最明顯的，它差不多處在不斷改變的狀態之中。詞彙的發展變化，新

〔註1〕　朱慶之《佛典與中古漢語詞彙研究》，臺灣文津出版社，1992年，第11頁。

〔註2〕　朱慶之《佛典與中古漢語詞彙研究》，臺灣文津出版社，1992年，第20頁。

舊質素的交替主要表現在新詞的產生、舊詞的消亡和詞義的不斷演變。魏晉南北朝時期社會持續動盪，新的社會思潮和社會形態迅速形成，佛教用語大量傳入，復音化進程迅猛加劇，這種種因素促使大批新詞新義繁衍滋生。從總體上看，《十誦律》的詞彙系統舊質與新質交雜，一方面是大量繼承先秦兩漢魏晉的舊詞舊義，另一方面又出現了一大批未見於先秦兩漢魏晉的新詞新義。

「進行近代漢語的專書詞彙研究，必須對其中的詞彙的性質加以分析。除了文白、新舊的分析之外，還要分析哪些是方言詞語，哪些是通語，哪些是專業詞語，哪些是一般詞語。不做這樣的區分，把一部專書的詞彙同等對待，這對詞彙史的研究是不利的。」〔註3〕這一指導思想不僅適用於近代漢語的專書詞彙研究，同樣適用於中古漢語的專書詞彙研究。只有這樣做，才能弄清楚某一語言階段的某一詞彙系統對舊詞的繼承情況和新詞的出現以及使用特點。

《十誦律》的詞彙系統可以分為佛教詞語和一般詞語兩部分，詞彙的演變主要體現在一般詞語上。一般詞語又可以分為舊詞和新詞，新詞新義將是本文關注的重點，但是對佛教詞語的研究也不能忽視。《十誦律》本身是佛經，其中的佛教詞語在《十誦律》的詞彙系統中自然佔有相當大的比重，它是《十誦律》詞彙系統不可分割的組成部分，漢譯佛經之所以具有濃厚的佛教色彩和異域特色主要就是由佛教詞語體現出來的，而且佛教詞語和一般詞語並沒有絕對的界限，難以完全分開。

第一節　《十誦律》中的佛教詞語

佛教，是世界上三大宗教之一，其歷史悠久，影響深遠。約在公元 1 世紀的兩漢之交，佛教由古印度經過西域傳入我國內地，比基督教和伊斯蘭教的傳入要早 600 多年。佛教的傳入，不僅對我國的政治生活和經濟生活產生了巨大的影響，而且廣泛地滲透到社會生活的各個方面，對我國的語言、文學、哲學、音樂、舞蹈、繪畫、雕塑、建築等，都產生了極其深刻的影響。

王力先生說：「佛教詞彙的輸入中國，在歷史上算是一件大事。」〔註4〕佛

〔註3〕董志翹《〈入唐求法巡禮行記〉詞彙研究》蔣紹愚序，中國社會科學出版社，2000年。

〔註4〕王力《漢語史稿》，中華書局，1980 年。

教，作為一種曾經幾乎成為我國全民信仰的宗教，傳播時間長，波及範圍大，對我國的語言詞彙必然產生不可低估的作用。隨著佛教的傳入和迅猛發展，漢譯佛經大批湧現，佛教詞語大量進入漢語詞彙系統。這些佛教詞語具有濃厚的宗教色彩和鮮明的異域特色，是漢語詞彙的有機組成部分。佛教詞語的輸入極大地豐富了漢語的詞彙，並推動了漢語詞彙的雙音化進程。

早期安世高、支婁迦讖、竺法蘭等人的漢譯佛經基本上都是採用直譯的辦法，文辭枯燥乏味，晦澀難懂，這大大限制了它的流通範圍，加上那時的佛經主要是在佛教徒內部傳習，所以它對漢語還起不了什麼大的作用。到了鳩摩羅什時代，他痛感「支竺所出，多滯文格義」〔註5〕，且「不與胡本相應」，一改直譯為意譯。由於翻譯方法的改進和鳩摩羅什本人深厚的漢學修養和卓越的語言表達能力，他翻譯的佛經，義皆圓通，又文采斐然，「眾心愜服，莫不欣贊」。鳩摩羅什堪稱中國譯經史上的一代宗師。

從東晉道安，經姚秦鳩摩羅什，再到唐玄奘，是中國譯經史上最興盛的時期。在長期的翻譯實踐中，譯師們感到有必要確立一些翻梵為漢的原則和規範，以保證翻譯工作的順利進行和譯文的準確流暢。在如何翻梵為漢而不失本的問題上，歷代譯師們進行了艱難的探索，作出了卓越的貢獻。《宋高僧傳》卷三：「逖觀道安也論五失三不易，彥琮也籍其八備，明則也撰翻經儀式，玄奘也立五種不翻，此皆類左氏之諸凡，同史家之變例。」東晉道安提出「五失本，三不易」的觀點，鳩摩羅什改直譯為意譯，隋彥琮建「八備十條」之說，唐玄奘在前人的基礎上並結合自己的實踐，提出了具有深遠影響的「五不翻」原則：「一、祕密故，如『陀羅尼』；二、含多義故，如『薄伽梵』具六義；三、此無故，如『閻淨樹』，中夏實無此木；四、順古故，如『阿耨菩提』，非不可翻，而摩騰以來常存梵音；五、生善故，如『般若』尊重，『智慧』輕淺。」〔註6〕「五不翻」原則針對的就是什麼時候梵語採用音譯，不宜意譯。「五不翻」雖然是唐代大師提出的，但這是對歷代譯經家經驗的總結。

由於鳩摩羅什和以後歷代譯經家（如支謙、康僧會、竺法護、法顯、眞諦、玄奘、義淨等）的努力，譯經數量日增，佛教的影響日廣。除了廣大佛教信眾

〔註5〕梁釋慧皎《高僧傳》卷二。

〔註6〕宋釋法雲編《翻譯名義集・序》。

外，一般的文人學士也喜歡談禪說佛，甚至當時取名字用佛教詞語也成爲一時之風尙。據呂叔湘先生《南北朝人名與佛教》一文的統計，當時直接用佛教人物或術語作名字的就有 36 種，如菩提、菩薩、瞿曇、悉達、羅漢、彌陀、文殊、普賢、藥王、師利、羅侯、羅雲、迦葉，等等。至於使用與佛教有關的一個字如「佛、僧、慧、曇、法、道」等同其它字配合成名的，就更多了。隨著佛教的傳入，大批反映佛教思想、稱謂和古印度文化、物產、地理、風土人情等的外來詞語滲入漢語的詞彙，隨著幾種語言的密切接觸和語言系統內部的長期磨合，最終成爲漢語詞彙不可或缺的有機組成部分。「海納百川，有容乃大」，從這裏也可看出漢語和中華文化對異質語言和文化具有極大的包容性。漢語所吸收的佛教外來詞，從數量上看，是大量的、成批的，僅在漢語成語當中，與佛教有關的就有 500 多條〔註7〕，如果加上單音詞雙音詞和俗語諺語俚語等，數量更是驚人的；從內容上看，則是全方位的：從佛陀虛幻縹緲的「三千大千世界」到普通大眾的婚喪嫁娶生老病死的世俗生活，從引人入勝的古印度神話和寓言到戰亂頻仍赤地千里民不聊生的苦痛現實，從雄奇秀麗的山川風光到千姿百態的民俗風情……

佛教詞語與一般詞語之間並沒有絕對的界限，難以完全分開。在佛經翻譯過程中，一般詞語有時會被借用爲佛教詞語，如「根」、「居士」、「道人」、「大將」、「長老」、「布施」、「解脫」、「覺悟」、「濟渡」、「因緣」、「境界」、「後世」等，而佛教詞語在流傳過程中也會慢慢溶入大眾生活中，漸漸爲群眾所理解、接受和運用，成爲一般詞語流傳下來。現在很多耳熟能詳爲人民群眾所喜聞樂見的常用詞、成語、歇後語和俚語，人們可能根本意識不到它們來源於佛教，如「現在、未來、智慧、自在、導師、煩惱、信心、實際、障礙、獻身、習氣、方便、世界、功課、作業、一刹那、命根子、對牛彈琴、大千世界、含辛茹苦、一筆勾銷、事出有因、忙裏偷閒、七手八腳、弄巧成拙、隔靴搔癢、家破人亡、無窮無盡、心花怒放、心猿意馬、苦口婆心、頭頭是道、現身說法、超凡脫俗、夢幻泡影、一手遮天、天花亂墜、道貌岸然、天花亂墜、八字沒一撇、羊毛出在羊身上、無事不登三寶殿、強中更有強中手、種瓜得瓜種豆得豆、百尺竿頭更進一步」，等等。這是兩種語言相互接觸的必

〔註7〕 朱瑞玟《佛教成語》，漢語大詞典出版社，2003 年。

然現象，漢譯佛經作爲梵漢兩種語言接觸的產物，其詞語中呈現出你中有我我中有你的現象是非常正常的。但爲了研究的方便，本文需要盡可能地將佛教詞語與一般詞語區分開，將表示佛教特有概念的詞和源於佛典的人名地名物名等都看成佛教詞語，其餘看成一般詞語。

一、佛教詞語的內容

　　《十誦律》的佛教詞語，既有音譯詞，也有意譯詞；既有單音詞，也有雙音詞，還有爲數不少的多音詞，但雙音詞占大多數。佛教詞語的內容非常廣泛，主要有佛教的理論概念、佛教徒的稱謂、佛教徒的宗教活動和法衣法器、佛教徒的生活用具及飲食、佛教建築、人名地名物名等。

　　在佛教詞語中，以佛教理論概念的詞所佔比重最大，如：戒、定、慧、色、相、劫、根、果、見、有相、無相、涅槃、泥洹、果報、禪、禪那、禪定、入禪、初禪、二禪、三禪、四禪、諦、聖諦、集諦、苦諦、滅諦、道諦、四諦、四聖諦、苦諦、集諦、滅諦、道諦、鈍根、利根、煩惱、法輪、法界、法性、法味、法義、佛法、福田、福德、功德、梵行、梵世、果報、罪報、身根、命根、寂滅、滅度、戒律、十戒、大戒、具戒、具足戒、重戒、結戒、持戒、捨戒、破戒、利益、利喜、見擯、作擯、除擯、滅擯、闡提、神通、解脫、精進、布施、邪道、正道、因緣、捨墮、波逸提、波夜提、神通、色力、色光、色界、欲界、睡眠、無常、有相、無相、色相、身相、信心、心力、因緣、緣起、智慧、本生、乞食法、波羅夷、突吉羅、偷蘭遮、阿僧祇、安那般那、僧伽婆尸沙、僧殘、阿耨多羅三藐三菩提，等等。

【涅槃】梵語 Nirvāna 的音譯，亦音譯「般涅槃」、「般泥洹」、「泥洹」等，意譯「滅度」、「寂滅」、「圓寂」等。是佛教全部修習所要達到的最高理想，一般指斷滅生死輪迴而後獲得的一種精神境界。這些譯法在《十誦律》裏都有。

> 若比丘受是五法，疾得<u>泥洹</u>。（T23p259a24）
>
> 未度者度，未解者解，未<u>滅度</u>者<u>滅度</u>。（T23p188a3）
>
> 遙見佛在林間，端正殊特，諸根<u>寂滅</u>。（T23p98c9-10）
>
> 便於天上<u>般涅槃</u>，不還是間。（T23p196b16）
>
> 我<u>般泥洹</u>後諸比丘尼當從大僧問戒法。（T23p281b24-25）

【阿耨多羅三藐三菩提】梵語 Anuttarasamyaksambodhi 的音譯，略稱「阿耨三菩提」等，意譯「無上正等正覺」。謂能覺知佛教一切「眞理」，並能「如實」瞭解一切事物，從而達到無所不知的一種智慧。

> 佛初成阿耨多羅三藐三菩提時，估客施酥乳糜。（T23p284a6-7）

> 是時我作是念，得阿耨多羅三藐三菩提。（T23p0448c12-13）

【布施】梵語 Dāna 的意譯。指以財物、體力和智慧等施與他人，爲他人造福成智而求得積累功德以至解脫的一種修行方法。如：

> 不能得布施衣耶？（T23p42b25）

> 我等諸親裏多饒財富，當因我故布施作福。（T23p1a15-16）

【精進】梵語 Virya 的意譯。指按佛教教義，在修善斷惡、去染轉敬的修行過程中，不懈怠地努力。

> 出家學道，勤行精進，逮得漏盡，成阿羅漢。（T23p1b15-16）

> 讀誦思惟精進，求覓須陀洹果。（T23p382b23-24）

表示佛教徒和其他宗教信徒的稱謂的詞語也很多，如：比丘、比丘尼、沙彌、沙彌尼、優婆塞、優婆夷、和尚、和上、阿闍梨、道人、大師、大德、法師、經師、論師、論議師、居士、梵志、沙門、釋子、釋種子、上座、下座、侍者、僧、僧伽、施主、上人、三寶、佛寶、法寶、僧寶、四眾、五眾、七眾、四部眾、長者、長老、尊者、檀越、頭陀、外道、異道，等等。

【優婆夷】梵語 Upasika 的音譯，意譯「近善女」、「信女」、「清信女」等。指接受五戒的在家女居士。亦通稱一切在家的佛教女信徒。

> 若隨可信優婆夷所說法治，是初不定法。（T23p28c8-9）

> 捨優婆塞，捨優婆夷，皆名捨戒。（T23p2c1）

【居士】梵語 Grhapati 的意譯，亦譯「家主」。佛教用以稱呼受過「三皈依」和「五戒」的在家佛教徒。

> 諸居士嫌恨呵責。（T23p21b15）

> 聚落者，若一家二家眾多家，有居士共妻子、奴婢、人民共住，是名聚落。（T23p32b2-4）

【長老】有兩個意思：①對出家年歲長又德高望重的僧人的尊稱。②對住持的尊稱。

> 爾時諸比丘不知云何喚上座。是事白佛。佛言：「從今下座比丘喚上座言長老。」爾時但喚長老不便。佛言：「從今喚長老某甲，如喚長老舍利弗、長老目犍連、長老阿難、長老難提、長老金毘羅。」（T23p286b5-9）

表示佛陀、菩薩、鬼神等的詞語也很多，如釋迦牟尼、佛、佛陀、婆伽婆、多陀阿伽度、阿羅訶三藐三佛陀、世尊、佛世尊、佛大師、如來、拘留孫佛、迦葉佛、毘婆尸佛、辟支佛、尸棄佛、帝釋、大勢神、大勢門神、神、天神、神祇、魔、魔界、魔王、魔波旬、閻羅王、夜叉、鬼、羅剎、羅剎鬼、餓鬼、浮茶鬼、毘舍遮鬼、毘陀羅鬼、薛荔伽毘舍遮、鳩槃茶鬼、龍、龍王、地獄、阿鼻地獄、尼羅浮地獄、阿浮陀地獄、惡趣地獄、天、諸天、忉利天、兜率陀天、梵天、夜摩天、天女、金剛、金剛神、轉輪王、聲聞，等等。

【佛陀】梵語 Buddha 的音譯，簡稱「佛」，亦譯「佛馱」、「浮陀」、「浮屠」、「浮圖」等；意譯「覺者」、「知者」、「覺」。

> 佛在跋耆國跋求摩河上。（T23p7b21）
>
> 佛以是事集比丘僧。（T23p21b20）

【菩薩】「菩提薩埵」之簡稱。「菩提薩埵」，梵文 Bodhisattva 的音譯。《大正藏》「菩薩」共 280485 見，「菩提薩埵」共 812 見，省稱占絕對優勢，這一方面是為了簡單起見，另一方面也是為了適應漢語雙音化的趨勢。

> 願佛聽我作菩薩侍像者善。（T23p352a9）
>
> 佛言：「聽作菩薩像。」（T23p355a11）

【如來】梵語 Tathagata 的意譯。「佛」的十號之一。「如」也叫「如實」，即真如，指佛所說的「絕對真理」；循此真如達到佛的覺悟，故名。《成實論》卷 1：「如來者，乘如實道來成正覺，故曰如來。」

> 弟子不覆護如來淨命，如來亦不求諸弟子覆護淨命。（T23p258c25-26）

【地獄】梵語 Naraka 的意譯。「六道」中惡道之一。據《俱舍論》和《大乘義章》，有八大地獄。

> 有三種人必墮地獄。（T23p22c29）

> 是比丘便墮地獄餓鬼畜生。（T23p114a18）

表示佛教徒的宗教活動、節日、禮儀等的詞語也很多，如：安居、夏安居、布薩、羯磨、白羯磨、白二羯磨、白四羯磨、出家、長跪、胡跪、叉手、偏袒、合掌、頂禮、禮拜、結跏趺坐、懺悔、歸依、灌頂、經行、佛事、法事、僧事、法要、法會、般闍婆瑟會、沙婆婆瑟會、二月會、入舍會、遊行、受戒、頭面禮足、頭面作禮、齋、受齋、齋日、齋戒、坐禪、咒願、飲食咒、蛇咒、疾行咒、劬羅咒、揵陀羅咒、手印，等等。

【羯磨】梵語 Karma 的音譯。佛教律宗以受戒懺悔等事為羯磨，如受戒羯磨、懺悔羯磨等。

> 用白四羯磨受具足戒。（T23p2a29-b1）

> 從今日聽一布薩共住處結不離衣羯磨。（T23p31c15-16）

【布薩】梵語 Upavasatha 的音譯。佛教儀式。有三義：①出家僧尼每半月集會一次，專誦戒律，稱為「說戒」。②在家信徒，於每月的六齋日實行「八戒」，亦謂能增長善法。③信徒向別人懺悔所犯罪過。

> 是一布薩共住處。（T23p31c18）

> 謂白一白二白四羯磨布薩自恣。（T23p119c23）

【歸依】梵語 Sarana 的意譯，亦譯「皈依」。與「信奉」義同，謂身心歸向。信奉佛、法、僧，叫做「三歸依」。《十誦律》中只有「歸依」，沒有「皈依」。《大正藏》裏「歸依」凡 5638 見，「皈依」僅 40 見。「皈依」始見於宋代佛經中，一直到明清，使用都非常少。但現在人們一般使用的都是「皈依」。這和「比丘」、「和尚」的情況類似，《大正藏》「比丘」凡 130221 見，「和尚」僅 25138 見，但現在人們多使用「和尚」，很少使用「比丘」；「和尚」與「和上」二者比較，宋代以前佛經很少使用「和尚」，大量使用的是「和上」，但現在人們多使用「和尚」。看來詞語的使用頻率並不完全能夠決定它被淘汰或保留。

還有一點值得注意，「皈依」是在宋代才出現並逐漸取代了「歸依」，「和尚」也是宋代才被大量使用並最終取代了「比丘」與「和上」，還有不少類似的例子，看來宋代是漢語詞彙發生重大變化的一個轉折時期。一個很重要的原因大概是宋代禪宗語錄、宋元話本、元雜劇、明代的擬話本、明清小說等擁有大量的讀者群，這些作品對「皈依」和「和尚」等詞語的使用擴大了它們的影響和使用範圍。

> 歸依佛、歸依法、歸依比丘僧，得道得果。（T23p28c13-14）

> 是人歸依佛法僧，不疑佛法僧。（T23p224b2-3）

【懺悔】「懺」是梵語 Ksama（懺摩）音譯之略，「悔」是它的意譯，合稱「懺悔」。原為對人發露自己的過錯、求得容忍寬恕之意。佛教制度規定，出家人每半月集合舉行誦戒，給犯戒者以說過悔改的機會。以後產生了懺悔文、懺儀一類的著作，遂成為專以脫罪祈福為目的的一種宗教儀式。

> 時阿耆達即與宗親共詣佛所懺悔請住。（T23p100a7-8）

> 餘諸比丘見此比丘懺悔，亦應如法懺悔。（T23p161b25-26）

還有一些詞語是表示佛教徒獨有的法衣、法器、生活用具及飲食的，如：缽、大揵瓷、小揵瓷、缽囊、袈裟、三衣、五衣、七衣、法衣、法服、糞掃衣、衲衣、非衣、僧伽梨、鬱多羅僧、安陀會、安陀衛、尼師壇、迦絺那衣、憍施耶衣、翅夷羅衣、翅彌樓衣、欽婆羅衣、捨墮衣、盈長衣、波頭摩衣、頭求羅衣、闍衣、芻摩衣、芻摩縷、劫貝衣、劫貝縷、劫貝被、俱執被、班綵、漉水囊、怛缽那、迦師、修陀、蒲闍尼、佉陀尼、鐃鈸、禪杖、錫杖、幢、幡、鐘、鼓、鈴、揵椎、香爐、供具、六物、七寶，等等。

【袈裟】梵語 Kasaya 的音譯，原意「不正色」、「壞色」。一般用以稱佛教法衣。因僧人所著法衣用「不正色」（雜色）布製成，故從色而言，稱法衣為袈裟。

> 剃除鬚髮，被著袈裟。（T23p18b2）

> 作袈裟衣不如法，著衣亦不如法。（T23p148a7-8）

【蒲闍尼】梵語 Bhojaniya 的音譯，也作「蒲膳尼」。《行事鈔》：「四分中有五種蒲闍尼（此云正食），謂糵、飯、乾飯、魚、肉也。」

> 一飯二糗三糒四魚五肉，如是五種蒲闍尼食。（T23p194a2-3）

> 從今聽食五種蒲闍尼食，謂飯、糗、糒、魚、肉。（T23p91b20-21）

【糞掃衣】佛教僧服名。百衲衣之一種。「衲」，意爲補綴；「百衲」，言其補綴之多。糞，掃除。糞、掃是同義連用，指掃除。轉化爲名詞，指垃圾。糞掃衣就是用垃圾堆裏找到的破布碎片縫製的僧衣。

> 時有比丘求糞掃衣，見是地衣，四顧無人，便取持去。
> （T23p7b4-5）

> 有一比丘有糞掃衣。（T23p195a18）

【坐具】梵文 Nisidana 的意譯，音譯「尼師壇」、「尼師但那」。佛教僧尼坐臥兩用具名。

> 在一樹下敷尼師壇，端身正坐。（T23p3a3）

> 泉邊樹下，敷坐具大坐。（T23p120c8）

表示佛教建築這一類的詞語相對來說較少，如：精舍、寺、塔、佛塔、阿羅漢塔、聲聞塔、佛圖、阿蘭若、阿練若、阿練兒、僧伽藍、僧坊、溫室、涼室、講堂、說法堂、禪窟，等等。

【阿蘭若】梵語 Aranyaka 的音譯，也譯「阿練若」、「阿練兒」。這三種譯法《十誦律》都有。原爲比丘習靜修行處所，後一般指佛寺，特別是山林小寺。

> 衣在阿蘭若處。（T23p32a28）

> 諸賊持酒至阿蘭若處。（T23p428a19-20）

【僧伽藍】梵語 Sangharama 的音譯，亦譯「僧伽羅摩」，略稱「伽藍」。原指修建僧舍的基地，轉而爲包括土地、建築物在內寺院的總稱。

> 我不應到沙門釋子僧伽藍中。（T23p44b15-16）

> 至一無僧伽藍聚落中。（T23p438b22）

【精舍】僧人修煉居住之所，寺院的別名。

> 出王園精舍，往詣佛所。（T23p50b9-10）

> 爾時王園比丘尼精舍有剃髮師。（T23p296b21）

　　佛教詞語中表示人名的也很多，其中有的是歷史上的眞實人物，有的是佛經裏的虛構人物，也有些是擬人動物的名字，如：阿難、羅睺羅、羅睺、迦葉、大迦葉、目連、目揵連、大目揵連、大目犍連、舍利弗、優波離、阿那律、金毘羅、瞿曇、阿耆達、般特、跋難陀、布薩陀、闡那、瞿婆、夜婆、訶多、迦留陀夷、迦蘭陀、耆婆、耶舍、摩訶男、摩訶盧、摩伽、摩尼、迦羅梨、彌多羅、彌多羅浮摩、疑離越、毘訶、阿闍世王、波斯匿王、瓶沙王、勒叉多、東方比丘尼、華色比丘尼、末利夫人、憂田居士、共金比丘、象首比丘、和羅訶、上勝、憂樓伽、守財、舍脂、修目佉、俱伽離、俱伽梨、俱迦梨、牁陀、蘇陀、迦留盧提舍、迦留羅提舍、迦留陀提舍、陀薩、波羅、摩訶波闍波提、摩訶波闍波提瞿曇彌、瞿曇彌、大愛道、調達、提婆達多、提婆達、陀驃、乾陀驃、乾陀陀驃、騫陀達多、三文達多、三聞達多、尸利、施越、施越沙、莎伽陀、修伽陀、輸毘陀、提婆達多比丘尼、偷蘭難陀、周那難提、修闍多、須提那、優波斯那，等等。

【摩訶波闍波提】【瞿曇彌】【摩訶波闍波提瞿曇彌】梵語 Mahaprajapoti 的音譯，意譯「大生主」、「大愛道」。亦稱「瞿曇彌」、「憍曇彌」（Gautami）。有時亦連稱「摩訶波闍波提瞿曇彌」。《俱舍光記》卷 14 曰：「摩訶此云大，波闍此云生，波提此云主。」《大智度論》卷 3：「摩訶，秦言大，或多，或勝。」相傳爲釋迦牟尼的姨母，摩耶夫人之妹，淨飯王的第二夫人。據《佛本行集經》和《中阿含經》記載，釋迦牟尼出生七天，生母摩耶夫人死去，由她撫養成人。後隨釋迦牟尼出家，成爲第一個尼僧。

　　又一時摩訶波闍波提比丘尼，與大比丘尼眾五百人俱……瞿曇彌比丘尼一面立已……佛問瞿曇彌：「云何我爲利益故，聽教誡比丘尼，不得是利？」瞿曇彌比丘尼向佛廣說是事。（T23p80c22-p81a1）

　　爾時摩訶波闍波提瞿曇彌比丘尼，與眾多比丘尼五百人俱。（T23p5b8-9）

　　大愛道比丘尼往詣佛所，頭面作禮在一面立……佛言：「瞿曇彌，若知是法隨欲，不隨無欲……大愛道，汝定知是非法非毘尼非佛法。瞿曇彌，若知是法不隨欲，隨無欲……」（T23p358a29-b8）

【目犍連】【大目犍連】【目連】梵語 Mahamaudgalyayana，全稱「摩訶目犍連」，

即「大目犍連」，簡稱「目連」。皈依釋迦牟尼之後，侍佛左邊。傳說神通很大，能飛上兜率天，故稱「神通第一」。後被反佛教的婆羅門杖擊致死。「犍」，《十誦律》很多地方寫成「揵」。文中用的最多的是「目連」。

> 請佛四大弟子大迦葉、舍利弗、目揵連、阿那律明日食，皆默然受。（T23p85b8-10）

> 一時長老大目揵連在耆闍崛山入無所有空定。（T23p12c18-19）

> 諸比丘問長老目連：「多浮陀河水從何處來？」目連答言：「此水從阿耨達池中來。」（T23p13a7-8）

【大愛道】即摩訶波闍波提，佛之姨母。摩訶波闍波提在佛教史上具有崇高地位，爲人善良、忠厚、仁慈，深受佛教徒敬仰。「大愛道」這個意譯詞能很好地表明其品德。

> 大愛道比丘尼往詣佛所，頭面作禮……佛言：「瞿曇彌，若知是法，隨欲不隨無欲……大愛道。……瞿曇彌，若知是法，不隨欲隨無欲……大愛道，汝定知是法。」（T23p358a29-b8）

【東方】【華色】兩個比丘尼的名字。意譯詞。

> 復有東方比丘尼，與波利比丘尼共一道行。（T23p7a26-27）

> 爾時華色比丘尼，晨朝時到，著衣持缽入城乞食。（T23p42a25-26）

【憂田】某居士名。意譯詞。

> 爾時迦夷國土有聚落，名象力。是中有居士，字憂田。（T23p173c11-12）

【守財】某大象名。意譯詞。

> 爾時阿闍世王有象名守財，兇惡多力，四方無雙。（T23p262a19-20）

【治國】某雁王名。意譯詞。

> 中有雁王，名治國，作五百雁主。（T23p263b15-16）

佛教的地名主要是指一些國家、城市、聚落、樹林、山脈的名字。從這裏

可以看出當時邦國林立的現實。如：阿羅毘國、阿羅毘城、阿濕摩伽阿槃提國、跋耆國、波羅奈國、波伽國、俱舍彌國、拘睒彌國、俱睒彌國、瞻波國、瞻卜國、迦維羅衛國、迦尸國、罽摩國、鴦伽國、鳩留國、般闍羅國、阿葉摩伽阿般提國、摩伽陀國、摩揭陀國、摩竭陀國、摩竭國、釋迦國、毘羅然國、毘耶離國、毘捨離國、迦夷國、迦羅衛國、憍薩羅國、維耶離國、越祇國、舍衛國、舍衛城、王舍城、阿修羅城、婆祇陀城、王薩薄聚落、伽郎聚落、象力聚落、白木聚落、南天竺、舍婆提、閻浮提、鬱單曰、鬱單越、祇陀槃那、祇桓、祇洹、祇桓精舍、祇園、祇樹給孤獨園、樂善園、祇陀林、安和林、安桓林、安陀林、訶梨勒林、阿耨達池、跋求摩河、婆求摩河、多浮陀河、不空道山、黑山、耆闍崛山、須彌山，等等。

【耆闍崛山】梵語 Grdhrakuta 的音譯。意譯「靈鷲山」、「鷲頭」、「鷲峰」等。《大智度論》：「耆闍名鷲，崛名頭。」因山頂似鷲，山中多鷲，故名。相傳釋迦牟尼曾在此居住和說法多年，所以許多佛教傳說與之有關。

> 爾時世尊乞食，食已，還耆闍崛山。（T23p17c2-3）

> 長老大迦葉今於耆闍崛山上蹈泥。（T23p250c19-20）

【舍衛國】【舍衛城】梵語 Sravasti 的音譯。古印度國名。以崇佛聞名的波斯匿王曾居此，城內有給孤獨長者施捨的祇園精舍，遺址今尚存。7 世紀唐玄奘曾到此處，但已「都城荒頹，疆場無紀」，「伽藍數百，圮壞良多」。（《大唐西域記》卷 6）

> 佛在舍衛國。（T23p2a1）

> 復有父子比丘，共行憍薩羅國向舍衛城。（T23p10c15-16）

【王舍城】梵語 Rajagrha 的意譯。古印度摩揭陀國都城。周圍有靈鷲山等 5 山，是釋迦牟尼傳教中心地之一。相傳釋迦牟尼逝世後第一次結集在此舉行。7 世紀玄奘遊印度時，該城已荒廢，但附近仍有許多佛教古蹟。

> 今王舍城眾多比丘一處安居。（T23p3b20）

> 佛在王舍城。（T23p72b22）

【黑山】古印度國名。意譯詞。

> 爾時黑山土地有二比丘，名馬宿、滿宿。（T23p26b9）

爾時<u>黑山</u>國土有馬宿、滿宿二比丘。（T23p223a26）

【象力】聚落名。意譯詞。

爾時迦夷國土有聚落，名<u>象力</u>。（T23p173c11-12）

【白木】聚落名。意譯詞。

是中南方<u>白木</u>聚落。<u>白木</u>聚落外是邊國也。（T23p181c29-p182a1）

【雨成】池塘名。意譯詞。

城邊有池，池名<u>雨成</u>。（T23p263b14）

佛教的物名主要是指一些動物、植物、食物、礦物等的名字。這些事物都是古印度日常生活中司空見慣的事物，跟佛教教義並沒有什麼直接關係，應該算一般詞彙，但它們都是中土所沒有的，體現了佛教詞語強烈的異域色彩，所以這裏歸入佛教詞彙來討論。如：舍利鳥、拘耆羅鳥、畢撥樹、多羅樹、閻浮樹、勝葉樹、波羅樹、薩羅樹、訶梨勒果、多羅果、青木香、那毘羅草根、摩沙豆、浮陵伽豆、維多羅枝、摩留多枝、羅勒葉、文闍草、迦提婆羅草、梨頻陀子、沙勒、舍樓樓、偷樓樓、蓼阿修、盧波修、盧修伽羅、釋俱梨餅、加師食、周羅漿、车羅漿、俱羅漿、樓伽漿、說盤提漿、頗梨沙漿、菩提那、摩尼珠，等等。

【舍樓樓】【偷樓樓】從上下文來看，應該是兩種根莖蔬荣的名字。

根種子者，謂藕、羅卜、蕪菁、<u>舍樓樓</u>、<u>偷樓樓</u>，如是比種根生物。（T23p75a28-29）

【摩沙豆】【浮陵伽豆】兩種豆類的名字。

小豆粥、<u>摩沙豆</u>粥、麻子粥、清粥。（T23p100a25-26）

爲作<u>浮陵伽豆</u>羹。（T23p86a9-10）

【華鬘】【花鬘】《大詞典》收有「華鬘」、「花鬘」兩個詞條。《大詞典》：「華鬘，即花鬘。」「花鬘，古印度人用作身首飾物的花串。也有用各種寶物雕刻成花形，聯綴而成的。」其實這裏「華」就是「花」的繁體，兩詞條可合爲一條。「華鬘」、「花鬘」在《十誦律》都出現了。

自手採<u>華</u>，亦使人採；自貫<u>華鬘</u>，亦使人貫。（T23p26b16-17）

　　自手採華，亦使人採；自貫花鬘，亦使人貫。（T23p223b4-5）

　　著好華鬘繫車右邊（T23p64b9）

　　在《大正藏》裏，「華鬘」1046 見，「花鬘」1131 見。華鬘，《大詞典》最早的例子是清王士禛《池北偶談》。花鬘，《大詞典》最早的例子是北宋歐陽修等《新唐書》。都太晚。「華鬘」在西晉譯經裏已屢見不鮮，「花鬘」出現於東晉。「華鬘」、「花鬘」甚至可以在一句裏同時使用。如：

　　斷華鬘、瓔珞、塗香、脂粉，我於花鬘、瓔珞、塗香、脂粉，

淨除其心。（《中阿含經》T1p552c29-p553a1）

　　佛教中還有少數一些表示度量衡的詞，是用來表示時間長短、空間大小、距離多少的，如：劫、阿僧祇、弓、波羅、由旬、由延、搩手、磔手、拘盧舍、剎那、一念、須臾、彈指頃，等等。

【劫】梵語 Asankhya 的音譯「劫波」或「劫簸」之略，為極長的時間單位。一般分為大劫、中劫、小劫。

　　我一念中能識宿命五百劫事。（T23p13c12）

　　無想天上受五百劫，是故自說我一念中能知五百劫事。（T23p13c16-18）

【阿僧祇】梵語 Asankhya 的音譯，亦譯「阿僧企耶」，意譯「無數」、「無央數」。佛教用來表示異常巨大的數量單位。《俱舍論》卷 12：「阿僧企耶，名劫無數。」《大智度論》卷 4：「問曰：幾時名阿僧祇？答曰：天人中能知算數法，極數不復能知。」

　　無數無量阿僧祇來，與無數無量阿僧祇布施。（T23p468a18-19）

【由旬】【由延】梵語 Yojana 的音譯，亦譯「俞旬」、「揄旬」、「逾闍」、「踰繕那」等。古印度計算距離的單位，以帝王一日行軍之路程為一「由旬」。《十誦律》中，「由旬」17 見，「由延」21 見，其它未見。

　　有百由旬身者，二百、三百乃至七百由延身。（T23p239c18-20）

　　比丘須者自取持去，乃至三由延。（T23p50a19-20）

【拘盧舍】表示里程的單位。《一切經音義》：「案五百弓為一拘盧舍，八拘盧舍為一踰繕那，即此方三十里也，言古者聖王一日所行之里數。」

去聚落五百弓，於摩伽陀國是一拘盧舍，於北方國則半拘盧舍。

（T23p57b5-6）

【一念】【彈指頃】梵語 Ksana 意譯「一念」。佛教用以表示很短的時間單位。《十誦律》還有一個表示類似概念的「彈指頃」。《僧祇律》云：「二十念爲一瞬，二十瞬名一彈指，二十彈指名一羅預，二十羅預名一須臾，一日一夜有三十須臾。」

我一念中能識宿命五百劫事。（T23p13c11）

若比丘作婬欲已，乃至彈指頃不生覆藏心。（T23p418c2-3）

二、佛教詞語的特點

（一）從詞性來看，名詞居多。從翻譯方式看，音譯詞居多。如：涅槃、泥洹、禪、禪那、波逸提、波夜提、波羅夷、突吉羅、偷蘭遮、阿僧祇、安那般那、僧伽婆尸沙、僧殘、捨墮、阿耨多羅三藐三菩提、比丘、比丘尼、沙彌、沙彌尼、優婆塞、優婆夷、和尙、和上、阿闍梨、檀越、佛陀、婆伽婆、多陀阿伽度、阿羅訶三藐三佛陀、布薩、羯磨、般闍婆瑟會、沙婆婆瑟會、僧伽梨、鬱多羅僧、安陀會、安陀衛、尼師壇、迦絺那衣、憍施耶衣、翅夷羅衣、翅彌樓衣、欽婆羅衣、波頭摩衣、頭求羅衣、闍衣、芻摩衣、芻摩縷、劫貝衣、劫貝縷、劫貝被、俱執被、班綩、漉水囊、怛鉢那、迦師、修陀、蒲闍尼、佉陀尼、阿蘭若、阿練若、阿練兒、舍利弗、優波離、阿那律、金毘羅、瞿曇、阿耆達、般特、跋難陀、布薩陀、闡那、瞿婆、夜婆、訶多、迦留陀夷、迦蘭陀、奢婆、耶舍、摩訶男、摩訶盧、摩伽、摩尼、迦羅梨，等等。前面談到了「五不翻」原則，這是玄奘對歷代翻譯家經驗的總結。「五不翻」針對的就是什麼時候採用音譯，什麼時候採用意譯。鳩摩羅什雖然沒有提出這個理論，但他實際上已經自覺地採用了。《十誦律》的佛教詞語中，名詞數量最多，而名詞中又以人名、地名、物名和佛、菩薩、鬼神等的名號居多，因爲這些東西往往都是中土所沒有的，也就是玄奘說的「此無故」，名詞指稱具體事物，翻譯時難以找到正好匹配而不失眞的漢語詞彙，所以最好採用音譯。而動詞、形容詞等其它詞類則很少存在這個問題，可以採用意譯。

（二）同一個音譯詞往往有好幾種不同的書寫形式。由於音譯詞中每個漢

字只充當記音符號，不表示任何意義，所以常會出現這種同音或近音異字的現象，造成了書寫形式的多樣化。這一點前人早就認識到了，清代錢大昕《十駕齋養新錄》就提到了「譯音無定字」。這種現象在《十誦律》中比比皆是，如：和尚、和上；阿蘭若、阿練若、阿練兒；摩伽陀國、摩揭陀國、摩竭陀國、摩竭國；俱舍彌國、俱睒彌國、拘睒彌國；瞻波國、瞻卜國；王薩婆聚落、王薩薄聚落；僧迦梨、僧伽梨；波夜提、波逸提；憍奢耶衣、憍施耶衣、奢施耶衣；安陀衛、安陀會；鬱單越、鬱單日；拘執、俱執；祇桓、祇洹；瑪瑙、馬瑙；提婆達多、調達；俱伽梨、俱伽離；迦留陀提舍、迦留羅提舍、迦留盧提舍；騫陀陀驃、乾陀驃、騫陀達多，等等。關於佛教詞語音譯寫法多樣化的原因，梁曉虹（1994）認為：「音譯詞，用來記音的漢字往往不很固定，一個詞會有很多不同的書寫形式。……這與譯者的梵語水平有關，也由於有古譯、舊譯、新譯之異，而漢字又有古今音、方音之別。但是，在逐漸的使用過程中逐步規範化，最後都會定於一種較通用的寫法。」除了梁曉虹說的幾個原因外，筆者覺得跟佛經翻譯者和記錄者的個人偏好以及歷代傳抄和翻刻過程中出現訛誤也有關係。從整部《大正藏》來看，「和尚」的使用頻率大大高於「和上」，這一點前面已經談到，但《十誦律》相反，「和上」的使用頻率遠遠高於「和尚」，第21、22、25、27、28卷一律是「和尚」（其中第21卷就有84例），第45卷「和上」57例、「和尚」6例，其它各卷一律是「和上」。而據《大正藏》經文下面所附校勘，第45卷的6例「和尚」在明本和宮本裏均作「和上」。也許可以推斷，記錄第21、22、25、27、28卷的是同一個人，其餘各卷的記錄者是另外的人。下面列表顯示「和上」與「和尚」在四部大律中出現的次數：

書　名	翻譯時代	和　上	和　尚
十誦律	姚秦	452	105
四分律	姚秦	105	254
五分律	劉宋	0	169
摩訶僧祇律	東晉	321	14

雖然四部書翻譯的時代接近，但明顯《十誦律》和《摩訶僧祇律》更偏愛使用「和上」，《四分律》和《五分律》更偏愛「和尚」。還有上文談到的「般涅槃」也是如此，《十誦律》凡16見，其中12次出現於第60卷，而這卷肯定是

出於卑摩羅又之手。而其餘各卷鳩摩羅什一般都譯爲「涅槃」、「泥洹」、「滅度」等。

（三）全稱與簡稱並用，音譯與意譯並用，舊譯與新譯並用。「大目犍連」又稱「目犍連」、「目連」；「摩訶迦葉」又稱「大迦葉」、「迦葉」；「祇樹給孤獨園」又稱「祇園」；「摩摩帝帝帝陀羅」又稱「摩摩帝」；「毘舍佉鹿子母」又稱「毘舍佉母」；「陀驃力士子比丘」又稱「陀驃比丘」；「施越波利婆沙」又稱「施越沙」。《十誦律》不少音譯詞都可以找到與之對應的意譯詞，有的是一對一的關係，即一個音譯詞對應一個意譯詞，如：尼師壇——坐具，尼薩耆波逸提——捨墮，摩訶——大。有的是一對多的關係，即一個音譯詞對應兩個或兩個以上的意譯詞，或者一個意譯詞對應兩個或兩個以上的音譯詞，如：佛之姨母「摩訶波闍波提」又叫「摩訶波闍波提瞿曇彌」、「瞿曇彌」、「大愛道」，前三個是音譯，「大愛道」是意譯。「涅槃」又叫般涅槃，舊譯「泥洹」、「般泥洹」，意譯「滅」、「滅度」、「寂滅」等。佛號中音譯與意譯並存的情況更常見，如：「佛」又稱佛陀、世尊、佛世尊、佛大師、法王、如來、釋迦牟尼、釋迦牟尼佛、修伽陀、多陀阿伽度、阿羅訶、三藐三佛陀，等等。這些法號可以單用，也可以連起來用。下面這句就是佛陀的六個法號連在一起：

是佛、婆伽婆、釋迦牟尼、多陀阿伽度、阿羅訶、三藐三佛陀出家，我亦隨佛出家。（T23p150a4-5）

（四）大量採用數詞的縮略形式表示佛教的理論概念。這些縮略詞具有高度的概括性，往往包含有豐富的佛教義理。這是佛經在使用數詞時的一個非常突出的特色。如：二部、二根、二戒、二時、二眾、三寶、三衣、三法衣、三惡道、三昧、三藐三佛陀、三藏、三明、三毒、三時、三世、三十二相、三十三天、四眾、四部眾、四天王、四天王天、四禪、四等、四念處、四正勤、四如意足、四無量心、四聖道、四諦、四聖諦、四事、四依、四正勤、五眾、五衣、五法、五戒、五逆、五下分結、五陰、五欲、五根、五力、六情、六師、六群比丘、七寶、七衣、七眾、七財、七佛、七覺、七滅淨、七滅諍法、七滅法、七滅事法、七種衣、八道、八正道、八聖道、八波羅夷、八戒、八敬法、八十種好、八正道、九惱、十二因緣、十七群比丘、十方、十利、十三事、十善、十難、十毘尼、十非毘尼、十無志、十邪、十善業，等等。據筆者對陳義

孝《佛學常見詞彙》一書的統計，該書收錄的數字縮略詞語多達 1100 餘條。

（五）以某一個單音節詞爲中心，衍生出大量相關的詞語。這個中心詞既有音譯的，也有意譯的；既有佛教詞語，也有一般詞語。如：禪、劫、法、僧、諦、惱、色、利、相、戒、道、愛、惡、漏、梵、釋、心、業、欲、根、罪、國、衣，等等。比如：

1、以「禪」爲中心的詞語有：入禪、禪定、坐禪、初禪、二禪、三禪、四禪、禪室、禪窟、禪杖、禪帶、禪鎭，等等。

2、以「法」爲中心的詞語有：佛法、法味、法義、法衣、法性、法界、法輪、墮法、捨墮法、不定法、止諍法、波羅提提舍尼法，等等。

3、以「戒」爲中心的詞語有：結戒、持戒、除戒、捨戒、破戒、戒律、大戒、十戒、八戒、重戒、輕戒、具足戒、具戒，等等。

4、以「利」爲中心的詞語有：利益、利養、利喜、利根、利刀、十利、大果大利、善利、輕利、利衰、得利、失利、益利，等等。

5、以「衣」爲中心的詞語有：迦絺那衣、憍施耶衣、憍施耶衣、奢施耶衣、翅夷羅衣、翅彌樓衣、欽婆羅衣、波頭摩衣、頭求羅衣、闍衣、芻摩衣、劫貝衣，等等。

6、以「樹」爲中心的詞語有：畢撥樹、多羅樹、閻浮樹、勝葉樹、波羅樹、薩羅樹，等等。

7、以「國」爲中心的詞語有：摩伽陀國、摩揭陀國、摩竭陀國、摩竭國；俱舍彌國、俱睒彌國、拘睒彌國；瞻波國、瞻卜國，等等。

（六）國名、城名、河名、山名、樹名、林名等概念常用「小名＋大名」的表示方式。就是用一個音譯詞或意譯詞加上一個表示義類的語素。用音譯詞加上表示義類的語素較爲常見，有了類名的提示，比起純粹的音譯詞在表意方面更明確，如摩揭陀國、阿羅毘國、阿修羅城、跋求摩河、多浮羅河、安陀林、祇陀林、須彌山、迦絺那衣、欽婆羅衣、憍奢耶衣、蒲闍尼食，等等。而用意譯詞加上表示義類的語素則較少一些，如王舍城、黑山邑、不空道山、白木聚落、樂善園等。

（七）喜歡在詞語前加上一個表示程度的修飾詞。最常見的是「大」，還有「好」、「善」、「深」、「妙」、「極」、「甚」、「摩訶」等，甚至這些修飾詞可

以連起來。這種現象遠比現代漢語普遍，這大概跟當時詞彙和語法表達形式的貧乏單一有關。如：

1、大

大勝、大巧、大善、大妙、大福、大好、大快、大勝巧、大勝善、大勝妙、大勝福、大勝好、大勝快、大福德、大福田、大房舍、大富、大重、大德、大德僧、大家、大施會、大智慧、大梵天、大勢神、大利、大善利、大財物、大吉黑牛、大歡喜、大迦葉、大迦旃延、大果大利、大慈大悲、大持戒人、大行善人、大修梵行人、大有價、大輸我物、大輸財物、大飢饉、大不好、大比丘僧、大善利、大力、大慈力、大神力、大神通、大謹慎、大法師、大喚、大得無畏力、大有田宅力勢、大得供養、大眾、大上座、大歡樂、大自在、大愛道、大迦葉、大目犍連、大舍利弗，等等。

2、好

好人、好物、好衣、好衣服、好價衣、好床榻、好床褥、好瓦缽、好食、好牙、好毛色、好牙虎、好毛師子、好黑大牛、好花鬘、好酒食、好藥草、好言辭、好肉、好羹、好色香味、好比丘、好請處、好經行處、好思量、好守護、好持戒、好加供給、好織、好香美飲食、好看、好看守護、好供養、好丑、好地，等等。

3、善

善根、善人、善男子、善女、善心、善知識、善比丘尼、善語、善法、善利、善德、善語、善車、善戒、善妙、善福、善好、善快、善好大人、善妙福、善妙好、善妙快、善持戒、善學、善教、善知金寶、善別利害、善修梵行、善取法、善斷事、善籌量、善功德、善攝身、善哉、善來，等等。

4、深

深智慧、深心、深坑、深水、深鳴、深懷、深得、深修、深苦惱、深相愛念、深相愛敬、深敬、深敬念、深樂、深噁心、深愛、深護、深生、深入、深作、深信、深摩根衣、深厚、深重，等等。

5、極

極好快樂、極惡深重、極好攝、極好織、極大、極小、極多、極少、極

近、極遠、極高、極下極苦、極辛苦、極當作惡、極受苦惱、極患苦痛、極苦難得、極飢餓、極美、極久、極好莊嚴，等等。

6、甚

甚歡喜、甚希有事、甚爲希有、甚可憐憫、甚善、甚大疲極、甚多、甚大歡樂、甚少、甚深、甚渴仰、甚大怖畏、甚惡、甚深法、甚深淨妙法、甚可愛樂、甚有容色，等等。

7、摩訶

摩訶波闍波提瞿曇彌、摩訶迦羅、摩訶迦旃延、摩訶迦葉、摩訶男釋、摩訶盧、摩訶紗摩耆劍、摩訶斯那，等等。「摩訶」，是一種尊稱，意譯就是「大」的意思。「摩訶目犍連」有時又譯爲「大目犍連」，「摩訶迦葉」又譯爲「大迦葉」，「摩訶波闍波提」又譯爲「大愛道」。

第二節　《十誦律》中的一般詞語

這裏的「一般詞語」是相對於佛教詞語而言的，指不表示佛教專有事物、概念和古印度特有事物的詞語。上文已經說過，佛教詞語和一般詞語只是相對而言的，二者並不能截然分開，一般詞語可能被借用爲佛教詞語，而佛教詞語也可能轉化爲一般詞語。

《十誦律》的一般詞語可以分爲舊詞和新詞兩部分，其中舊詞的數量遠遠多於新詞。應該說，除了教人學習新字新詞的課本和專門收集新詞的書籍以外，任何一部書裏，舊詞總是要占絕大多數，這反映了語言的繼承性，也是爲了保證交際的順利進行。語言是漸變的，不允許突變，舊詞的沿用既保證了語言的穩定性，使語言處於逐步發展的過程中，也使佛教這種外來宗教易於爲中土群眾所理解和接受。「任何系統都是由新舊兩部分內容構成的，舊的內容是繼承來的，新的內容是演變發展或接受外來影響的結果，這兩部分內容都不應當有所忽視。不過一般說來，對舊的內容的研究僅在於摸清它們的存在，因此相對地比較簡單；對新的內容的研究則不僅要發現它，還要深入探究，找出規律性的東西，因此相對地要困難得多。這樣，研究的重點勢必要放到新內容上。」〔註8〕

〔註8〕 朱慶之《佛典與中古漢語詞彙研究》，臺灣文津出版社，1992 年。

　　《十誦律》的詞語中來自於漢語原有典籍的舊詞數量是非常龐大的，其中既有單音詞，也有複音詞；既有疊音詞，也有連綿詞；既有繼承上古先秦的，也有沿用兩漢魏晉的。這些詞在先秦兩漢魏晉典籍中已經出現，在佛經中詞義也沒有什麼變化，這反映了《十誦律》中的佛經詞彙對漢語原有詞彙的繼承性。

　　這一類詞數量龐大，如：人、馬、牛、羊、豬、狗、樹、花、草、蟲、蛇、鳥、噉、若、遶、安隱、闇冥、財物、慚愧、城邑、充滿、愁憂、醜惡、出入、畜生、處處、大臣、大家、大王、大眾、誹謗、夫人、夫家、富貴、父母、恭敬、共相、賈客、貴重、官職、廣大、何等、後悔、虎狼、歡喜、毀辱、毀譽、嫉妒、堅持、堅固、減少、漸漸、今日、敬畏、敬仰、聚集、可愛、懶惰、狼藉、憐憫、糧食、面目、明旦、默然、男女、男人、奴婢、女人、女婿、妻子、輕慢、窮乏、人民、日日、柔軟、乳母、侍人、傷害、守護、世俗、私通、身體、師子、涕泣、啼哭、童子、土地、王子、圍繞、慰恤、問訊、臥具、鳥鳥、洗浴、洗刷、狹小、兄弟、熊羆、辛苦、星宿、徐徐、血肉、厭足、一切、慇懃、淫欲、鸚鵡、應當、再三、職位、中間、姊妹、尊長，等等。

　　上面所列舊詞中，很多基本詞彙和常用詞我們現在還在使用。要對龐大的舊詞群體一一做出描述是困難的，而且也沒有必要。舊詞不是本文關注的重點，對舊詞的研究僅僅是瞭解它們的存在，便於分析新詞產生的數量和速度。下面略舉一些例子，以見《十誦律》對前代舊詞的繼承性。

【安隱】安定；平靜。《詩・大雅・緜》：「迺慰迺止」，漢鄭玄箋：「民心定，乃安隱其居。」

　　　　此安隱處更有恐怖。（T23p14c29）

　　　　時諸比丘眾多，安隱得過險道，賊不敢發。（T23p83a18-19）

【闇冥】昏暗。《詩》：「徵以中垢」，毛傳：「中垢，言闇冥也。」

　　　　末利夫人詣祇洹欲聽法，諸比丘闇冥中說法。末利夫人言：「大德然燈。」諸比丘答：「無蘇油。」（T23p469a2-4）

【慚愧】因有缺點、錯誤或未能盡責等而感到不安或羞恥。《國語・齊語》：「是故大國慚愧，小國附協。」

有一比丘勤修不淨觀，深得厭惡，慚愧臭身。（T23p7c3-4）

有比丘少欲知足行頭陀，聞是事心不喜，慚愧。（T23p18b17-18）

【城邑】城和邑。泛指城鎮。《史記・淮陰侯列傳》：「以天下城邑封功臣，何所不服！」

如群賊破他城邑多得財物。（T23p5a5）

若有比丘隨其所依城邑聚落止住。（T23p8a17-18）

【愁憂】憂愁。《晏子春秋》：「是生者愁憂不得安處，死者離易不得合骨。」

汝若愁憂，不樂梵行，欲舍戒者，當自還家，受五欲樂，布施作福。（T23p1b6-7）

見已，轉更愁憂。（T23p63b27）

【愁思】憂慮。戰國楚宋玉《高唐賦》：「長吏隳官，賢士失志，愁思無已，歎息垂淚。」

如沙彌尼愁思欲捨戒，遣使詣比丘所白言：「大德，我愁思欲捨戒。大德來，爲我說法。」（T23p175a7-9）

【醜惡】醜陋惡劣。《尹文子》：「有二女，皆國色，以其美也，常謙辭毀之，以爲醜惡。」

女人裸形醜惡，是故我欲與浴衣。（T23p128c8）

女人裸形醜惡，是故我欲與尼僧水浴衣。（T23p196a6-7）

【處處】各處；每個方面。《漢書・游俠傳》：「自哀平間，郡國處處有豪桀，然莫足數。」

諸方國土處處諸比丘來詣佛所。（T23p60c26）

爾時六群比丘，處處留衣，著上下衣遊行諸國，趣著弊衣，無有威儀。（T23p31b10-11）

【大家】奴僕對主人的稱呼。晉干寶《搜神記》：「彥思奴婢有竊罵大家者。」

是摩訶男釋善好，供給眾僧如事大家。云何現前訶罵，出其過罪？（T23p118a15-16）

本大家見捉，是比丘高聲大喚。眾人大集，問：「何以爾？」大家言：「此是我奴，不放自出家。」（T23p151c15-17）

【誹謗】以不實之辭毀人。《韓非子‧難言》：「小者以爲毀訾誹謗，大者患禍災害死亡及其身。」

云何名比丘？以無根波羅夷法，誹謗清淨梵行比丘。（T23p22c27-29）

大德僧聽，此大名梨昌誹謗比丘。（T23p271a7）

【夫家】丈夫的家，婆家。《漢書‧劉向傳》：「婦人內夫家，外父母家，此亦非皇太后之福也。」

若已嫁，未至夫家者，爾時兩邊不聽。若已至夫家，夫主不聽，波夜提。（T23p330b26-27）

有女睞眼，即名睞眼。夫家遣使來迎。（T23p90a24-25）

【毀辱】詆毀污辱。《戰國策》：「離毀辱之非，墮先王之名者，臣之所大恐也。」

爾時跋難陀釋子作是念。是達摩弟子毀辱我兄。應當報之。（T23p104a20-21）

種種因緣呵責助調達比丘尼：「摩訶男釋供給眾僧，如事大家，云何現前毀辱？」（T23p341b14-16）

【毀譽】詆毀和讚譽。《莊子》：「死生存亡、窮達貧富、賢與不肖、毀譽、飢渴、寒暑，是事之變、命之行也。」

利衰毀譽稱譏苦樂。是名隨世八法。（T23p367c27-28）

又應恭敬恭敬入，慚愧毀譽不異善心慈心憐愍心，不說世間事。（T23p363b12-13）

【狼藉】縱橫散亂貌。《史記‧滑稽列傳》：「男女同席，履舄交錯，杯盤狼藉。」

開一房戶。見草及衣弊納狼藉在地，臥具垢臭。（T23p183c25-26）

佛食後經行，摩訶羅從佛仿佯，到是處見地粥狼藉。（T23p193b12-13）

【明旦】天亮。《史記・孟嘗君列傳》：「君不見夫趣市朝者乎？明旦，側肩爭門而入；日暮之後，過市朝者掉臂而不顧。」

　　　　至後夜時即向王舍城。明旦城中人集，久待不來，知時已過。
　　（T23p63c7-8）

　　　　明旦與前食後食，供給供養好。（T23p159c8-9）

【彷徉】周遊；遨遊。《文選・宋玉〈招魂〉》：「彷徉無所倚，廣大無所極些。」
張銑注：「彷徉，遊行貌。」

　　　　佛食後彷徉經行，往到是處，見是比丘門下坐。（T23p184a14-15）

　　　　時佛彷徉經行，見知而故問。（T23p187a22-23）

【輕慢】對人不尊重；態度傲慢。漢荀悅《漢紀》：「出入輕慢，益發抒勝貧賤故，毀傷威重，勝斬之。」

　　　　爾時諸比丘，互相輕慢，無恭敬行。（T23p242a21-22）

　　　　諸比丘尼輕慢言：「某是我和上尼，某是我阿闍梨尼，我從某僧中受具足戒。是老弊比丘尼，不知誰是其和上尼、阿闍梨尼，從何僧中受具戒。」（T23p293c2-6）

【乳母】奶媽。《荀子・禮論》：「乳母，飲食之者也。」

　　　　云何乳母？時時飲食乳養，是名乳母。（T23p178b18-19）

【田主】舊謂田地的所有者。《史記・陳杞世家》：「鄙語有之，牽牛徑人田，田主奪之牛。」

　　　　本田主以汝等因緣故，捨田而去，今我於中種蒜，汝等莫取。
　　（T23p317b8-9）

【徒跣】赤足。《戰國策・魏策四》：「布衣之怒，亦免冠徒跣，以頭搶地爾。」

　　　　捨瞻卜城五百聚落阿尼目佉出家，徒跣空地經行，足下血出，
　　遍流經行地。（T23p183a16-18）

　　　　長老畢陵伽婆蹉病眼痛，徒跣入聚落，蹴石傷腳，增益眼痛。
　　（T23p183b24-25）

【慰恤】慰問存恤。《三國志・魏志》：「將士死亡，計以千數……各部大吏慰

恤其門戶。」

> 闍利吒比丘能滅諍，不慰恤語，不受慰恤語。（T23p366a25-26）

【臥具】枕席被褥的統稱。《戰國策》：「衣服玩好，擇其所喜而爲之；宮室臥具，擇其所善而爲之。」

> 是陀驃分佈臥具時，不須燈燭，左手出光，右手持與。（T23p22a14-15）

> 若以飲食、衣被、臥具、華香、瓔珞，持用供養，是上供養。（T23p17c19-20）

【辛苦】辛勤勞苦。《左傳》：「親其民，視民如子，辛苦同之，將用之也。」

> 我等辛苦暫行乞食，諸年少輩便壞我舍，持材木去。（T23p3b12-13）

> 馬子信佛心淨，見諸比丘乞食極苦難得，言諸長老：「汝等辛苦耶？」諸比丘言：「極辛苦。」（T23p187c16-18）

【厭足】滿足。《史記》：「其意非盡吞天下者不休，其不知厭足如是甚也。」

> 我等失利，供養如是難滿難養多欲無厭足人。（T23p20b24-25）

> 沙門釋子不知時，不知厭足，不知籌量。（T23p45c16）

【尊長】對地位或輩分高者的敬稱。《禮記·少儀》：「尊長於己踰等，不敢問其年。」

> 如佛所說，受法人雖是長老，不名尊長。說非法人雖是上座，不名尊長。云何名尊長非尊長？（T23p404c21-23）

第三章 《十誦律》中的新詞和新義

中古時期是社會發展變化十分劇烈的時期，也是語言詞彙發展迅速的時期，產生了大量的新詞和新義。「討論新詞和新義的目的是爲了弄清漢語詞彙發展到某一歷史時期出現的新的變化，這是漢語詞彙史研究的重要內容。它可以從某些方面非常詳實地反映漢語詞彙系統的豐富與變化情況。」〔註1〕

第一節 《十誦律》中的新詞

目前學界通行的判斷新詞和新義的辦法是拿《漢語大詞典》（包括《漢語大詞典訂補》）作爲參照。《十誦律》中有一部分詞未被《大詞典》收入，可以看作新詞；還有一部分詞雖已收錄在《大詞典》中，但由於所引書證晚於《十誦律》，本文將《十誦律》看作該詞首次出現，也算作新詞。

一、《十誦律》中出現而《大詞典》失收的詞語

阿藍、愛念、抱捉、崩倒、甓地、便自、兵眾、并及、病藥、晡時、財寶、倉藏、勤健、瞋責、稱譏、成辦、城統、知城統、盛滿、嗤弄、持去、持詣、持與、臭劇、臭穢、常數、常數數、重閣、廚士、窗向、床褥、刺棘、蹴蹹、大便道、小便道、口道、等侶、秪讕、地曉、地未了、鬥亂、鬥諍、妒瞋、對

〔註1〕 陳秀蘭《敦煌變文詞彙研究》，四川民族出版社，2002年，第17頁。

至、多諸、度籌、惡賤、爾所、發恚、妨廢、肥丁、肥好、肥悅、放捨、沸星、糞掃、糞掃衣、糞屎、縫治、敷坐、敷座、復更、復自、覆藏、蓋藏、痀瞖、拘瞖、垢臭、故復、故壞、故爛、關邏、廣說、廣問、過罪、和悅、戶鑰、還復、還來、還詣、毀辱、毀呰、擊攊、急怖、即復、即自、絞捩、撿究、儉世、間錯、將非、皆共、解知、今復、盡形、驚起、敬難、久來、久壽、具足、俱共、堪任、渴仰、客作、苦急、來出、來入、來久、來詣、睞眼、勞熟、樂著、力勢、蘆卜、鹵薄、露現、門間、罵詈、免濟、命終、摩拭、木果、草果、乃復、能善、屏處、屏覆、屏覆處、屏障處、私屏處、畦畔、棄去、慳貪、慳惜、牽捉、錢寶、塹障、牆障、侵損、輕毀、輕譏、輕惱、輕弄、傾損、傾轉、求請、染心、肉臠、如似、灑散、散去、掃篲、鱓魚、捨去、捨與、設欲、時即、受樂、衰惱、伺捕、材木師、木師、鍛師、工師、獵師、陶師、皮師、竹師、織師、象師、剃毛師、剃毛髮師、船師、捕魚師、論師、論議師、射師、咒師、送與、蒜茱、雖復、貪嫉、啼喚、剃除、挑擲、痛劇、偷取、頭光、頭數、推覓、退失、忘失、往到、往詣、韋囊、繫閉、下座、閑便、閑靜、咸共、賢柔、香美、象兵、象子、懈惓、欣悅、行食、凶健、羞厭、須臾頃、彈指頃、一剎那頃、懸著、尋便、奄失、掩失、厭畏、癢悶、仰視、看膳、餚饍、衣分、食分、稟分、宜應、已竟、已訖、以自、亦復、盈長、猶故、又復、語令、欲熱、欲想、悅樂、搙手、磔手、澡灌、蛭蟲、鍛作、木作、陶作、止住、巧作、掌護、織師、直首、止住、珠鬘、囑累、狀似、捉持、捉得、自手、自止、走詣、足飽，等等。

　　因爲後面有專章討論《十誦律》詞語研究對《大詞典》在增補詞條、增補義項、增補書證、提前書證、修正釋義等方面的作用，所以這裏只簡單舉一些例子。下同。

【阿藍】即僧伽藍。指佛教寺院。

　　　　阿藍者，僧伽藍。僧伽藍中種種制限。（T23p419a9-10）

【便自】「自」是詞尾，無實在意義。「便自」就是便。

　　　　時諸比丘漸漸急問，便自廣說如上因緣。（T23p1b22-23）

【鬥諍】爭吵，爭鬥。

因是<u>鬥諍</u>相言相罵相打，種種事起。（T23p53a9-10）

【妨廢】妨礙，耽誤。

　　諸比丘以是因緣，心常忽遽，樂著作事，<u>妨廢</u>讀經坐禪行道。
（T23p20b10-12）

【縫治】縫補。

　　若巷中死人處糞掃中，有棄革屣，取持水上淨洗，<u>縫治</u>畜用。
（T23p96a4-5）

【敷坐】施設座位。

　　還歸，竟夜具諸淨潔多美飲食，辦已，晨朝<u>敷坐</u>，具遣使白佛。
（T23p49b13-14）

【即自】「自」是詞尾，無實義。「即自」就是即。

　　佛作是念已，<u>即自</u>約勒提婆達多。（T23p25a22-23）

【將非】莫非，難道。

　　比丘不食，<u>將非</u>殘宿食耶？（T23p347b7）

【渴仰】極度希望，渴望。

　　若世尊遊行人間教化時，我恒<u>渴仰</u>欲見佛。（T23p351c12-13）

【頭數】數量。

　　何等五？知衣所從得，知是衣價，知應受，知<u>頭數</u>，不忘著衣
處。（T23p250a26-28）

【往詣】前往。

　　<u>往詣</u>佛所，向佛廣說。（T23p2a15）

【賢柔】賢明柔順。

　　大王善好<u>賢柔</u>，應死者放，云何殺諸沙門出家人耶？（T23p260
c29-p261a1）

【語令】命令，要求。

　　我見日暮恐不過嶮道，以愛重心<u>語令</u>疾行，遂使之死。（T23p10c

13-15）

【欲想】欲望。

> 以種種因緣稱讚斷欲，捨欲想，減欲熱。（T23p1b28-29）

【囑累】囑託以事而累彼也。

> 囑累我令得善知識。（T23p410c29-p411a1）

【狀似】形狀像。

> 有一男子，名迦毘羅緊度，狀似女人。（T23p426a7）

【自止】自己控制，自己停止。

> 我婬欲常發憂惱，不能自止。（T23p424c29）

二、《十誦律》中出現而《大詞典》晚收的詞語

阿父、阿舅、愛護、懊惱、芭蕉、白淨、百千、百千萬、辦具、悲哽、悲惱、被褥、彼人、彼時、彼中、篳篥、閉繫、婢使、病苦、博掩、怖畏、婇女、慚羞、巢窟、叉手、叉腰、諂曲、瞋恨、瞋恚、晨朝、愁怖、愁惱、杻械、除卻、船師、床榻、床簀、慈愍、摧伏、垂死、蹴蹋、答難、大力士、噉食、觝突、多饒、墮胎、毒蛇、惡穢、兒婦、房舍、豐足、奉餉、夫婿、夫主、父王、覆蔭、付囑、高聲、障閡、貢高、垢膩、估客、賈客、穀倉、果樹、過咎、害命、豪族、好看、呵罵、呵辱、呵責、合藥、何況、何須、厚重、胡跪、護惜、戶鈎、還活、環釧、浣染、毀辱、會當、羈繫、饑羸、伎女、嫁娶、交會、煎餅、犍牛、健夫、漸次、將無、將息、醬菜、皆悉、劫賊、盡皆、精勤、經恤、敬仰、具白、具足、聚集、開敷、揩摩、看見、可恥、渴仰、枯瘦、庫藏、魁膾、憒鬧、籬柵、籬障、兩岸、臨死、樓閣、轆轤、邏人、馬兵、門楣、滅度、摩觸、奈何、輦輿、疲極、疲苦、嚬呻、齆齆、平博、欺誑、乞請、起塔、棄捨、器仗、謙敬、強壯、親里、去世、卻後、然可、熱悶、乳牛、軟善、軟語、嗟嗟、上妙、少許、設供、神變、色力、守護、受用、受苦、施設、隨順、隨意、隨逐、似如、酥蜜、蒜子、索取、他方、貪著、跳躑、亡沒、往至、謂為、蚊虻、穩便、問答、我身、誣謗、蜈蚣、習氣、洗浴、先來、先時、嫌恨、險難、限量、相師、相與、箱篋、向火、向暮、小停、邪婬、信受、形壽、羞愧、

修善、厭惡、厭離、養畜、要當、藥草、野干、以後、蟻子、義趣、因緣、婬欲、瓔珞、擁護、癰瘡、勇健、憂悔、憂惱、由旬、於時、語論、語言、與助、欲求、怨嫉、讚歎、澡豆、澡漱、澡浴、責數、增長、栴檀、瞻養、展張、眞金、爭訟、諍訟、執作、滯礙、制限、著衣、作禮、坐待，等等。

【經恤】照料周濟。《大詞典》最早的例子是《北史》，太晚。

> 經恤者，若與衣鉢、戶鉤、時藥、夜分藥、七日藥、終身藥。
>
> （T23p107b15-16）

【懊惱】煩惱。《大詞典》最早的例子是蕭齊時期求那毘地的《百喻經》，太晚。

> 是人受衣已便不肯還，餘比丘亦得懊惱。（T23p115a9-10）

【病苦】疾苦；痛苦。亦指疾苦之人。《大詞典》最早例子是唐劉禹錫詩，太晚。

> 如優婆夷病苦極，遣使詣比丘所白言：「我病苦極。」
>
> （T23p174b6-7）

【婇女】宮女。《大詞典》最早的例子是南朝宋劉義慶《宣驗記》，太晚。

> 王莫愁憂，更當起宮殿集諸婇女。（T23p126a20-21）

【瞋恚】忿怒怨恨。《大詞典》最早的例子是劉宋范曄《後漢書》，太晚。

> 如是行者則能捨離瞋恚、睡眠、調戲、疑悔。（T23p8a21-22）

【船師】船夫。《大詞典》最早的例子是《百喻經》，太晚。

> 時諸比丘語船師言：「回船向岸，我欲乞食。」（T23p94b8-9）

【噉食】食，吞食。《大詞典》最早的例子是《後漢書》，太晚。

> 如是再三噉食，時心中苦惱。（T23p22c18-19）

【夫主】丈夫。舊以丈夫爲家主，故稱。《大詞典》最早例子是《後漢書》，太晚。

> 若已至夫家，夫主不聽，波夜提。（T23p330b27）

【果樹】果實可食的樹木。《大詞典》最早的例子是《後漢書》，太晚。

若果樹在不淨地，枝在淨地，果墮是中，可食不？（T23p405
b9-10）

【乳牛】即奶牛。《大詞典》最早的例子是唐道世的《法苑珠林》，太晚。

遣五百人，以五百乳牛，五百乘車載粳米。（T23p192b25-26）

【相師】舊指以相術供職或爲業的人。《大詞典》最早的例子是《隋書》，太晚。

此女生時，相師占曰：「是女後當與五百男子共通。」（T23p287
c8-9）

三、《十誦律》新詞的造詞特點

（一）衍生造詞。就是以一個核心詞爲中心衍生出一系列新詞。上一章談的佛教詞語也有這個特點。中古時期，出現了一批具有很強能產性的構詞語素，這是復音化程度加快的重要標誌。比如：

1、圍繞「師」構成的詞語有：捕鳥師、捕魚師、捕賊師、材木師、船師、大師、鍛師、法師、工師、教師、戒師、經師、冑師、論師、論議師、獵師、木師、尼師、皮師、射師、陶師、剃毛師、剃髮師、剃毛髮師、相師、象師、藥師、織師、竹師，等等。

2、圍繞「惱」構成的詞語有：懊惱、悲惱、瞋惱、愁惱、煩惱、饑渴惱、苦惱、侵惱、勤惱、輕惱、衰惱、痛惱、憂惱、惱漏、惱亂、惱害、惱悶，等等。

3、圍繞「肆」構成的詞語有：市肆、金肆、銀肆、銅肆、珠肆、鍛銅肆、治珠肆、賣金肆、賣銀肆、客作肆，等等。

4、圍繞「悶」構成的詞語有：愁悶、癡悶、迷悶、吐悶、癢悶、煩悶、惱悶，等等。

5、圍繞「障」構成的詞語有：牆障、壁障、席障、籬障、塹障、屏障、衣幔障、隔障、覆障、薄障，等等。

6、圍繞「子」構成的詞語有：貓子、種子、蟻子、蚊子、男子、刀子、杅子、雞頭子、甕子，等等。

（二）模仿造詞。比如：「廣說」是佛經常用詞，後來仿造出了「廣問」。原來有「地了」，鳩摩羅什仿造了「地未了」和「地曉」。「摩觸」是佛經常用詞，

鳩摩羅什仿造了「蹋觸」。「染著」是佛經常用詞，後來仿造了「貪著」、「樂著」。原來只有「食分」，指分得的食物，鳩摩羅什仿造了「衣分」和「稟分」，分別指分得的衣服和分得的糧食。原來只有「痛劇」，鳩摩羅什仿造了「臭劇」。

（三）緊縮造詞。就是把原來的幾個詞各取一字或數字，合起來構成一個新詞。如「慳貪嫉妒」被緊縮成「貪嫉」。「須臾」、「彈指」、「刹那」與「頃刻」組合分別被緊縮成「須臾頃」、「彈指頃」、「刹那頃」，用以表示更短的時間。鳩摩羅什在這方面最富有創造性，他別出心裁首創了很多詞，比如「屏處」和「覆處」，被他緊縮成「屏覆處」；「嫉妒瞋恚」，被他緊縮成「妒瞋」；「忖度籌量」，被他緊縮成「度籌」；「焦急恐怖」被他緊縮成「急怖」；「充足飽滿」被他緊縮成「足飽」；「污垢臭穢」被他緊縮成「垢臭」；「饑儉世」和「世饑儉」，被他緊縮成「儉世」，等等。

（四）近義（包括同義）或反義連文造詞。上古漢語詞彙以單音詞爲主，中古漢語喜歡把幾個近義或反義的單音詞合起來組成一個新詞，名詞、動詞、形容詞、副詞、數詞都有。這種造詞方式具有很強的能產性。

1、近義的，這種情況非常普遍，如：愛護、抱捉、怖畏、慚羞、財寶、倉藏、巢窟、瞋恨、瞋恚、瞋責、嗤弄、常數、晨朝、杻械、窗向、床褥、床榻、床簀、慈愍、刺棘、蹴蹋、等侶、舐嘗、鬥諍、妒瞋、多諸、度籌、妨廢、房舍、肥丁、放捨、糞屎、夫婿、夫主、疴癃、拘癃、垢臭、故爛、過罪、呵罵、呵辱、呵責、毀辱、毀呰、皆共、解知、俱共、力勢、罵詈、畦畔、慳貪、慳惜、牽捉、錢寶、往到、往詣、咸共、宜應，等等。

2、反義的，這種情況很少，如：粗細、嫁娶，等等。

第二節　《十誦律》中的新義

判斷新義，同樣以《大詞典》（包括《訂補》）作爲參照。《十誦律》中有一部分詞在《大詞典》裏不能找到合適的解釋，必須另立義項，本文將這種未被《大詞典》收錄的義項作爲該詞的新義；《大詞典》雖然已經收錄了某個義項，但由於所引書證晚於《十誦律》，本文將《十誦律》看作該義項首次出現，也算作新義。

一、《大詞典》失收詞義的詞語

飽足、邊人、便當、別異、波羅、盛滿、充備、籌量、出息、動起、端視、販買、非是、分佈、佛教、伏藏、河水、和合、還復、即便、拘執、覺知、苦切、利益、馬子、牛子、羊子、寧當、譬如、善巧、上座、身份、食飯、使人、猩猩、要令、陰謀、月忌、瞻視、斟酌、莊嚴、自利，等等。

【便當】便該；應當。《大詞典》只有一個義項：方便；容易。

> 若汝等能用者便當相與。（T23p59b25）

【非是】不是。《大詞典》只有四個義項：①謂不正當的事。②以非為是。③不正常，意外。④不當；有過錯。

> 我已退墮，非是比丘，非釋種子。（T23p3a9-10）

【佛教】佛陀的教導。《大詞典》只有一個義項：世界主要宗教之一。

> 諸安居比丘受佛教，還眾中立如是制。（T23p41a28-29）

【河水】河裏的水。《大詞典》只有三個義項：①黃河之水。②專指黃河。③指河神。

> 有諸居士婦，向阿脂羅河洗浴，脫衣岸上，入水洗浴，河水卒
> 漲漂去。（T23p182c11-12）

【即便】於是就。「即」和「便」同義連用。《大詞典》只有兩個義項：①立即。②即使。

> 父言：「此有虎狼可畏，我眠汝覺。」兒言：「爾。」即便臥，
> 父便鼾眠。（T23p10c19-20）

【利益】使……得利益，有利於。動詞。《大詞典》只有兩個義項，都是名詞：①好處。②原為佛教語。指利生益世的功德。

> 汝知不？是衣為我織，汝好織、廣織、極好織、淨潔織，我當
> 少多利益汝。（T23p55c12-13）

【善巧】善於，擅長。「善」和「巧」同義連文。《大詞典》只有兩個義項：①精巧；巧妙。②乖巧。

> 六群比丘是佛弟子，多聞，善巧說法，辯才無礙。（T23p218a

23-24）

【食飯】吃飯。《大詞典》只有一個義項：飯食。

　　　　不受殘食法，若食飯者，波逸提。（T23p92a13）

二、《大詞典》晚收詞義的詞語

　　愛敬、斑駁、伴黨、伴侶、飽滿、保任、寶鈴、彼岸、弊惡、辯才、摒擋、採花、叉手、差別、長大、常法、唱言、塵坌、塵土、稱名、癡人、充足、匆遽、聰明、醜陋、出世、出處、初夜、蹎蹋、地主、弟子、第一、調順、頂禮、惡毒、惡性、乏少、放牛、放去、豐足、奉上、奉餉、佛圖、福德、乾枯、高座、觀看、過於、好看、黑闇、黑風、化作、還家、浣衣、毀辱、厚重、繫縛、技術、家內、家業、價直、將來、講堂、交會、解放、解說、經理、經營、精進、開解、看視、庫藏、快心、來到、利益、利養、兩邊、療治、料理、琉璃、轆轤、裸露、滿足、門楣、面孔、明瞭、乃是、奈何、男兒、女兒、輦輿、疲極、漂浮、貧窮、嚬呻、破壞、蒲桃、乞請、乞索、慳貪、牆壁、強壯、輕躁、求覓、去處、饒益、熱悶、熱血、三時、善能、身心、深重、施食、侍衛、遂便、貪惜、天明、天竺、跳躑、頭上、推求、宛轉、王教、蚊子、穩便、問訊、無侶、無智、習氣、現前、香油、邪淫、懈倦、心念、行道、行水、煙塵、演說、憶念、意欲、因緣、隱處、引導、營理、擁護、餘殘、雜碎、在世、賊人、展轉、障礙、針綖、眞珠、重擔、姊妹、自然、自首、昨夜、尊重，等等。

【愛敬】《大詞典》有三個義項，其中義項③「喜愛敬重」，最早的例子是《後漢書》，太晚。

　　　　大名梨昌與此比丘深相愛敬故，即作是念。（T23p270c26-27）

【伴侶】《大詞典》有三個義項，其中義項①「同伴；夥伴」，最早的例子是《百喻經》，太晚。

　　　　當出此僧房，觀諸方，籌量伴侶。（T23p420b27-28）

【常法】《大詞典》有兩個義項，其中義項②「通例；通常的原則」，最早的例子是宋秦觀文，太晚。

　　　　諸佛**常法**：有共佛安居比丘，有客比丘來，當共往迎，一心問
　　訊。（T23p11b28-29）

【聰明】《大詞典》有八個義項，其中義項③「智力強，天資高」，最早的例子
是《後漢書》，太晚。

　　　　外道異學若聞是事，便言弟子**聰明**。（T23p449c19-20）

【放牛】《大詞典》有兩個義項，其中義項②「牧牛」最早的例子是清代的《儒
林外史》，太晚。

　　　　諸比丘從**放牛**人乞水。（T23p459a13-14）

【過於】《大詞典》有兩個義項，其中義項①「表示程度或數量超過一般」，最
早的例子是《宋書》，太晚。

　　　　當復更得**過於**是罪。（T23p91b4）

【講堂】《大詞典》有三個義項，其中義項③「高僧講經說法的堂舍」，最早的
例子是《南史》，太晚。

　　　　大房者，溫室、**講堂**、合雷堂、高樓、重閣、狹長屋。
　　（T23p80a15-16）

【三時】《大詞典》有五個義項，其中義項③「早、午、晚」，最早的例子是唐
高適詩，太晚。

　　　　弟子應日日**三時**至和上邊，早起、食後、日沒時。（T23p302b3-4）

【演說】《大詞典》有三個義項，其中義項①「闡述，解說」，最早的例子是《蓮
社高賢傳·慧遠法師》，太晚。

　　　　諸比丘尼見長老般特如是神力已，輕心滅盡，生信敬心故，尊
　　重淨心折伏憍慢，即隨比丘尼所憙樂法所應解法而為**演說**。
　　（T23p80c9-12）

【眞珠】《大詞典》有六個義項，其中義項①「即珍珠」，最早的例子是唐賈島
詩，太晚。

　　　　寶者，錢、金銀、硨磲、瑪瑙、琉璃、**眞珠**。（T23p108b13-14）

第三節　《十誦律》中複音詞的構詞方式

　　從本章第一節可以看出，《十誦律》湧現出了大批新的複音詞。複音詞（尤其是雙音詞）大量產生是中古漢語詞彙發展的重要特點。雖然上古漢語已經有了不少複音詞，但單音詞的數量遠遠多於複音詞。到了中古時期，複音詞如雨後春筍般地大批出現，漢語詞彙由以單音詞爲主轉變爲以複音詞爲主。早在東漢時期，漢語詞彙已經開始明顯地呈現出雙音化的趨向。「例如《左傳》和《論衡》兩書篇幅接近，《左傳》全書約 20 萬字，只出現 284 個雙音詞；而《論衡》21 萬字，出現了 2000 多個雙音詞，兩者複音詞相差八倍有餘。」〔註2〕眾多學者的研究事實都表明，漢譯佛經的詞彙系統從一開始就表現出了十分強烈的復音化（尤其是雙音化）的傾向，雙音節詞的數量大大超過同時期中土文獻語言的詞彙系統。佛經不但把許多當時口語裏使用的雙音詞以文獻的形式固定下來，而且還創造了一大批雙音節的新詞。

　　漢語詞彙之所以走上復音化的道路，既有內因，也有外因。先說內因。東漢以後，經濟、文化有了很大的發展，社會變動劇烈，新事物、新概念不斷湧現，需要大量新詞和新義來表達。而與此相反，漢語的語音系統從古到今卻在逐漸簡化。王力說：「有種種跡象使我們相信從 8 世紀起，實際語音要比《切韻》系統簡化了一倍。到了《中原音韻》時代（14 世紀）又比 8 世紀的實際語音簡化了一倍以上。」〔註3〕新的詞和義在不斷增加，而音節在不斷減少，其結果必然是每個音節的負擔越來越重，一方面，同音詞越來越多，另一方面，同一個詞所承擔的意義越來越多，解決這一矛盾的唯一途徑就是漢語詞彙復音化。上古漢語詞彙以單音詞爲主，單音詞和單音詞的排列組合就可以構成數量無限的複音詞，而且複音詞的幾個語素互相制約，互相補充，可以把概念解釋得更完備更準確。至於漢語詞彙復音化的外因，最重要的就是外來詞的吸收。在吸收外來詞的時候，如果完全是音譯，那麼原來的多音節詞翻譯過來自然是複音詞，如沙彌、阿闍黎、摩訶波闍波提、釋迦牟尼、提婆達多、阿耨多羅三藐三菩提，等等。甚至原來一個外來語的單音節詞也可能用一個漢語的複音詞記錄。

〔註2〕 向熹《簡明漢語史》上冊，高等教育出版社，1993 年，第 495 頁

〔註3〕 王力《漢語史稿》，商務印書館，1980 年

從詞彙的構成方式看，《十誦律》出現的新詞中，語音造詞不多，主要是語法造詞，包括並列式、偏正式、動賓式、主謂式、附加式等。

一、語音造詞

（一）疊音詞

偈偈、句句、可可、了了、跟跟、身身、歲歲、唼唼、猩猩、咽咽、章章

【唼唼】象聲詞。水鳥或魚的吃食聲。

> 又六群比丘，嚼食唼唼作聲。諸居士呵責言：「沙門釋子自言善好有德，嚼食唼唼作聲。」（T23p138b8-9）

【了了】《大詞典》只有三個義項①聰慧；通曉事理。②明白；清楚。③拍打穀物用的一種農具。下面第一句應該是「勤勞的樣子」。第二、三句是義項①，第四句是義項②。

> 於田中了了勤作，好看守護。（T23p87a21-22）

> 如來是真實語、了了語、折伏語。（T23p259a6-7）

> 佛言：「應遣二知法了了比丘尼受教誡。」即遣二知法了了比丘尼。（T23p297b7-8）

> 不欲了了向人說我反戒。（T23p.411a2-3）

【猩猩】一種鳥名。也作「狌狌」。《大詞典》只有一個義項，指一種哺乳動物。

> 有有主鳥、鵝鴈、孔雀、鸚鵡、猩猩，銜是物去。（T23p5c3-4）

> 謂象申鳴，馬悲鳴，諸牛王吼，鵝鴈、孔雀、鸚鵡、舍利鳥、俱均羅、猩猩諸鳥，出和雅音。（T23p134c5-7）

（二）聯綿詞

芭蕉、斑駁、篳篥、摒擋、屏當、剎那、頗梨、琉璃、轆轤、宛轉、展轉、蜈蚣、蒲桃、碑碌、碑渠、車碌、馬瑙、瑪瑙、瑪磵、鹵薄、瓔珞、抖擻、嚬呻、屠蘇

【篳篥】即觱篥。古代管樂器之一種，多用於軍中。《大詞典》最早的例子是《北史》，太晚。

　　大鼓、小鼓、箜篌、箏笛、琵琶、簫瑟、篳篥、鐃鈸，不鼓自

鳴。（T23p134c7-8）

【鹵薄】也作「鹵簿」。有兩個意思：①天子出車駕。②引天子車駕之樂名。

　　　不得乘象馬，車不得乘人，不得作鹵薄入園觀中，犯者皆突吉

羅。（T23p290c13-14）

【屠蘇】草名。《大詞典》最早的例子是北周王褒文，太晚。

　　　爲風雨所惱。佛言：「聽作屠蘇覆。」薄故雨漏。佛言：「應厚

覆。」（T23p248c13-14）

二、語法造詞

（一）並列式

　　在語法造詞中，並列式雙音節詞佔據絕對優勢，這是最具有生命力的一種構詞方式。「漢語詞彙的復音化，最重要的一條途徑是由兩個同義、近義（也有反義的）語素連在一起構成一個複合詞。」〔註4〕並列式複音詞是中古漢語詞彙的重要組成部分，很多學者的研究都表明了這一點。如據顏洽茂對《賢愚經》的研究，書中共有複音詞4183個，而並列式複音詞就有2291個，占54.7%。《十誦律》的並列式複音詞，按照兩個語素的意義關係，可以分為兩類。

　　1、兩個語素的意義相同或相關。如：

　　愛護、愛念、伴侶、塵坌、抱捉、怖畏、慚羞、財寶、倉藏、巢窟、瞋恨、瞋恚、瞋責、嗤弄、常數、晨朝、杻械、窗向、床褥、床榻、床簀、慈愍、刺棘、蹴蹋、等侶、詆謾、鬥諍、妒瞋、多諸、度籌、妨廢、房舍、肥丁、放捨、糞屎、夫婿、夫主、痀瘻、拘瘻、垢臭、故爛、過罪、呵罵、呵辱、呵責、毀辱、毀呰、皆共、解知、俱共、力勢、罵詈、畦畔、慳貪、慳惜、牽捉、錢寶、往到、往詣、咸共、宜應、猶故、尋便，等等。

　　2、兩個語素的意義相反，這種情況很少，如：粗細、嫁娶、白黑、高下，等。

〔註4〕張聯榮《漢語詞彙的流變》，大象出版社，2009年，第165頁。

（二）偏正式

偏正式複音詞是中古時期最發達的複音詞之一，結構上比併列式複音詞具有更大的靈活性。如果說並列式複音詞可以使單音詞的意義更加明確，那麼偏正式複音詞更便於表達新的意義。

1、名＋名→名

【頭髮】汝比丘尼出家人，何故編頭髮爲？（T23p343c29-p344a1）

【烏鳥】何故僧坊内多有烏鳥聲？（T23p91c18-19）

【關稅】復有賈客至關稅處，語比丘言：「與我過是物。」（T23p6b10-11）

【女色】有一比丘見端正女色便失精。（T23p443a19）

【宮人】若聞諸人破門入者，奸我宮人，必當大瞋。（T23p126a12-13）

【胡麻】是外道便入王舍城，求米麵胡麻小豆。（T23p94c28-29）

【姊夫】跋陀比丘尼有姊死，往問訊姊夫。（T23p307c16-17）

【日光】一切照明中，日光爲上最。（T23p100b12）

【楊枝】爾時諸比丘聞佛結戒，欲洗口須水楊枝。（T23p96b11）

【飯食】自手行水，自與種種多美飯食，自恣飽滿。（T23p91c11-12）

2、形＋名→名

【甘露】行如是法，開甘露門。（T23p157c11）

【惡語】如年少男女，婬欲盛故，具說惡語。（T23p16a14-15）

【美味】不爲美味，是名含消法。（T23p416a4）

【妄語】以種種因緣呵責妄語，種種因緣讚歎不妄語。（T23p11c29-p12a1）

【曠野】或夜中入嶮道，或獨行曠野。（T23p128c14-15）

【眞金】身出光焰，如眞金聚，端正殊特，令人心淨。（T23p87b11-12）

【凡夫】凡夫持戒人及凡夫勝者，是名清淨僧。（T23p220a10-11）

【鈍根】我鈍根不多聞，未有所知。（T23p80b5）

【惡事】是迦留羅提舍比丘，起如是惡事便去。（T23p115c16-17）

【餓鬼】當墮地獄餓鬼畜生。（T23p114a16）

【精舍】出王園精舍，往詣佛所。（T23p50b9-10）

3、動+名→名

【邏人】不由濟渡恒河時，爲邏人所捉。（T23p116a14）

【織師】墮岸下織衣師上，織師即死。（T23p10c24-25）

【侍人】王告大臣侍人。（T23p460b6）

【辯才】跋難陀是大法師，有樂説辯才。（T23p90b3）

【論師】見是論師婆羅門眼口相貌，自知不如，愁憂更甚。（T23p63c4-5）

4、副+動→動

【端視】端視鉢食應當學，若不端視鉢食突吉羅。（T23p139a5）

【乃是】佛聽畜三衣，雨浴衣乃是第四衣。（T23p59a3-4）

5、副+形→形

【至眞】謂如來至眞等正覺。（T23p370b14）

【至正】乃至正智已得解脱。（T23p440a28）

【微妙】即爲説種種微妙法。（T23p314a11-12）

【深妙】能爲白衣説深妙法。（T23p368b15）

6、數+名→名

【二根】非人女，畜生女，二根亦如是。（T23p2c25-26）

【三昧】比丘從三昧起，見此女身即生著心。（T23p3a4-5）

【三衣】若汝三衣滿足者，餘殘衣盡用與我。（T23p45a27）

【五法】何等五法？（T23p72c21）

【七眾】爲七眾故應去。（T23p174a9）

【八戒】善受持八戒。（T23p420a19）

【十利】以十利故，爲諸比丘結戒。（T23p1c15-16）

7、形+副→形

【臭劇】比丘卻蓋時，小便臭劇。（T23p276b12）

【痛劇】眼更增痛劇。（T23p276a2）

（三）動賓式

【彈指】迦留陀夷門下彈指。（T23p10c2）

【歸命】若人歸命釋迦文佛，是人亦歸命毘婆尸佛尸棄佛。（T23p383

a20-21）

【知事】諸比丘便立知事人。（T23p248a3）

【出家】厭世出家剃除鬚髮被著法服而作比丘。（T23p1a11-12）

【漱口】以水著口中三回轉，是名漱口。（T23p445b10-11）

（四）動補式

【除滅】諸惡法生即能除滅。（T23p8a10）

【盛滿】以淨水瓶盛滿冷水。（T23p13c29）

【拔出】以針刺衣角頭尋還拔出。（T23p9c19）

【崩壞】是僧房重閣何故崩壞。（T23p247c25）

【崩倒】即日作成即日崩倒。（T23p80a7）

（五）主謂式

【年少】諸年少輩便壞我舍持材木去。（T23p3b12-13）

【自利】是人不能自利，亦不利他。（T23p352c19-20）

【頭痛】若新剃髮，若頭痛，若房舍內，塗者不犯。（T23p267c3-4）

【氣絕】小兒多笑乃至氣絕。（T23p112b1）

【地曉】爾時迦留陀夷地曉時，著衣持鉢入王宮。（T23p125a19-20）

（六）附加式

附加式雙音詞是指由一個實語素加一個虛語素構成的雙音詞，虛語素在前，稱之爲詞頭，也稱前綴；虛語素在後，稱之爲詞尾，也稱後綴。「中古時期，復音化程度加快，複音詞大量增加的一個重要標誌是：附加式構詞方式的興起和發展。漢魏六朝附加式複音詞的大量產生，是這一時期漢語詞彙雙音化的重要特點之一。」〔註5〕

在上古漢語裏已經有不少詞頭和詞尾，詞頭如「有、其、言、於、薄」，詞尾如「然、如、爾、若、焉、乎」。據學者們的研究，在中古漢語裏又產生了相當一批詞頭詞尾，詞頭如：「第、阿、可、相」，詞尾如：「然、爲、當、來、復、自、身、可、取、子、兒、頭、等、切、用」等。

《十誦律》中的詞頭比較少，只有「第」、「相」、「可」和「阿」4個，詞

〔註5〕方一新《中古近代漢語詞彙學》，商務印書館，2010年，第692頁

尾較多，有「然」、「自」、「復」、「等」、「子」、「兒」、「頭」、「來」、「卻」、「爾」
10個。

1、詞頭「第」

佛經中加「第」前綴的附加式複音詞十分常見。「第」置於數詞前表示序
數，始見於漢代。王力認為，在「第」用為詞頭的初期，「第」後加數詞，但
是數詞後面還不帶名詞，帶名詞是漢末以後的事。後面帶名詞是很重要的一
次演變，因為有了名詞在後頭，序數的性質更確定了。〔註6〕《十誦律》中的
詞頭「第」加數詞，後面都可以帶名詞或量詞。

> 諸供養中<u>第一</u>供養。（T23p17a11）
>
> 是名<u>第二</u>世間大賊。（T23p12a18）
>
> 是<u>第三</u>賊。（T23p12a28）
>
> 雨浴衣乃是<u>第四</u>衣。（T23p59a3-4）
>
> 如是人作<u>第五</u>人。（T23p219a13-14）
>
> <u>第六</u>過失。（T23pb10-11）
>
> 到<u>第七</u>日尚無雨氣，何況大雨？（T23p13b22）
>
> 至<u>第八</u>日地了時。（T23p61b1）
>
> 是名<u>第九</u>過失。（T23p125b16-17）
>
> 如是人作<u>第十</u>人。（T23p219a21）

2、詞頭「相」

> 欲令我以何事<u>相助</u>？（T23p22a29-b1）
>
> 汝所須事我當<u>相與</u>。（T23p24c18-19）
>
> 歌舞人，躑絕人，<u>相打</u>人，<u>相撲</u>人。（T23p32c12）
>
> 若是諸樹枝葉<u>相接</u>。（T23p33a22-23）
>
> 若得<u>相似</u>者當作成衣。（T23p33b4-5）
>
> 種種眾鳥，哀聲<u>相和</u>，甚可愛樂。（T23p440c11-12）

〔註6〕 王力《漢語史稿》，中華書局，1980年

3、詞頭「可」

見一肆上有好瓦鉢圓正<u>可愛</u>。（T23p54a22）

是事眾中<u>可恥</u>。（T23p157b19）

此有虎狼<u>可畏</u>。（T23p10c19）

病不差不<u>可忍</u>。苦惱增長。（T23p303a7）

若彼<u>可樂</u>者當住，不<u>可樂</u>者便還。（T23p213b25）

4、詞頭「阿」

「阿」是中古時期使用十分廣泛的名詞詞頭。「魏晉以後，詞頭『阿』的廣泛使用，也可能受佛經翻譯的影響。梵語中有許多詞以 a 開頭，譯成漢語為『阿』。」它可以用在名字之前，也可以用在親屬名詞之前，如「阿爺」、「阿母」、「阿女」。《十誦律》裏新產生了「阿父」、「阿舅」與「阿藍」，這三個詞是《十誦律》首創的。

<u>阿父</u>，與我食，與我餅。（T23p151b12）

<u>阿舅</u>，是河曲中得此鯉魚，不能分，汝能分不？（T23p199c8-9）

<u>阿藍</u>者，僧伽藍。（T23p419a16-17）

5、詞尾「然」

「然」用作形容詞詞尾，在上古已經存在。《十誦律》只出現兩次。

愁憂色變，<u>默然</u>低頭，迷悶不樂。（T23p1b20-21）

是小兒<u>忽然</u>大富貴故，即名爲忽然居士。（T23p88a26-27）

6、詞尾「自」

「漢代以下，『自』和『復』是兩個十分活躍的成分，在其運用和構詞上出現許多值得注意的現象。其間最有特點的，便是附著在一個單音詞（主要是副詞）的後邊，與前者組合成一個雙音詞，而它本身則明顯地呈無義狀態，只起音節作用而已。」〔註7〕關於這一點學者們多有論述，如劉瑞明《〈世說新語〉中的詞尾「自」和「復」》（1989）和《關於「自」的再討論》（1994），蔣宗許的《也談詞尾「復」》（1990）、《詞尾「自」再說》（1993）和《再說詞尾「自」

〔註7〕 向熹《簡明漢語史》下冊，商務印書館，2010 年，第 272～273 頁。

和「復」》（1994），高雲海的《「自」和「復」非詞尾說質疑》（1998）等。

> 檀越先自發心思惟。（T23p86c6）

> 親裏人尚自持衣與，何況不足而取？（T23p42c10-11）

> 自掘者，手自掘。（T23p117c2）

> 我自安樂，汝不樂者便自出去。（T23p78c25）

> 我等車各自滿重，若為汝載者，亦當俱失。（T23p50a1-2）

> 我自安樂，汝不樂者便自出去。（T23p78c25）

7、詞尾「復」

> 是諸比丘深修不淨觀故，慚愧厭惡亦復如是。（T23p7b29-c1）

> 雖復受戒歲多，不知五法。（T23p151a28-29）

> 若復有乞食後來，不足者取而食之。（T23p165a16-17）

> 是時黑牛聞是唱聲，便語主言：「是人何故復唱斯言？」時主答曰：「貪財物故復作是唱。」（T23p64a29-b2）

8、詞尾「等」

> 我等諸親裏多饒財富，當因我故布施作福。（T23p1a15-16）

> 乃至不復與汝等共作同學。（T23p2c3）

> 是何等物色赤嚴好。（T23p3b19-20）

> 入園林中，作如是等種種惡不淨事。（T23p26b25-26）

> 如是藕等池物，多煮多食多殘。（T23p413b17-18）

> 池物者，藕根、藕子、菱芡根、雞頭子等，是名池物。（T23p413b21-22）

9、詞尾「子」

> 孔容貓子入處。（T23p113b20）

> 根種子、莖種子、節種子、自落種子、實種子。（T23p75a28-29）

> 乃至蟻子，不應故奪命。（T23p157a22）

> 即持大棒欲打蚊子，蚊子飛去。（T23p438b6）

値<u>師子</u>難，虎狼難，熊羆難。（T23p94b20）

二三四<u>男子</u>亦如是。（T23p19b23）

僧有鉢、<u>瓮子</u>、<u>杅子</u>、鍵瓷。（T23p350a13-14）

從今聽畜月頭<u>刀子</u>用裁衣。（T23p270a8-9）

10、詞尾「兒」

我是某甲<u>屠兒</u>。（T23p179b19）

汝是貧窮<u>乞兒</u>腹中常空。（T23p436a24）

是弊惡<u>婢兒</u>蚊子。何以來飲我父血？（T23p438b5-6）

11、詞尾「頭」

不應置<u>牆頭</u>，不應置大小便處。（T23p419b8）

<u>下頭</u>亦應裹。（T23p289a20）

謂腳處，足處，環處，床陛處，上繩床足處，<u>上頭</u>處。（T23p5b1-2）

以針刺衣角<u>頭</u>尋還拔出。（T23p9c19）

「子」、「兒」、「頭」本都為單音節名詞，因為它們常用於另一名詞後，導致它的實在義虛化而變成詞尾。

12、詞尾「來」

有一比丘久<u>來</u>病，有相識比丘來問訊。（T23p435c6）

半迦尸尼先<u>來</u>清淨不。（T23p295c11-12）

譬如霜雹蝗蟲賊殘害人民穀麥，其所至處破人家業，<u>今來</u>復欲殘毀我輩。（T23p191b29-c2）

13、詞尾「卻」

女人抱捉比丘，比丘出手<u>推卻</u>。（T23p425c18-19）

一時瓶沙王欲洗，語守池人：「除人令淨，我欲往洗。」實時<u>除卻</u>餘人。（T23p109c13-14）

我已掃除祇洹淨潔，唯有一人，著弊故衣，近佛坐聽法，我等敬難佛故，不敢<u>驅卻</u>。（T23p124c15-17）

又六群比丘食著手振卻。諸居士呵責言：「諸比丘食如王如大臣，振手食棄。」（T23p138c2-3）

偷蘭難陀比丘尼忘不解卻，走出房外。（T23p320b5-6）

若頭上有瘡，當云何？佛言：「以剪刀剪卻。」（T23p445a27-28）

14、詞尾「爾」

若我不覺者，正爾當為蛇所害。（T23p105b29-c1）

此比丘不肯直爾便首。（T23p214a24-25）

第四節　《十誦律》詞彙與現代漢語詞彙之比較

一、完全因襲沿用至今

上文提到，佛經中大量因襲沿用了漢語原來就有的舊詞，其中很大一部分我們至今仍然在使用。比如：人、馬、牛、羊、豬、狗、樹、花、草、鳥、土地、出入、畜生、身體、世俗、血肉、應當、默然、何等、貴重、面目、辛苦、一切、臥具、醜惡、廣大、大眾、傷害、歡喜、聚集、堅持、懶惰、再三、嫉妒、誹謗、可愛、減少、敬仰、憐憫、父母、兄弟、姊妹、男女、妻子、富貴、啼哭、女婿、女人、男人、今日、中間、鸚鵡、職位、日日、漸漸、處處、私通、充滿、狹小、糧食，等等。這些都屬於常用詞的範疇，從古到今含義幾乎都沒有什麼變化，體現了漢語基本詞彙的穩固性。而許多鮮見於之前中土文獻中的詞語由於在佛經中頻繁使用擴大了影響，因而沿用至今並進入了基本詞彙，如：世界、過去、未來、現在、因果、慈悲、煩惱、自在、智慧、睡眠，等等。隨著佛教的影響越來越大，大批與佛教的稱謂、禮儀、教義、人物、故事、傳說等有關的的詞也逐漸被人們所熟悉、接納和喜愛，進入漢語的詞彙系統，並沿用至今，如：和尚、尼姑、長老、方丈、懺悔、袈裟、三昧、佛陀、菩薩、禪宗、阿彌陀佛、抱佛腳、畫龍點睛、光怪陸離、雪中送炭、對牛彈琴、現身說法、盲人摸象、水中撈月，等等。佛教詞彙極大地豐富了漢語原有詞彙，並成為漢語詞彙體系不可分割的有機組成部分。

二、古今同形異義

現代漢語中還有一部分詞彙和中古時代的佛經相比，詞義有了很大的變化。具體可以分為兩種。下面舉例說明。

（一）詞義完全改變

1、遊行

現代漢語指廣大群眾為了慶祝、紀念、示威等在街上結隊而行。它是一種大規模的集體活動，而且常常是為了特定目標，因此帶有嚴肅、正式的意味。可是，佛經中「遊行」這一動作的發出者可以是單數亦可以是複數，也並不具有嚴肅正式的目的性，反而帶有輕鬆散漫的意味。

> 達尼迦比丘二月遊行，還見舍破壞，問所囑比丘：「誰壞我舍？」（T23p3b29-c1）

> 佛在憍薩羅國，與大比丘眾遊行，時有五百估客眾隨逐佛行。（T23p104b29-c1）

> 爾時長老闡那，用高廣好床，佛與阿難遊行到闡那房。（T23p127b22-23）

2、知識

現代漢語有兩個意思：①人們在改造世界的實踐中所獲得的認識和經驗的總和。②指有關學術文化的。譯經中所使用的「知識」一詞的含義與此完全不同。下面第一句的「知識」是朋友的意思。第二句是知道、認識的意思。

> 過去世雪山下有二獸，一名好毛師子，二名好牙虎，共為善知識，相親愛念相（T23p66a26-28）

> 以國王夫人王子大臣將帥官屬所知識故，伐是多人所識用神樹，作大房舍。（T23p21b22-24）

3、卑下

現代漢語有兩個意思：①（品格、風格等）低下。②（地位）低微。佛經中指低矮。

> 王自坐高處，六群比丘在卑下處。（T23p139c5）

隨上座次第坐，應與諸別住人最下房舍，下臥具，<u>卑下</u>座處。

（T23p237b20-21）

4、好看

現代漢語有三個意思：①看著舒服；美觀。②臉上有光彩；體面。③使人難堪叫做要人的好看。《十誦律》的「好看」是「抬舉；厚待」的意思。

我等蒙師故，得衣服、臥具、湯藥、飲食。師<u>好看</u>我等者，自當覺知。（T23p258b29-c1）

我若更取餘人作婦，則不能<u>好看</u>我兒，兒亦不愛樂。

（T23p307c22-23）

（二）詞義部分改變

1、眷屬

現代漢語有兩個意思：①家眷；親屬。②特指夫妻。佛經中的「眷屬」除了第一個意思外，還可以指「徒眾、夥伴」和「手下人」。

是時舍衛城有一居士，無常對至，財物妻子<u>眷屬</u>奴婢一切死盡。（T23p151b4-5）

爾時長老耶舍與五百<u>眷屬</u>俱，來向舍衛國欲安居。（T23p78b7-8）

波斯匿王<u>眷屬</u>，有捉杖者，捉蓋者，捉刀者，捉盾者，捉弓箭者。（T23p140a28-b1）

2、成就

現代漢語有兩個意思：①事業上的成績。②完成（事業）。「成就」是佛經中的一個常用詞，指「完成、實現、造就」。

是聚落中多富貴家，穀米豐饒，種種<u>成就</u>。（T23p11a18）

是力士子陀驃<u>成就</u>五法故，眾僧教作差會人。（T23p22a16-17）

從今聽五法<u>成就</u>滿十歲，若過應授共住弟子具足。

（T23p149b9-10）

3、一一

現代漢語指逐一；一個一個地。佛經中除了這個意思外，還有「所有，一

切」的意思。

時獼猴來欲行婬，<u>一一</u>看諸比丘面，次到所愛比丘前住，諦視其面。（T23p2a4-6）

若比丘欲盛變心故，觸女身，若捉手臂頭髮，<u>一一</u>身份上下摩觸，僧伽婆尸沙。（T23p15a14-15）

<u>一一</u>身份者，眼耳鼻等。（T23p15a22）

4、柔軟

現代漢語指軟和；不堅硬。佛經中除了這個意思，還可以指性格、聲音等溫和。

六群比丘噉是食已，肥盛，得色得力，身<u>柔軟</u>。（T23p218a26-27）

主受牛語，即便洗刷，麻油塗角，著好華鬘，繫車右邊，<u>柔軟</u>愛語：「大吉黑牛，廣角大力，牽是車去。」是牛聞是<u>柔軟</u>愛語故，即得色力，牽重上阪。（T23p64b9-13）

是比丘<u>柔軟</u>樂人，頭手傷壞，鉢破衣裂。（T23p78b19-20）

5、堅固

現代漢語指結實；牢固。佛經中除了這個意思外，還可以指（意志）堅定；（力量）強勁。

尊者舍利弗去佛不遠，坐一<u>堅固</u>樹下。（《雜阿含經》T2p33c8-9）

時諸親友知實力子志意<u>堅固</u>，詣王及妃具陳情理。（《根本說一切有部毘奈耶》T23p695a9-10）

於是事業都無疲倦，亦不怖畏，荷負大擔，力勢<u>堅固</u>。（《大乘寶雲經》T16p258b6-7）

6、寧可

現代漢語指「寧願」，表示兩相比較，選取一面。佛經中除了這個意思，還可以指「豈可；難道能夠」。如下面例1是「寧願」，例2是「豈可」。

我今<u>寧可</u>忍飢絕食，不緣此故而犯其罪。（《根本說一切有部毘奈耶》T23p810b1-2）

賊常來劫奪，長老畢陵伽婆蹉見已，作是念：「<u>寧可</u>使此人爲賊所嬈害耶？（T23p433a7-9）

三、在現代漢語中完全消亡

語言不是靜止的，它處在不斷發展演化的過程中。舊有詞彙由於種種原因退出語言系統不再被社會使用，是語言發展的重要體現之一。佛經中的許多詞彙在現代漢語中完全消亡，這是造成佛經語言與現代漢語面貌不同的一個重要原因。

佛經中的許多詞語，在現代漢語中已經完全消亡，其具體情況又有多種。詞彙對社會的發展是最敏感的，舊事物和舊制度的消亡，舊觀念的改變，這些都不可避免地造成記錄這些事物和觀念的詞語的消亡，或者只使用於某些極狹小專門的領域，成為歷史詞語，例如「國主」、「太子」、「內官」、「黃門」、「宮人」、「婇女」、「侍女」等。這是外部的原因，還有語言內部的原因。語言系統內部的調整也會造成詞語的消亡。語言要求經濟簡潔，容不得可有可無的東西。比如上面提到，圍繞「惱」構成了一系列詞語，這些詞語的意思都比較接近，如：苦惱、痛惱、憂惱、煩惱、勤惱、衰惱、愁惱、懊惱、饑渴惱、輕惱、侵惱、悲惱、瞋惱、惱漏、惱亂、惱害、惱悶，等等。這17個詞語留存到現在的只有「苦惱」和「煩惱」。這體現了語言的經濟性原則。前文提到的同素逆序的一對同義詞，現代漢語中往往僅存一序，也屬於這種情況。淘汰冗餘是在漫長的語言使用和發展過程中逐漸完成的。此外，後出新詞排擠替代舊詞也會造成詞語消亡。如：佛經中的「地曉」和「地了」，現代漢語說成「天亮」。佛經中的「晨朝」，現代漢語說成「早晨」和「早上」。佛經中的「忘失」，現代漢語說成「遺忘」和「忘記」。佛經中的「估客」，現代漢語說成「商人」。等等。

第四章 《十誦律》同素逆序雙音詞研究

　　《十誦律》中有一類雙音詞很特別，它的兩個構詞語素完全相同，意義相同或相近，但是詞序剛好相反，稱之為同素逆序雙音詞，或稱字序對換雙音詞。同素逆序雙音詞在先秦漢語中已經存在，如《詩經・周南・桃夭》：「之子于歸，宜其室家」、「之子于歸，宜其家室」。「室家」即「家室」。再如《詩經・齊風・東方未明》：「東方未明，顛倒衣裳」、「東方未晞，顛倒裳衣」。「衣裳」即「裳衣」。在秦漢典籍中的同素逆序雙音詞更多，清代陸敬安《冷廬雜識》卷四《倒句倒字》指出：「《漢書》又多倒字，如妃后、子父、失得、貴富、舊故、疑嫌、病利、病疾、併兼、悅喜、苦勤、懼震、柔寬、思心、激詭、諱忌、稿草之類是也。」〔註1〕到了中古時期，這種現象更普遍。同素逆序詞一正一倒，既體現了漢語構詞法的靈活巧便，也反映了當時漢語詞彙的凝固化程度不高。

第一節　《十誦律》同素逆序雙音詞的分類

　　《十誦律》中的同素逆序雙音詞包括兩類：第一類是 AB、BA 兩式同時使用的，共 72 組；第二類是在《十誦律》中只有 AB 式，這類詞共 63 個。下面舉例說明。括號中的數字是該詞在《十誦律》的出現次數。

〔註1〕　清陸敬安《冷廬雜識》，沈雲龍主編《近代中國史料叢刊》第 76 輯，文海出版社，1972 年，第 217 頁。

一、AB、BA 兩式同時使用

1、名詞：26 組

被褥（30）──褥被（6）、木材（1）──材木（30）、女人（491）──
人女（49）、男人（9）──人男（10）、客人（1）──人客（5）、聲音（2）
──音聲（36）、眾人（52）──人眾（27）、罪過（16）──過罪（83）、輦車
（2）──車輦（6）、勢力（14）──力勢（35）、見聞（52）──聞見（3）、
幡幢（1）──幢幡（5）、語言（179）──言語（16）、塵土（6）──土塵（2）、
齊限（25）──限齊（1）、飯羹（8）──羹飯（12）、樹林（22）──林樹（8）、
惡臭（3）──臭惡（1）、魚肉（27）──肉魚（5）、名字（41）──字名（5）、
毛衣（3）──衣毛（1）、姓名（2）──名姓（2）、要言（3）──言要（1）、
事緣（1）──緣事（26）、盜賊（1）──賊盜（1）、賊寇（1）──寇賊（1）

【被褥】【褥被】

　　被褥敷好獨坐床，掃灑內外，皆悉淨潔。（T23p13c28-29）

　　若比丘露地敷僧臥具：細繩床、麁繩床、褥被。（T23p77a21-22）

【女人】【人女】

　　若有女人欲來入僧坊中看房舍者，我當示諸房處。（T23p14c24-
25）

　　比丘與人女行婬。三處犯波羅夷。（T23p2c24）

【眾人】【人眾】

　　爾時舍衛國眾人共要聚集一處，若不及者罰錢五十。（T23p46
c18-19）

　　阿難受教，將一下坐比丘入王舍城，街巷市裏多人眾處，以問
眾人（T23p4a20-22）

【客人】【人客】

　　一者舊人，二者客人，三者受欲人，四者說羯磨人。（T23p70a2-4）

　　汝夫，喜飲食人客，嗜酒，喜鬥諍。（T23p57c22-23）

【聲音】【音聲】

　　　身體不疲，不忘所憶，心不疲勞，聲音不壞，語言易解。（T23p269

　　c18-19）

　　　從定起，聞阿修羅城中伎樂音聲。（T23p13a2）

【齊限】【限齊】

　　　畜生尚知入他家，法有齊限，何況於人而不知法？（T23p98

　　b13-14）

　　　汝不知時，不知量，不知限齊。（T23p150b18-19）

【罪過】【過罪】

　　　汝等莫說目連是事罪過。（T23p439b29）

　　　是王常憙出比丘過罪，以此水中洗戲故，願令諸比丘莫復此中

　　洗。（T23p112c3-4）

　　2、動詞：28組

　　除滅（50）——滅除（1）、買賣（2）——賣買（12）、別離（50）——離

別（1）、嫉妒（29）——妒嫉（3）、浸治（2）——治浸（1）、瞋譏（20）——

譏瞋（1）、連縫（5）——縫連（1）、聚集（6）——集聚（1）、利益（64）——

益利（15）、掃灑（29）——灑掃（7）、誦讀（7）——讀誦（57）、歸還（2）

——還歸（23）、屏覆（17）——覆屏（1）、出入（72）——入出（58）、止頓

（5）——頓止（1）、逃走（1）——走逃（2）、調戲（17）——戲調（1）、破

裂（8）——裂破（3）、來往（15）——往來（24）、求覓（30）——覓求（2）、

破傷（1）——傷破（6）、瞻視（8）——視瞻（1）、言說（19）——說言（42）、

用持（1）——持用（4）、敬愛（7）——愛敬（4）、出來（8）——來出（12）、

問難（22）——難問（3）、負擔（2）——擔負（3）

【買賣】【賣買】

　　　若比丘為利故，以鐵錢種種賣買，尼薩者波夜提。若比丘為利

　　故，用銅錢、白鑞錢、鉛錫錢、樹膠錢、皮錢、木錢種種買賣，皆

　　尼薩者波夜提。（T23p53a24-26）

若言取此物，從此中取，取爾所，從此人取，持來持去，<u>賣買</u>亦如是。（T23p51c19-21）

【利益】【益利】

爾時眾中得如是種種大<u>利益</u>。（T23p80c15-16）

從今日，聽病因緣故浴，<u>益利</u>病人，如食無異。（T23p110a13-14）

有不破戒比丘至他家，有五<u>益利</u>。（T23p364c10）

【歸還】【還歸】

與他比丘衣，他不<u>歸還</u>取用，不得波逸提耶？（T23p395c12-13）

是估客子開肆戶，出是衣直，看數付與<u>還歸</u>。（T23p46c24-25）

頭面禮佛足，右遶而去，<u>還歸</u>，竟夜具諸淨潔多美飲食。（T23p49b13-14）

【問難】【難問】

在閣上者多憙調戲，經唄，呪願，<u>問難</u>，大聲戲笑，作種種無益語言。（T23p79a24-25）

我等<u>難問</u>能隨問答，當從此人集毘尼。（T23p447c18）

是梨婆多大法師，或能<u>難問</u>我阿毘曇。（T23p451b18-19）

【掃灑】【灑掃】

<u>掃灑</u>內外，皆悉淨潔。（T23p13c28-29）

<u>掃灑</u>堊塗竟，抖擻被褥枕。（T23p77c20）

<u>灑掃</u>清淨，懸雜色繒幡，燒眾名香，布種種花。（T23p189b23-24）

除草蓐，<u>灑掃</u>塗地。（T23p205b6-7）

【破裂】【裂破】

諸比丘身軟頭首傷壞，衣鉢<u>破裂</u>。（T23p245b16-17）

此衣處處縱橫<u>破裂</u>。（T23p270a8）

以牛舌刀，<u>裂破</u>其身作兩分。（T23p309c25）

3、形容詞：11 組

憂愁（26）——愁憂（46）、邪惡（2）——惡邪（183）、殘餘（4）——餘殘（40）、殘宿（18）——宿殘（2）、痛苦（2）——苦痛（66）、多少（32）——少多（50）、故弊（3）——弊故（8）、癡狂（3）——狂癡（10）、遠近（2）——近遠（1）、飽足（1）——足飽（1）、寂靜（1）——靜寂（1）

【邪惡】【惡邪】

　　有比丘於和上、阿闍梨、一切上座所，作邪惡，破威儀行。（T23p242a5-7）

　　如是諸比丘再三教提婆達多，不能令捨惡邪。（T23p25a11-12）

【憂愁】【愁憂】

　　有取薪人壞其庵舍，持材木去。乞食還見，即生憂愁。（T23p3b10-11）

　　汝若愁憂，不樂梵行，欲捨戒者，便來還家。（T23p1a27-28）

【故弊】【弊故】

　　餘比丘皆著新染衣，是一比丘著故弊衣。（T23p115a11-12）

　　佛見是比丘，知而故問：「汝何故著弊故衣？」（T23p115a12-13）

【殘餘】【餘殘】

　　若二若三澡豆洗，殘餘膩氣不盡。（T23p394b26-27）

　　若汝三衣滿足者，餘殘衣盡用與我。（T23p45a27）

　　除佛五眾，餘殘出家人，皆名外道。（T23p101a1）

【癡狂】【狂癡】

　　有比丘不癡狂顛倒，現癡狂相貌。（T23p143b11-12）

　　如狂癡人亂心人病壞心人，是名變心。（T23p15a17-18）

4、副詞：7 組

皆悉（17）——悉皆（4）、皆盡（3）——盡皆（5）、應當（125）——當應（11）、自手（137）——手自（5）、即便（66）——便即（8）、如似（4）——似如（16）、共俱（2）——俱共（1）

【自手】【手自】

　　自取者，手自取，自手舉離本處，波羅夷。（T23p4b18-19）

　　自手採花，亦使人採。自貫花鬘，亦使人貫。（T23p26b16-17）

　　自掘者，手自掘。教他掘者，教他人掘。（T23p117c2）

【即便】【便即】

　　是須提那即便心動，答母言：「爾。」（T23p1b12-13）

　　諸比丘再三教已，不能令捨，即便起去，往詣佛所，頭面禮足
一面坐，白佛言：「世尊，我等教阿利吒比丘，令捨是惡邪見，不能
令捨，我等便即起來。」（T23p106a15-18）

【皆悉】【悉皆】

　　掃灑內外，皆悉淨潔。（T23p14a7）

　　一切僧皆悉作是語。（T23p87b24-25）

　　本須提那所喜衣服嚴飾之具，悉皆著來。（T23p1b4-5）

【應當】【當應】

　　隨何捨得如是好供養者，應當以好物報償。（T23p88a11-12）

　　我先世果報必應當受。（T23p98c16）

　　若比丘欲作床者，當應量作。（T23p127b29-c1）

【如似】【似如】

　　汝今何以宛轉啼哭，如似木段？（T2p265b14-15）

　　爾時六群比丘負擔行，如似驢牛負馱。（T23p275a15-16）

　　佛即仰看，四人怖走，似如人捕。（T23p260b9-10）

二、只有 AB 式

　　還有一類同素逆序雙音詞，在《十誦律》裏只出現了 AB 式，但 BA 式存
在於同時代其它佛經和中土文獻中。這一類詞有 63 個。

　　互相（16）、人民（46）、共同（14）、年少（53）、氣力（11）、施設（2）、

糧食（5）、由來（1）、網羅（1）、畜積（3）、積聚（4）、論議（5）、澡洗（1）、
付囑（20）、割截（85）、留殘（1）、救解（2）、宜應（2）、止住（4）、淨潔
（47）、啞聾（20）、患苦（6）、虛空（32）、殊特（2）、朽腐（1）、苦困（1）、
餘多（2）、壯健（2）、制限（15）、垣牆（5）、熱悶（3）、淨潔（47）、求請
（2）、辛苦（15）、辦具（9）、乞求（13）、臭惡（1）、棄捨（9）、情事（1）、
互相（16）、鬥諍（224）、求索（6）、鬥戰（6）、邪淫（16）、速疾（1）、罵
詈（7）、狎習（5）、爛壞（7）、歡喜（77）、鄰比（1）、弊惡（23）、肉臠（1）、
婦女（14）、夜半（3）、己自（2）、兄弟（24）、厭患（2）、乾枯（3）、溉灌
（1）、安慰（5）、算計（1）、氣力（11）、負馱（2）

【辛苦】

我等辛苦暫行乞食，諸年少輩便壞我舍，持材木去。（T23p3
b12-13）

我飢急辛苦，是餓鬼那得不苦？（T23p180a4-5）

【壯健】

十七群比丘作是念：「六群比丘壯健多力，若掌著我，我等便
死。」即便啼喚。諸比丘問：「何故啼喚？」答言：「六群比丘壯健
多力，舉掌向我，怖故啼喚。」（T23p102b4-7）

【狎習】

有一比丘是偷蘭難陀比丘尼知舊相識，數數共語，親善狎習。
（T23p84a7-9）

所住處四邊。多諸比丘共相狎習。（T23p214a27-28）

【患苦】

汝何所患苦？有何疾病？有何急？（T23p131a16）

起居輕利，無復患苦。佛得瞻力，還復本色。（T23p194b27-28）

【制限】

諸比丘夏安居時，先作如是制限。（T23p165a11-12）

何以故。入自恣制限故。自恣時不應往。（T23p173a2-3）

【溉灌】

> 掘地斷草用水溉灌。（T23p359a13）

【負馱】

> 爾時六群比丘負擔行，如似驢牛負馱。（T23p275a15-16）

> 背上負物，似畜生負馱。（T23p297c4-5）

《十誦律》之所以採用 AB 式，而沒有採用 BA 式，可能有這麼幾個原因：

1、BA 式當時還沒有產生，如：相互、來由、半夜、粥飯、囑付、殘留、解救。

2、AB 式和 BA 式的意思不完全一樣，不能互相取代，如：虛空——空虛，澡洗——洗澡，網羅——羅網，熱悶——悶熱，年少——少年，殊特——特殊，算計——計算。

3、隨機偶然性。中古時期很多複音詞的凝固化程度不高，語素順序可以隨意顛倒，翻譯者隨意選擇了其中一種。這是主要原因。有些 BA 式雖然沒有出現在《十誦律》，但並不是當時還沒有產生，其它譯經中已經出現，如：少年、民人、力氣、截割、潔淨、戰鬥、惡弊、議論、弟兄、同共、自己、捨棄、多餘。

4、跟個人的習慣和偏好有關。比如在宋代譯經中，「聾啞」出現 27 次，而「啞聾」只出現 7 次，均見於元照《四分律行事鈔資持記》，「聾啞」在該書僅 1 見。宋代其他人都喜歡用「聾啞」，只有元照一個人更偏好「啞聾」。

第二節　同素逆序雙音詞的共時考察與歷時考察

一、同素逆序雙音詞的共時考察

下面選取《十誦律》的 10 組同素逆序雙音詞來與鳩摩羅什的其它譯經和同時代翻譯家的譯經進行對比，以期能夠發現一些特點和規律。佛經的選擇儘量做到三點：典籍比較重要、譯師比較著名、篇幅不能太小。共 10 部：分別是鳩摩羅什（344～413 年）的《十誦律》61 卷、《大智度論》100 卷、《摩訶般若波羅蜜經》27 卷，佛陀跋陀羅（359～429 年）的《大方廣佛華嚴經》60 卷，佛陀跋陀羅和法顯（337～422 年）的《摩訶僧祇律》40 卷，曇無讖（385

～433 年）的《大般涅槃經》40 卷和《大方等大集經》60 卷，佛陀耶舍和竺佛念的《四分律》60 卷、《長阿含經》22 卷，竺佛念的《出曜經》30 卷。

	大正藏	十誦律 61卷	摩訶般若波羅蜜經 27卷	大智度論 100卷	大般涅槃經 40卷	大方等大集經 60卷	大方廣佛華嚴經 60卷	摩訶僧祇律 40卷	四分律 60卷	長阿含經 22卷	出曜經 30卷
罪過	1181	16	1	11	12	28	0	8	1	0	2
過罪	475	83	4	50	1	3	0	4	0	2	0
勢力	3601	14	3	27	23	79	35	13	12	0	0
力勢	607	35	0	44	8	19	1	9	27	0	8
聲音	346	2	0	0	0	1	2	0	1	0	1
音聲	7562	36	23	124	40	108	513	4	37	2	5
議論	301	0	0	3	1	0	0	1	0	0	1
論議	1164	5	4	115	6	4	2	10	12	2	4
見聞	4951	52	4	27	18	35	43	46	79	1	4
聞見	963	3	0	14	23	5	16	3	0	0	4
利益	14114	64	78	474	108	243	57	53	90	10	10
益利	89	15	0	6	0	0	0	0	0	0	0
聚集	1578	6	1	3	4	32	2	4	8	2	4
集聚	287	1	0	0	0	3	0	2	2	1	5
邪惡	278	2	0	1	4	4	0	1	0	1	2
惡邪	637	183	1	23	12	11	0	38	2	1	0
憂愁	887	26	11	66	17	20	0	1	3	0	4
愁憂	1299	46	2	15	10	4	4	13	47	7	52
皆悉	11997	17	10	59	69	247	725	284	14	54	32
悉皆	7953	4	1	36	57	127	65	5	3	2	7

從上表中可以看出以下幾點：

1、中古時期詞語的凝固化程度不高，很多詞語的 AB 式和 BA 式兩可，但都是以一種爲主。

2、詞語的選用跟個人習慣和偏好有關。比如鳩摩羅什習慣使用「過罪」和「力勢」，而曇無讖和佛陀跋陀羅更喜歡使用「罪過」和「勢力」，竺佛念也喜歡使用「力勢」。鳩摩羅什和曇無讖喜歡使用「憂愁」，而佛陀跋陀羅和竺佛念更喜歡使用「愁憂」。

3、有些詞早期是 AB 式佔優勢，後期逐漸被 BA 式所取代。在鳩摩羅什和同時代譯經家的作品中，「音聲」、「論議」和「惡邪」的使用頻率明顯高於「聲音」、「議論」和「邪惡」，整個《大正藏》的情況也如此。「聲音」、「議論」和「邪惡」取代「音聲」、「論議」和「惡邪」是後來的事情。

4、從古到今，有些詞的 AB 式一直比 BA 式佔優勢，如「見聞」和「聚集」一直比「聞見」和「集聚」佔優勢。

5、在創造和使用新詞方面，鳩摩羅什是最大膽的。上表中鳩摩羅什的三部佛經共 188 卷，其它 7 部佛經共 312 卷。在鳩摩羅什的三部譯經中，「過罪」出現 137 次，「力勢」出現 79 次，「益利」出現 21 次，而其它 7 部譯經加起來分別是 10 次，72 次，0 次。「益利」是鳩摩羅什首創的，其它佛經中都沒有。

二、同素逆序雙音詞的歷時考察

下面選取《十誦律》中的 10 組同素逆序雙音詞來與東漢至宋代的九部佛經作對比，以此來進一步分析此類詞語，總結出一些規律。這九部佛經分別是東漢支婁迦讖《道行般若經》（10 卷）、三國吳康僧會《六度集經》（8 卷）、西晉竺法護《普曜經》（8 卷）、前秦佛陀耶舍共竺佛念《四分律》（60 卷）、東晉佛馱跋陀羅共法顯《摩訶僧祇律》（40 卷）、南朝宋佛陀什共竺道生《五分律》（30 卷）、隋闍那崛多《佛本行集經》（60 卷）、唐玄奘《瑜伽師地論》（100 卷）、北宋法護《佛說大乘菩薩藏正法經》（40 卷）。所選 10 組詞語在全部大藏經及每部佛經中出現的次數如下：

	大正藏	道行般若經 東漢	六度集經 三國	普曜經 西晉	四分律 前秦	十誦律 後秦	摩訶僧祇律 東晉	五分律劉宋	佛本行集經 隋	瑜伽師地論 唐	大乘菩薩藏正法經 宋
罪過	1181	0	0	0	1	16	8	1	8	10	0
過罪	475	0	0	1	0	83	4	1	3	5	1
勢力	3601	0	1	10	12	14	13	10	18	115	4
力勢	607	0	3	12	27	35	9	0	3	2	2
聲音	346	1	0	0	1	2	0	0	5	0	0
音聲	7562	7	2	22	37	36	4	1	71	51	45

議論	301	0	0	0	0	0	1	0	3	2	3
論議	1164	0	0	0	12	5	10	12	9	18	2
見聞	4951	4	3	7	79	52	46	40	6	32	3
聞見	963	3	5	2	0	3	3	3	10	1	0
利益	14114	0	0	0	90	64	53	17	111	258	30
益利	89	0	0	0	0	15	0	0	1	0	0
聚集	1578	0	0	0	8	6	4	3	38	0	1
集聚	287	0	0	0	2	1	2	1	39	0	0
邪惡	278	1	0	1	0	2	1	0	0	12	0
惡邪	637	0	0	0	2	183	38	41	0	8	0
憂愁	887	0	0	2	3	26	1	2	73	6	0
愁憂	1299	3	0	1	47	46	13	6	14	29	0
皆悉	11997	5	3	15	14	17	284	18	235	163	63
悉皆	7953	3	0	1	3	4	5	9	172	44	38

通過對以上表格的分析，可以看出以下幾點：

1、中古時期，尤其是從西晉到初唐，詞序的凝固化程度不高，AB 式和 BA 式並用的情況很普遍，並且很多詞的 AB 式和 BA 式的使用頻率的差距不是太大，有的還勢均力敵。如後秦《十誦律》裏「勢力」（14）和「力勢」（35），「憂愁」（26）和「愁憂」（46）；隋《佛本行集經》裏「聚集」（38）和「集聚」（39），「皆悉」（235）和「悉皆」（172）。但宋代以後，AB 式和 BA 式的使用頻率的差距明顯加大，越來越呈現出一種趨勢：要麼 AB 式取代 BA 式，要麼 BA 式取代 AB 式。以「罪過」和「過罪」爲例，在這十部佛經中，《十誦律》的「過罪」（83）和「罪過」（16）使用頻率是最懸殊的，但它們的比例只是 5.19：1，而宋代「罪過」和「過罪」的比例是 13.8：1，明代是 18.3：1，清代是 30.8：1。下面是「罪過」和「過罪」在宋元明清的使用情況：

	宋	元	明	清
罪過	207	0	146	154
過罪	15	0	8	5

2、不少詞語的發展都經歷了一個由弱勢到強勢的過程，早期是 AB 式佔優勢，後期是 BA 式佔優勢，AB 式逐漸消亡。如「力勢」、「論議」和「愁憂」在早期都遠比「勢力」、「議論」和「憂愁」使用更頻繁。「力勢」和「勢力」地位的轉變發生在東晉。「論議」和「議論」地位的轉變發生在宋代。從下表可以看出，從元代開始「愁憂」幾乎已經不再使用。下面是「議論」、「論議」和「憂愁」、「愁憂」在宋元明清的使用情況：

	宋	元	明	清
議論	97	20	24	21
論議	78	23	18	8
憂愁	70	2	1	5
愁憂	30	1	0	0

3、雖然「聲音」和「邪惡」是現在的常用詞，但從東漢一直到宋代乃至清代，「音聲」、「惡邪」比起它們的同素逆序詞「聲音」和「邪惡」都是占絕對優勢，「聲音」取代「音聲」，「邪惡」取代「惡邪」的歷史並不長。下面是「聲音」、「音聲」和「邪惡」、「惡邪」在宋元明清的使用情況：

	宋	元	明	清
聲音	30	0	3	3
音聲	807	4	97	32
邪惡	21	1	0	0
惡邪	32	0	5	0

4、雖然從歷史上的總體使用情況看，有些詞語比它們的同素逆序詞更佔優勢，但也有例外，這應該是譯師們個人的用詞習慣和偏好使然。比如，總體上看，「罪過」、「見聞」、「利益」、「聚集」、「皆悉」一直都比「過罪」、「聞見」、「益利」、「集聚」、「悉皆」明顯佔優勢。但《十誦律》「過罪」（83 次）的使用頻率卻大大高於「罪過」（16 次），這應該歸因於鳩摩羅什的個人用詞習慣和偏好。同樣，從東漢到初唐，「愁憂」比「憂愁」總體來說占絕對優勢，但在隋代的《佛本行集經》裏，「憂愁」（73 次）的使用頻率大大高於「愁憂」（14 次）。這也是因為闍那崛多的個人習慣和偏好使然。

5、以上十位譯師當中，在創造和使用新詞方面，鳩摩羅什是最大膽的。據筆者對《大正藏》的檢索，以上二十個詞語中，「議論」和「益利」就是鳩摩羅什首創的。雖然西晉竺法護譯經已經有「行益利義，內志篤厚」和「欲益利誼，益加精進」的說法，但這兒的「益利」顯然不是一個詞。這個詞應該是鳩摩羅什首創，並且他使用得非常頻繁。在這十部佛經中，「益利」一共出現 16 次，其中 15 次都出現在鳩摩羅什的《十誦律》。「益利」在整個《大正藏》只出現 89 次，其中鳩摩羅什譯經就用了 26 次。他似乎有意識地大量兼用 AB 式和 BA 式，有意識地根據 AB 式創造出 BA 式。以上十組同素逆序詞，《十誦律》就有 9 組兼用了 AB 式 BA 式，雖然只用了「論議」沒有用「議論」，但「議論」在鳩摩羅什其它的譯經中屢見不鮮。有了「利益」，他就別出心裁地創造出「益利」；有了「論議」，他就大膽創造出「議論」。「罪過」、「過罪」、「聲音」、「惡邪」、「憂愁」、「皆悉」這些詞在以前的佛經中都是很少使用的，鳩摩羅什第一個大量使用。可以拿《十誦律》和比它年代早的四部佛經對比一下，《十誦律》是 61 卷，這四部佛經加起來是 86 卷，但《十誦律》中新詞的使用頻率遠遠超過四部佛經的總和。

	道行般若經、六度集經、普曜經、四分律	十誦律
罪過	1	16
過罪	1	83
利益	90	64
益利	0	15
邪惡	2	2
惡邪	2	183
憂愁	5	26
愁憂	51	46
皆悉	54	284
悉皆	11	5

　　鳩摩羅什深厚的漢學修養使他在詞語的創造和運用上游刃有餘。他的嘗試和努力，既為漢語創造了不少新詞，豐富了漢語的詞彙，又鞏固了雖已產生但尚不穩定的詞語，擴大了它們的影響。由於他在佛教史上的崇高地位和深遠影

響，他對詞語的創造和運用無疑會對後來者有示範和啓迪作用。鳩摩羅什以後，「罪過」、「過罪」、「勢力」、「議論」、「惡邪」、「憂愁」的使用頻率明顯高起來，「勢力」逐漸取代了「力勢」的優勢地位，到了唐代，玄奘更是大規模使用「勢力」，僅僅在《瑜伽師地論》中就用了 115 次，「力勢」只用了 2 次，爲「勢力」最終完全取代「力勢」起了推波助瀾的作用。鳩摩羅什和玄奘這些譯經大師們的努力對漢語詞彙的豐富、鞏固和發展起了很大的作用。

第三節　同素逆序雙音詞在現代漢語中的保留情況

一、AB、BA 兩式全部保留

　　《十誦律》中 AB、BA 式同時使用的同素逆序雙音詞兩種形式在現代漢語中全部保留的僅 6 組：語言——言語、來往——往來、別離——離別、聚集——集聚、痛苦——苦痛、負擔——擔負，只占《十誦律》全部同素逆序雙音詞（72 組）的十二分之一。其中「語言」和「言語」、「擔負」和「負擔」、「痛苦」和「苦痛」意思不完全相同，「語言」在現代漢語中有兩個意思：①人類所特有的用來表達意思、交流思想的工具，是一種特殊的社會現象，由語音、詞彙和語法構成一定的系統。②話語。而「言語」是指說話，也可以指說的話。「擔負」只能作動詞，指承當（責任、工作、費用），而「負擔」既可以作動詞，指承當（責任、工作、費用等），也可以作名詞，指承受的壓力或擔當的責任、費用等。「痛苦」和「苦痛」的含義也有差別，「痛苦」現在既可以作形容詞又可以作名詞，「苦痛」只能作形容詞。類似的還有「喜歡——歡喜」、「要緊——緊要」、「和平——平和」、「著名——名著」、「計算——算計」，因爲含義不完全一樣，所以兩種詞序並存是有其合理性的，談不上誰淘汰誰的問題。

二、AB、BA 兩式全部消亡

　　《十誦律》中 AB、BA 兩式同時使用的同素逆序雙音詞，隨著語言的發展，兩式在現代漢語中全部消亡的有 26 組，占《十誦律》全部同素逆序雙音詞（72 組）的三分之一強，如：輦車——車輦、舊知——知舊、齊限——限齊、飯羹——羹飯、除滅——滅除、浸治——治浸、瞋譏——譏瞋、連縫——縫連、屏覆——覆屏、殘宿——宿殘、止頓——頓止、求覓——覓求、皆悉——悉皆、

皆盡——盡皆、自手——手自、即便——便即、要言——言要、事緣——緣事、破傷——傷破、瞻視——視瞻、用持——持用、故弊——弊故、如似——似如、共俱——俱共。這些詞語的消亡，有的是因為舊事物的消失，如「幢幡——幡幢」、「輦車——車輦」。但大部分詞語的消亡不是因為舊事物消失了，而是被新的詞語或者短語所替代，如「舊知——知舊」，現在說成舊交、老朋友；「皆悉——悉皆」現在說成都、全部；「自手——手自」現在說成親自、親手；「即便——便即」現在說成於是、就；「要言——言要」現在說成約定、契約。

三、一式保留，一式消亡

　　由於很多同素逆序雙音詞只有詞序的不同，而在意義、語法功能上幾乎完全一樣，這對語言的詞彙系統來說就是一個很大的累贅，無論是語言的詞彙系統還是實際的交際活動，都要求經濟和省力，這就導致了其中一種形式逐漸被淘汰。王力說：「在口語裏，同義詞達到了意義完全相等的地步是不能持久的。」〔註2〕

　　《十誦律》中兩式同時使用的同素逆序雙音詞在現代漢語中一式被淘汰，一式被保留的有40組，占《十誦律》全部同素逆序雙音詞（72組）的一半多，如：被褥——褥被、木材——材木、女人——人女、男人——人男、客人——人客、聲音——音聲、眾人——人眾、罪過——過罪、勢力——力勢、見聞——聞見、買賣——賣買、利益——益利、誦讀——讀誦、歸還——還歸、憂愁——愁憂、邪惡——惡邪、多少——少多、殘餘——餘殘、名字——字名、塵土——土塵、出入——入出、逃走——走逃、調戲——戲調、破裂——裂破、應當——當應、灑掃——掃灑、議論——論議、遠近——近遠、樹林——林樹、盜賊——賊盜、惡臭——臭惡、魚肉——肉魚、名字——字名、毛衣——衣毛、姓名——名姓。

　　同素逆序雙音詞被保留或淘汰的問題，講的其實就是並列式複音詞的語序排列問題。最早對此作研究的是余嘉錫，他在1938年撰寫的《世說新語箋疏》裏明確指出，並列式複音詞是按照平、上、去、入的調序排列的。他說：「凡以二名同言者，如其字平仄不同……則必以平聲居先，仄聲居後，此乃順乎聲音

〔註2〕王力《漢語史稿》，中華書局，1980年

之自然，在未有四聲之前固已如此。」這是一個重要的發現。余嘉錫之後，又有很多學者作了進一步探討，如丁邦新、竺家寧、周祖謨、曹先擢、李思明、王雲路、張巍、胡畔，等等。曾昭聰老師的《中古佛典中的字序對換雙音詞舉例》也對此作了研究。根據學者們的研究，同素逆序詞一式被保留一式被淘汰，原因是多方面的，既有語音語義的制約，也有語言習慣和民族文化心理的影響。其中語音條件是最主要的。

王雲路在《中古漢語詞彙史》第三章裏，專闢一節《並列複音詞的語素排列規則》，對前人的成果進行了總結，並進一步作了完善和擴展：（一）並列式中最有可能影響構詞詞序的是聲調，即按照平上去入的順序；（二）在聲調相同的情況下，發音部位和發音方法起決定作用；（三）某些不合於調序的並列式複音詞往往是根據意義的先後順序排列的；（四）並列式複音詞語素的排列規律適用於某些非並列式詞語，如連綿詞、單純詞以及部分四字格成語等。〔註3〕

拿王雲路的理論去考察《十誦律》的同素逆序詞，情況大部分是符合的。在《十誦律》同素逆序雙音詞選擇、淘汰的過程中，起最關鍵作用的是兩個音節聲調的順序，一般情況下符合調序（即中古平上去入，現代陰陽上去）的一式被保留下來，反之則被淘汰，如「邪惡」、「憂愁」、「多少」、「歸還」、「買賣」被保留，而「惡邪」、「愁憂」、「少多」、「還歸」、「賣買」被淘汰。而那些不合於調序的雙音詞則是根據意義的先後順序排列的，如「女人」、「男人」、「客人」、「眾人」、「誦讀」、「勢力」被保留是因為它們符合「小名＋大名」的表達方式。（「誦」是讀的一種，《周禮》鄭玄注：「以聲節之曰誦。」「勢」是力的一種，有別於財力、體力等）「見聞」、「灑掃」被保留則是因為它們符合動作和時間的先後順序。「益利」是鳩摩羅什根據「利益」創造出來的，「利」和「益」都是去聲，「益利」比起原有的「利益」，既沒有調序的優勢，也沒有意義先後的優勢，兩個詞意思也一樣，所以「益利」並沒有流行開來，最終被淘汰。在上一節講到，「益利」只出現於鳩摩羅什譯經中，其它7部佛經都沒有。

《十誦律》裏也有小部分同素逆序雙音詞，並不完全符合王雲路的理論。比如在講到同聲調的並列雙音詞的排序問題時，她說：「通常發音部位依照口腔由小到大、由合到開的順序」，還說「通常兩個語素發音舌位依照由後到前

〔註3〕王雲路《中古漢語詞彙史》上冊，商務印書館，第244～245頁

的順序」，但事實並非如此。她舉的「灌溉」取代「溉灌」的例子固然符合她的理論，但《十誦律》「被褥」取代「褥被」，「罪過」取代「過罪」，「議論」取代「論議」，「殘餘」取代「餘殘」，「詈罵」取代「罵詈」，這幾個例子就不符合她的理論，「被褥」、「議論」和「殘餘」兩個語素的排列恰恰都是口腔由大到小，由開到合，發音舌位是由前到後的。「罪過」、「詈罵」兩個語素的排列也是發音舌位由前到後。

第五章 《十誦律》異文研究

異文之說由來已久，利用異文進行古籍校勘的學術活動也很早就開始了。「異文」有狹義和廣義之分，狹義的異文是一個文字學概念，包括通假字和異體字。廣義的異文則是一個校勘學概念，《辭海》給「異文」下的定義是：「凡同一書的不同版本，或不同的書記載同一事物而字句互異，包括通假字和異體字，都稱異文。」〔註1〕《漢語大詞典》同。西漢劉向校理群書，就已經廣泛利用不同版本的異文，進行大規模的古籍校勘工作。

第一節 佛經異文的研究價值

佛經中包含豐富的異文材料。佛經異文研究的價值大致有以下幾個方面：

1、佛經異文可以為文字音韻訓詁之學提供豐富的材料。儒家經典經過幾千年來無數學者的研究，研究空間已經不大了，而相對來說研究佛典的學者就少得多，而佛經又數量龐大，這就給文字學音韻學訓詁學的研究提供了豐富的材料和廣闊的空間。佛教布道主要是面向底層民眾的，為了讓他們聽得懂看得懂，語言要儘量口語化，文字要儘量通俗化，不避俚俗，所以在儒家正統文獻裏很少使用的口語和俗字簡化字在佛經裏格外豐富。佛經版本之間的很多異文，其實就是正字和俗字、正字和訛字、古字和今字、簡化字和繁體字、本字和通假字的不同。佛經口語性強，能夠比較真實地反映當時的語音實際情況，佛經中

〔註1〕轉引自王彥坤《古籍異文研究》前言，廣東高等教育出版社，1993 年。

存在大量的音譯詞異文和通假字異文，給音韻學研究提供了很好的素材。清代學者早就利用了異文材料進行音韻研究，錢大昕「古無輕唇音」、「古無舌上音」這兩個著名的論斷就是建立在異文比勘的基礎之上的。進行異文研究，首先就要進行訓詁，才能判斷孰是孰非，而且佛經中存在大量的疑難詞語，這都爲訓詁學提供了廣闊的用武之地。

2、佛經異文研究對漢譯佛經的校勘和整理具有重要意義。佛經的流傳經歷了手抄、雕版印刷、活字印刷等幾個階段，這就導致了同一部佛經存在好多版本的情況，而版本之間往往存在大量異文，有的異文無關緊要，而有的異文則非同小可，「差之毫釐，謬以千里」，造成人們閱讀的困難和理解的歧義。佛經數量龐大，版本眾多，有梵文、漢文、藏文、蒙文、西夏文、傣文、巴利文等，僅其中的漢文大藏經就有《崇寧藏》、《開寶藏》、《毗盧藏》、《圓覺藏》、《資福藏》等等 20 幾種，因此其中的訛誤和異文是難以數計的。對異文進行收集、歸納、研究，有助於對佛經的校勘整理和閱讀。

3、佛經異文研究可以補充和完善大型語文辭書的編纂工作。由於對資料的收集不廣泛特別是對佛經語料的重視不夠，導致大型語文辭書在詞條失收、義項不全、書證滯後、書證太少等方面存在很多問題，進行異文研究有助於彌補這些缺陷。佛經中還有很多僻字和疑難詞語，工具書上沒有收錄，人們不知其音，不懂其義，研究異文，可以幫助考釋一些疑難字詞。比如《大詞典》只收了「阿蘭若」，未收錄「阿練若」、「阿練兒」，其實這是同一個詞的不同音譯。《訂補》雖然增收了「阿練若」，但最早的例子是元魏的《雜寶藏經》，時代太晚，而「阿練兒」依舊沒有被收錄。而且《大詞典》和《訂補》對此詞的釋義都不全，需要將二者結合起來。「阿蘭若」和「阿練兒」都是鳩摩羅什首創的。關於此詞，後文還要談到，這裏不贅述。

第二節 《十誦律》異文的來源

《十誦律》卷帙浩繁，異文材料非常豐富，又具有一定的代表性。本文的異文來源主要有兩個：

一、對校異文，即《大正藏》與其它版本佛經對比得到的異文。《大正藏》全稱是《大正新修大藏經》，是 1922～1934 年由日本高楠順次郎等人組織的大

正一切經刊行會編輯出版的漢文大藏經。《十誦律》位於《大正藏》第 23 冊。《大正藏》以《高麗藏》再刻本爲底本，以宋本、元本、明本和宮本、聖語藏本、古佚本、敦煌寫本爲校本。宋本即南宋《資福藏》本，元本即《普寧藏》本，明本即《永樂北藏》本，宮本即日本宮內省圖書寮本，聖本即日本正倉院聖語藏本。《大正藏》與這些版本互校，於每頁尾都列出了不同版本之間的異文，未加案斷，這是本文主要的異文來源。如：

> 大小便洟唾菜上，臭爛死壞。（T23p140b26）（「洟」聖本作「涕」，
> 「臭爛死壞」宋元明宮本作「菜臭爛死」）

> 作是語已便駛出去。（T23p1a22）（宋元明宮本作「疾」）

二、本校異文，即一部佛經前後文相似相關內容的對比得到的異文。佛教的衣食住行、禮節儀軌、稱謂、法器等都是差不多的，而且佛經的語言高度程序化，行文繁複，同樣的一句話經常翻來覆去地說，有時候甚至一連幾大段內容都差不多，基本結構和用語大同小異。這就決定了佛經有很多內容是相同的。通過對一部佛經前後文相似相關內容的對比可以得到很多異文。如：

> 若阿練兒比丘，在阿練兒處住，有疑怖畏。（T23p57b1-2）

> 阿練若比丘當來，阿練若處僧復作是念。（T23p285b19-20）

> 諸賊牽牛上至阿蘭若處，繫著樹而去。（T23p430c17-18）

> 到祇陀林中打揵槌。（T23p58b25）

> 便入祇洹打揵椎。（T23p61c10-11）

> 應打揵椎。打揵椎已，亦不遠聞。（T23p355b21-22）

第三節 《十誦律》異文的類型

《十誦律》的異文非常豐富，根據它們產生的原因和側重點不同，從字、詞、句三個角度進行考察，可以分爲以下若干種類型。

一、從字的角度看，《十誦律》的異文可以分爲七類：正俗字異文、異體字異文、古今字異文、同源字異文、通假字異文、繁簡字異文、正訛字異文。需要說明的是，這種分類未必十分妥當，一是因爲這七類本身有交叉的地方，如正俗字是對同一個字的不同寫法，事實上就是異體字，只不過一個得到官

方認可，一個流行於民間；再如「鍼」、「針」的關係既是正俗字，又是繁簡字；「欲」和「慾」，從產生時間上看，它們是古今字，但「欲」又是「慾」的簡化字；「飢」、「饑」本是不同的字，經常被通假混用，現在二者又同被簡化成「饑」。二是因爲對有些字的關係古代學者們意見分歧很大，讓人無所適從，如「盂」、「杅」二者的關係，桂馥和戴震認爲是異體字，慧琳認爲是正俗字，段玉裁則認爲是通假字。

（一）正俗字異文

正俗字是根據漢字在社會生活中的不同地位劃分的。正字是得到官方認可和推廣的規範漢字。俗字則是民間爲書寫方便，減省或變化筆劃而成的漢字。它們的地位不是一成不變的，俗字也有可能成爲正字。

1、滴、渧

不得飲酒，乃至小草頭，一**滴**亦不得飲。（T23p121b6-7）（聖乙本作「渧」）

或以氀取而**渧**，渧時不便流入，眼更增痛劇。（T23p276a1-2）（宋元明宮本均作「滴」）

按：「滴」是正字，「渧」是俗字。在《十誦律》裏，「渧」5 見，「滴」2 見，俗字比正字還使用頻繁。《說文‧水部》：「滴，水注也。從水，啻聲。」段玉裁注：「《埤倉》有渧字，讀去聲，即滴字也。」慧琳《一切經音義》卷 8「水滴」條：「滴，經作渧，俗字。」《字彙‧水部》：「渧，水滴也。」《正字通‧水部》：「渧，俗滴字」。

2、船、舡

地處、上處、虛空處、乘處、車處、**船**處。（T23p5a13-14）（宋本作「舡」）

單**船**有一界有別界。（T23p33a12-13）（宋本作「舡」）

要出二十萬金錢，十萬辦**舡**，十萬辦資糧。（T23p178c27-28）（宋元明宮本作「船」）

與比丘尼共期載**舡**。（T23p393c16）（宋元明宮本作「船」）

按：「船」是正字，「舡」是俗字。《希麟音義》卷 8「船舶」注：「律文從

公作舩，作舡，皆俗字。」《集韻・仙韻》：「船，俗作舡，非是。」

3、加、跏

林中敷尼師檀，在一樹下半跏趺坐。（T23p293c12）（明本作「加」）

通夜燃燈加趺而坐，爲聽法故。（T23p105b10）（宋元明宮聖乙本作「跏」）

上岸著衣，皆盛滿澡罐水，著前結加趺坐。（T23p112b26）（宋元明宮聖乙本作「跏」）

按：「跏」是「加」的俗字。《漢語大字典・足部》：「跏趺，也作加趺、加趺。佛教徒的坐法，分降魔坐與吉祥坐二種。」慧琳《一切經音義》卷8：「跏趺，上音加，下音夫。皆俗字也。正體作加趺。」

4、估、賈

爾時諸比丘共估客遊行，憍薩羅國向舍衛國。諸估客滿車載羺羊毛，到嶮道中，一估客車軸折牛腳傷破。（T23p49c26-28）（元明本均作「賈」）

憍薩羅國諸比丘遊行，與賈客俱經過大澤故，諸比丘從賈客主乞水，賈客主即出水與著鉢中。（T23p459a7-9）

按：「估」是「賈」的俗字。《十誦律》「估客」凡168見，「賈客」凡40見，俗字比正字使用還頻繁。慧琳《一切經音義》卷18「商賈」條：「賈，經作估，俗字也。」《說文・貝部》王筠句讀：「賈之俗字作估。」

5、餚饍、肴膳

佛爲王種常御肴膳，今此麁惡何能益身？（T23p99b13）

佛爲王種常食餚饍，此飯麁惡安能益身？（T23p188a11）

彼常有大會，肴膳盈長。（T23p99b27）

彼常有大會，有餚饍盈長。（T23p188a24-25）

諸國貴人長者居士大富商人，備眾供具種種肴膳，車馱充滿。（T23p99c1-3）

爾時諸國貴人長者居士大富薩薄，備眾供具種種**餚饍**，車馱盈溢。（T23p188a27-29）

按：「餚」是「肴」的俗字，「饍」是「膳」的異體字。《說文·肉部》：「肴，啖也。從肉，爻聲。」段玉裁注：「謂熟饋可啖之肉。」《廣韻·肴韻》：「餚，同肴。」慧琳《一切經音義》卷14「餚膳」條：「餚，俗字也，正作肴。」《說文·肉部》：「膳，具食也。從肉，善聲。」《漢書·宣帝紀》「損膳省宰」顏師古注：「膳，具食也，食之善者也。」《玉篇·食部》：「饍，食也。與膳同。」《廣韻·線韻》：「饍，同膳。」

（二）異體字異文

裘錫圭《文字學概要》：「異體字，就是彼此音義相同而字形不同的字。」
〔註2〕

1、瘂、瘖

短肘短瘖瘂聾。（T23p155b15）（宋元明宮本均作「瘂」）

盲者得視，聾者得聽，瘂者能言，拘躄者得伸。（T23p134c9-11）

盲者得視，聾者得聽，瘂者能言，癖者得伸。（《撰集百緣經》T4p212b19-20）

按：「瘂」和「瘖」是異體字。《說文·口部》朱駿聲通訓定聲：「瘂，字亦作瘖。」《集韻·馬韻》：「瘂，或作瘖。」《廣韻·馬韻》：「瘖，同瘂。」《玄應音義》卷12「瘖或」注：「瘖，又作瘂。」

2、線、綖、綫

乃至一線一針一滴油。（T23p157a16）（宋元明宮本作「綖」）

於鍼線囊中乃得頗梨珠。（T23p278b3-4）（宋元明宮本作「綖」）

有辦漉水囊油囊杖針綖囊。（T23p126b13）（宋元明聖乙本作「線」）

若為縫衣繩綖乃至六兩不犯。（T23p339a8）（宋元明宮本作「線」）

〔註2〕裘錫圭《文字學概要》，商務印書館，1988年。

自以綖貫繫若教人綖貫繫。（《四分律》T22p596c22-23）（宋元明宮本作「線」）

以非衣易衣，鍼貿刀若縷綖下至藥一片。（《四分律》T22p651a13-14）（宋元明宮本均作「線」，聖乙本作「綖」）

按：「線」、「綖」是異體字，是「綫」的古字。《說文‧系部》：「綫，縷也。從系，戔聲。線者，古文綫。」《漢語大字典‧系部》：「綖，同線（綫）。」《集韻》：「綫、線、綖、絤，私箭切。《說文》：『縷也。』古從泉，或從延，亦作絤。」

3、猩猩、狌狌

有有主鳥：鵝鴈、孔雀、鸚鵡、猩猩，銜是物去。（T23p5c3-4）（宋元明宮本作「狌狌」）

謂象申鳴，馬悲鳴，諸牛王吼，鵝鴈、孔雀、鸚鵡、舍利鳥、俱均羅、猩猩諸鳥，出和雅音。（T23p134c5-7）（宋元明宮聖乙本作「狌狌」）

如鵝鴈、孔雀、鸚鵡、舍利鳥、拘耆羅鳥、狌狌及人。（T23p6b28-29）

按：「猩猩」和「狌狌」是異體字。《說文‧犬部》：「猩，猩猩」王筠句讀：「海內南經作狌狌。」《玄應音義》卷3「猩猩」注：「又作狌，同。」《集韻‧庚韻》：「猩，或從生。」《玉篇‧犬部》：「狌，同上（猩）。」《廣韻‧庚韻》：「狌，上同（猩）。」

（三）古今字異文

古字和今字是相對而言的，今字就是後起字。裘錫圭《文字學概要》：「古今字是跟一詞多形現象有關的一個術語，一個詞的不同書寫形式，通行時間往往有先後，在前者就是後者的古字，在後者就是前者的今字。」〔註3〕《說文》「誼」字段玉裁注：「古今無定時。周為古則漢為今，漢為古則晉宋為今。隨時異用者，謂之古今字。」

〔註3〕裘錫圭《文字學概要》，商務印書館，1988年。

1、差、瘥

若病差已，應掃灑所住處塗地臥具床席。（T23p275c4-5）（宋元明宮本作「瘥」）

醫師教含阿摩勒，口可得差。（T23p268c7）（宋元明宮本作「瘥」）

按：「差」是古字，「瘥」是今字。《方言》卷 3：「差，愈也。南楚病癒者謂之差」戴震疏證：「差、瘥，古通用。」錢繹箋疏：「瘥與差通。」《漢語大字典》：「差，後作瘥。」

2、然、燃

通夜燃燈，加趺而坐。（T23p105b10）

閉戶開戶閉向開向，然火滅火然燈滅燈。（T23p79a18-19）

諸比丘闇中說法，末利夫人語諸比丘：「何不然燈？」答言：「無燈。」（T23p277c1-2）

夜若然燭不應臥。（T23p417b21）

應求火應求火爐，燃燭應辦籌。（T23p411a20-21）

按：《十誦律》「然燈」凡 23 見，「燃燈」僅 1 見。「然燭」1 見，「燃燭」1 見。「然」和「燃」是古今字關係，因爲「然」常被借用爲代詞等，而且其下部義符已不十分明顯，人們就增加偏旁另造了「燃」。《說文‧火部》：「然，燒也。從火，肰聲」徐鉉注：「今俗別作燃。」《廣韻‧仙韻》、《集韻‧仙韻》：「然，俗作燃。」孫詒讓《墨子閒詁》：「然，即燃正文。」「燃」字在東漢佛經中已經大量使用。

（四）同源字異文

王力《同源字典》：「凡音義接近，音近義同，或義近音同的字，叫同源字。同源字，常常是以某一概念爲中心，而以語音的細微差別（或同音）表示相近或相關的幾個概念。」〔註4〕

1、伎、技、妓

當駛教我生活伎術。（T23p2c7-8）（元明本作「技術」）

〔註4〕王力《同源字典》，商務印書館，1982 年。

聞阿修羅城中伎樂音聲已，還疾入定。（T23p12c20-21）（元明本作「妓樂」）

按：《十誦律》「技術」凡 14 見，「伎術」凡 12 見。「妓樂」凡 5 見，「伎樂」凡 47 見。女樂以技藝娛人，故「技」、「伎」、「妓」同源。《說文・人部》段玉裁注：「伎，俗用爲技巧之技。」《說文・女部》段玉裁注：「妓，今俗用爲女伎字。」慧琳《一切經音義》卷 20「妓女」注引《考聲》云：「妓，女人之作樂者也。」

2、欲、慾

我今當往教令還家，自恣五欲，布施作福。（T23p1a25-26）

迎入宮內，爲妃娛樂，受於五慾之樂。（《佛本行集經》T3p714c26）（宋元明聖本作「欲」）

按：「五欲」是佛經中的常用詞，《大正藏》凡 4620 見，但有時也寫成「五慾」，凡 62 見。《說文・欠部》：「欲，貪欲也。從欠，谷聲。」段玉裁注：「古有『欲』字，無『慾』字。後人分別之，製『慾』字，殊乖古義。」王力《同源字典》：「欲、慾本同一詞，（《說文》無『慾』字），後人加以區別，『慾』專用於貶義。」

3、悟、寤

時阿耆達始自覺悟，憶前請佛及僧夏四月住。（T23p99c21-22）

若行，若住、坐、臥，覺悟無餘。（《長阿含經》T1p109a7）（宋元明本作「寤」）

我今爲彼，作諸觸惱，令其覺寤。（《別譯雜阿含經》T2p440a14-15）（宋元明本作「悟」）

按：《說文》：「寤，寐覺而有信曰寤」段玉裁注：「古書多假寤爲悟。」《說文・心部》：「悟，覺也。從心，吾聲。」《書・顧命上》「弗興弗悟」孫星衍今古文注疏：「悟，與寤通。」王力《同源字典》：「睡醒叫『寤』，覺悟叫『悟』，覺悟的『悟』來源於睡醒的『寤』，並且常寫作『寤』。」

（五）通假字異文

裘錫圭《文字學概要》：「狹義的通假是指假借一個同音或音近的字來表示

一個本有其字的詞。」〔註5〕

1、齊、臍

除饑，除渴，下氣，除臍下冷，消熟藏中生者，是名粥法。

（T23p419c1-2）（宋宮本作「齊」）

按：「齊」是「臍」的通假字。「臍」，本義指肚臍。《正字通‧肉部》：「臍，胎在母腹，臍連於胞胎。」齊，通「臍」，肚臍。朱駿聲《說文通訓定聲》：「齊，假借爲臍。」《左傳‧莊公六年》：「若不早圖，後君噬齊。」杜預注：「若齧腹齊，喻不可及。」楊伯峻注：「齊，假爲臍，今言肚臍。」

2、飢、饑

是比丘尼得財物已，值世飢儉。（T23p315c9-10）（元明本作「饑儉」）

時世饑儉，乞食難得。（T23p61c4）

今世饑儉，乞求難得。（T23p61c19）

時世飢儉，飲食難得。（T23p86a16-17）

時世飢饉，乞食難得。（T23p1a13）

按：這裏「饑」是本字，「飢」是通假字。現在「饑」和「飢」同被簡化成「饥」。「飢」本指餓，「饑」指穀不熟，但二者多混用。宋洪邁《容齋四筆‧小學不講》：「饑、飢二字，上穀不熟，下餓也，今多誤用。」《十誦律》裏絕大部分都寫成「飢」，只有三處作「饑」。

3、酤、沽

賊家、栴陀羅家、屠兒家、婬女家、沽酒家。（T23p359b24-25）（宋元明宮本作「酤」）

按：「沽」是「酤」的假借字。《說文‧酉部》：「酤，一宿酒也。一曰買酒也。從酉，古聲。」也可以作「賣酒」講，《玉篇‧酉部》：「酤，賣酒也。」慧琳《一切經音義》卷26「酤酒」條：「酤，音故，謂賣酒與他人也。若作姑音，即買他酒也。」《論語‧鄉黨》：「沽酒市脯不食」劉寶楠正義：「沽與酤

〔註5〕 裘錫圭《文字學概要》，商務印書館，1988年。

同。酤，本字；沽，水名，假借字。」

4、盂、杅

學作盆盂樓犁車乘輦輿。（T23p65a6-7）（宋宮本作「杅」）

彈銅盂，彈多羅樹葉，作餘種種伎樂歌舞。（T23p26b13-15）（宋宮本作「杅」）

彈銅杅，彈多羅樹葉，作餘種種伎樂歌舞。T23p223b1-3）（宋元明宮本作「盂」）

爾時六群比丘，銅杅中食。諸居士呵責言：「諸沙門釋子自言善好有德，銅杅中食，如婆羅門。」佛言：「不聽銅杅中食，犯者突吉羅。」（T23p273c21-24）（宋元明宮本均作「盂」）

按：《十誦律》「盂」凡 13 見，「杅」10 見。《說文・皿部》：「盂，飯器也。從皿，亐聲。」桂馥義證：「盂，通作杅。」《方言》卷 5「盂，宋楚魏之間或謂之盌」戴震疏證：「盂，亦作杅。」慧琳《一切經音義》卷 100「銅盂」條：「盂，傳作杅，俗字也。」《說文・皿部》「盂」字段玉裁注：「杅，即盂之假借字。」學者們說法不一，這裏依段玉裁的觀點看成通假字。

（六）繁簡字異文

記錄同一個詞的幾個字中，筆畫多的叫繁體字，簡化後筆畫少的叫簡體字。由於漢字的結構非常複雜，人們為了使用的方便，對那些繁難的字形不斷簡化，出現了大量簡體字，但是出現簡體字之後，繁體字並未馬上停止使用，因此出現了很多繁體字和簡體字同時並存的情況。

1、針、鍼

僧伽梨欝多羅僧安陀衛水囊鉢杖油囊革屣針線囊各在一處。（T23p121a18-20）（宋元明宮本作「鍼筒」）

聽用二種針：鐵針、銅針。尖圓鼻、方鼻。（T23p270a10-11）

佛聽畜二種鍼：銅鍼、鐵鍼。糠米鼻、小豆鼻、圓鼻。是名鍼法。鍼筒法者。佛聽畜鍼筒。為愛護針不令數失。更求覓妨行道故。是名針筒法。（T23p416a15-18）

佛聽畜二種鍼：銅鍼、鐵鍼。三種鼻：糠鼻、圓鼻、小豆鼻。

比丘無鍼不應行。（T23p424a23-25）

按：「針」是「鍼」的俗字，也是「鍼」的簡化字。《說文・金部》：「鍼，所以縫也。從金，咸聲。」徐鉉注：「鍼，今俗作針。」

2、果、菓

　　根處、莖處、枝處、葉處、花處、果處、乃至根鬚處。（T23p5b15-16）

　　用四方眾僧園林中竹木根、莖、枝、葉、花、果、財物、飲食。（T23p12a16-17）

　　雜根藥、莖藥、葉藥、花藥、菓藥。（T23p462a7）

　　根湯、莖湯、葉湯、花湯、菓湯。（T23p462a17）

　　樹菓、花、菓皆墮水中。（T23p465c24）

按：「菓」是「果」的俗字。現在「菓」又被簡化成「果」。《十誦律》絕大部分情況下寫成「果」，有時也寫成「菓」，凡 11 見。《廣韻・果韻》：「果，俗作菓。」《集韻・果韻》：「果，或作菓。」

（七）正訛字異文

這裏所講的正字是指寫法正確的字，跟上面講的正俗字的正字不同。訛字就是寫法錯誤的字，包括形訛字和音訛字。

1、形訛字，因字形相近而誤

（1）眜、膝

　　眜眼得正，病瘦者得除。（T23p134c11）（宮本、聖乙本作「膝」）

按：「眜」是正字，「膝」是訛字。

（2）帥、師

　　若大臣大官將帥官屬。（T23p4a20-21）（宮本作「師」）

按：「帥」是正字，「師」是訛字。

（3）賞、掌

　　是物應好賞護，莫令失更求覓。（T23p417b14）（宋元明宮本作「掌」）

不應故破，不得輕用，應好賞護，勿令破失。（T23p419b11-12）

（宋元明宮本作「掌」）

按：《十誦律》未見「掌護」，「賞護」共 8 見，在宋元明宮本均作「掌護」。《說文·貝部》：「賞，賜有功也。從貝，尚聲。」「掌」是正字，「賞」是訛字。「掌護」就是掌管愛護。

（4）鑱、釤

　　我須墼，須塼、鑱、鍬、斧、鑿、釜、瓮、榠、盂、瓶、甕，麻繩、種種草木皮繩，土囊，作人車，鹿車。（T23p20b9-10）（宋元明宮本作「釤」）

　　數從我等索墼，索塼、鑱、鍬、斧、鑿、釜、瓮、瓶、甕、草木皮繩索。（T23p20b22-23）（宋元明宮本作「釤」）

按：《集韻·勘韻》：「鑱，鋤也。」《漢語大詞典》：「釤，一種長柄的大鐮刀。也叫釤刀。」二字形體相似，意義也相通，都是指農具。故此處二字皆可。

2、音訛字，因字音相近而誤

（1）遽、懼

　　心常忽遽，樂著作事，妨廢讀經坐禪行道。（T23p20b11-12）

（宋元明宮本作「懼」）

按：《大正藏》本正確。「忽遽」有兩個意思：①忙碌。②倉促，急急忙忙。遽，就是倉促，急速。《說文·辵部》：「遽，傳也。一曰窘也。從辵，豦聲。」《玉篇·辵部》：「遽，卒也。」《廣韻·御韻》同。而「懼」是指害怕。《說文·心部》：「懼（懼），恐也。從心，瞿聲。」不符合本句的意思。

（2）觸、蹴

　　蹴蹋瓶甕，器物倒地。（T23p137a2-3）（宮本作「觸」）

按：《大正藏》本正確。「蹴蹋」就是踩踏或踢。

（3）狩、獸

　　若稅處有賊，若惡獸，若飢餓故。（T23p6b19-20）（宋宮本作「狩」）

按：《大正藏》本正確。

（4）籌、疇

僧應籌量宜可捨不可捨。（T23p132b2-3）（宋宮聖乙本作「疇」）

按：《大正藏》本正確。「籌量」就是籌劃；衡量。

（5）惑、或

諸比丘疑惑，謂是他衣，竟不敢取。（T23p109a27-28）（聖乙本作「或」）

按：《大正藏》本正確。

（6）突、埃、湀

阿難從後，入王舍城，時天大雨，水突伏藏出，多有寶物。（T23p107c1-2）（宮本作「埃」，聖聖乙作「湀」。）

按：《大正藏》本正確。突，衝撞。埃，煙囱。湀，流水；水流淌貌。從句義看，是說水把埋藏的寶藏衝出來。

二、從詞的角度看，可以分為五種：近義詞異文、聯綿詞異文、同素逆序詞異文、音譯詞異文、音譯詞意譯詞異文。

（一）近義詞異文

在甲本中用這個詞，乙本中用它的近義詞。

1、夫、婿

是時諸鬥將婦，婿征行久，與非人通。（T23p155a3-4）（宋元明宮本作「夫」）

按：婿，也作「壻」。《說文·士部》：「壻，夫也。從士，胥聲。……婿，壻或從女。」《廣韻·霽韻》：「壻，女夫也。」故例句的「夫」、「婿」二字均可。

2、盠、魁、枓

僧有木盠木盂，有比丘取洗欲用。（T23p350a11）（宋元明宮本作「枓」）

諸沙彌持器瓫、筐、盠、杓行食時。（T23p465c10）（宋元明聖本作「魁」）

從今不聽比丘尼畜銅盇、盛大便器、銅盤、澡盤、銅杓。

（T23p297c15-16）（宮聖本作「魁」）

按：盇，指一種缽類器皿。《廣韻·灰韻》：「盇，器盂盛者也。」魁，指勺子。《說文·斗部》：「魁，羹斗也。從斗，鬼聲。」徐鍇繫傳：「斗杓為魁。」枓，念 zhǔ，也是指勺子。《說文·木部》：「枓，勺也。從木，從斗。」如果僅從意思看，上面句子中似乎用這三個字都可以。但《十誦律》裏，「盇」凡 4 見，而「魁」和「枓」都未出現。而且，第二、三句已經用了「杓」，如果再用「魁」，就重複了。所以此處《大正藏》本「盇」正確，宋元明宮聖本錯誤。

3、飢餓、飢饉

此間飢餓，乞食難得。（T23p11a9）（元明本作「飢饉」）

今世飢餓，乞食難得。（T23p11a16-17）（元明本作「飢饉」）

時世飢饉，乞食難得。（T23p1a13）

此大飢饉，乞求難得。（T23p1a15）

《大詞典》：「飢餓，肚子很空，想吃東西。」「飢饉，災荒。莊稼收成很差或顆粒無收。」飢餓是形容個體的心理感覺，飢饉是描述莊稼無收成的客觀情況。故元明本作「飢饉」對。

4、嫉、憎

女人所有怨嫉憂毒，無過對婦。（T23p125c23-24）（宋元明宮本作「憎」）

按：嫉，憎惡，痛恨。《廣雅·釋詁三》：「嫉，惡也。」《逸周書·時訓》「君臣相嫉」朱右曾集訓校釋：「嫉，惡也。」《說文·心部》：「憎，惡也。從心，曾聲。」《玉篇·心部》、《廣雅·釋詁三》均同。「怨嫉」和「怨憎」義同，都指不滿，怨恨。故幾個版本的「嫉」和「憎」均可。

5、駛、疾

作是語已便駛出去，其家小婢見其駛去，即馳往白須提那母。

（T23p1a22-23）（宋元明宮本均作「疾」）

按：「駃」是快的俗字，急速義。「疾」也是急速。故此處兩字均可。《集韻‧夬韻》：「駃，馬行疾。」《說文‧心部》「快，喜也」段玉裁注：「引申之義爲疾速，俗字作駃。」

6、又、復

又有七種，取人重物，波羅夷。（T23p6c20-21）（宋元明宮本作「復」）

7、死、終

是兒父母死已。（T23p122c14）（宋元明宮本作「終」）

8、臥、睡、眠

但賊主不臥。（T23p132c10）（宋元明宮本作「睡」）

父便鼾眠，虎聞鼾聲，便來齧父，頭破大喚。（T23p10c20-21）（慧琳《一切經音義》作「鼾睡」）

9、不、未

汝丈夫不？年滿二十未？非奴不？不與人客作不？不買得不？不破得不？非官人不？不犯官事不？不陰謀王家不？不負人債不？（T23p156a28-b2）（元明本作「不」）

按：元明本對。「……不？」是《十誦律》的常見句式。而且此句是一連串的「……不？」排比句式，如果用「未」，語氣不連貫。

10、地曉、地了

爾時迦留陀夷地曉時，著衣持鉢入王宮，至門下立彈指。（T23p125a19-20）（宋元明宮本作「地了」）

按：「地曉」和「地了」都是指天亮，黎明。此處均可。

（二）聯綿詞異文

聯綿詞單個音節不表示意思，幾個音節合起來才表達一個完整的概念。聯綿詞的寫法不固定，同一個聯綿詞可以有好多種甚至十幾種寫法，因此在不同的版本中寫法各異。

1、硨磲、硨璖、車磲；瑪瑙、馬瑙、碼磑、瑪磑

若生金銀硨磲瑪瑙朱砂鑛處。（T23p117c11-12）（明本作「碼磑」）

多金銀珍寶車磲馬瑙珊瑚等無量。（T23p268c14）（宋元明宮本作「硨磲碼磑」）

有餉象馬車乘牛羊駝驢者，有餉金銀琉璃硨璖瑪磑者。（T23p125c19-20）

2、仿佯、彷徉

佛食後經行，摩訶羅從佛仿佯。（T23p193b12-13）（宋元明本作「彷徉」）

佛食後彷徉經行，往到是處。（T23p184a14-15）

時佛彷徉經行，見知而故問。（T23p187a22-23）

3、葡萄、蒲桃、蒲萄

甘蔗田、稻田、麥田、麻田、豆田、葡萄田，有人守護。（T23p4c20-21）（宋元宮本作「蒲桃」，明本作「蒲萄」）

舍梨漿，舍多漿，蒲桃漿，頗樓沙漿，梨漿。（T23p417a4）（明本作「蒲萄」）

莖種子者，謂石榴、葡萄、楊柳、沙勒。（T23p75b2）（宮本作「蒲桃」，宋元明本作「蒲萄」）

4、頗梨、玻瓈

人間若金銀琉璃頗梨床榻器物，比丘不應坐不應用，是名人用物。非人用物者，天上金銀琉璃頗梨地床榻器物。（T23p414a14-17）

（明本均作「玻瓈」）

（三）同素逆序詞異文

同素逆序詞就是構詞語素相同，而順序顛倒的一組詞。有些同素逆序詞是近義詞，如「少年」與「年少」，「憂愁」與「愁憂」，「自手」與「手自」等，有些則不是，如「回來」與「來回」，「歸還」與「還歸」，「網羅」與「羅網」等，所以不把這一類歸入近義詞異文。

1、弊故、故弊

唯有一人，著弊故衣，近佛坐聽法。（T23p124c15-16）（宋元明宮作「故弊」）

知而故問：「汝何故著弊故衣？」（T23p115a13）

知而故問是比丘：「汝何以著故弊衣？」（T23p205a12-13）

2、當應、應當

若比丘欲作雨浴衣，當應量作。（T23p129b19-20）（聖乙本作「應當」）

3、春冬、冬春

佛聽我等畜雨浴衣，便春冬一切時畜。（T23p58c28-29）（宋元明宮本作「冬春」）

佛聽畜雨浴衣，故便冬春一切時畜。（T23p59a2-3）

4、土塵、塵土

是土地多土塵，行時塵土坌身。（T23p110b17）（宋元明宮本作「塵土」）

時惡風起，吹衣離體，塵土坌身。（T23p110a20-21）

5、輦輿、輿輦

象馬群、牛羊群、車乘、輦輿、人民、奴婢。（T23p108a11-12）（宋元明本作「輿輦」）

6、幡幢、幢幡

看著器仗牙旗幡幢兩陣合戰。（T23p101c21-22）（宋元明宮本作「幢幡」）

看著器仗牙旗幢幡兩陣合戰。（T23p101c17）

7、苦困、困苦

令佛及僧極受苦困。（T23p100a2）（聖、聖乙本作「困苦」）

8、嫉妬、妬嫉

軍中有不信者，嫉妬瞋言。（T23p101b29）（宋元明宮本作「妬嫉」）

9、少年、年少

　　看是諸出家年少，端正姝好。（T23p95a27-28）（宋元明宮本作「少年」）

10、共相、相共

　　上中下相共決斷，定雇金錢五百。（T23p87a12-13）（宋元明宮聖乙本作「共相」）

（四）音譯詞異文

　　在第二章談佛經詞語的特點時，就說過「譯音無定字」，同一個音譯詞往往有好幾種不同的書寫形式。在一部佛經的不同版本之間固然如此，在同一版本佛經的上下文之間也是如此。這個談不上誰對誰錯，但是音譯詞的寫法也要逐步走向規範，趨於統一。音譯詞的選用跟個人習慣和偏好也有關係，如在宋元明宮本中，「和上」多作「和尚」，「波夜提」多作「波逸提」，「阿練兒」多作「阿練若」，「祇桓」多作「祇洹」。

1、和尚、和上

　　有四種和上：有和上與法不與食，有和上與食不與法，有和上與法與食，有和上不與法不與食。（T23p356c15-17）（元明本均作「和尚」）

　　若比丘明日欲行，今日應辭和上、阿闍梨。（T23p420b25-26）（宋元明宮本作「和尚」）

　　佛聽和尚聽阿闍梨聽十僧現前白四羯磨受具足戒。（T23p149a21-23）（宋元宮本作「和上」）

　　按：「和尚」與「和上」在佛經裏是經常混用的。《十誦律》裏「和上」凡452見，「和尚」105見。《大正藏》本多作「和上」，宋元明宮本多作「和尚」。丁福保《佛學大辭典》：「Upadhyaya，又曰『和上』。律家用『上』字，其餘多用『尚』字。本爲印度之俗語，呼吾師云『烏社』，至于闐國等則稱『和社』，『和闍』（Khosha）等，『和尚』者其轉訛也。」

2、波夜提、波逸提

　　若比丘爲畜生作坑，畜生墮死**波夜提**，若人墮死突吉羅。（T23 p8c26-28）（宋元明宮本作「波逸提」）

　　有五毘尼不犯：波羅夷，僧伽婆尸沙，**波逸提**，波羅提提舍尼，突吉羅。（T23p359c7-9）（宋元明宮本作「波夜提」）

3、俱舍彌、俱舍毘、拘睒彌

　　佛在**俱舍彌**國。（T23p79c3）（明宮聖本作「俱舍毘」）

　　佛在**拘睒彌**國。T23p21b12）（宋元明宮本作「俱舍彌」）

　　佛在**拘睒彌**國。（T23p27c6）（宋元明宮本作「俱舍毘」）

4、跋求摩河、婆求摩河

　　佛在跋耆國**跋求摩河**上。（T23p7b21）（宋元明宮本作「婆求摩河」）

5、迦羅羅、歌羅羅、哥羅邏

　　乃至胎中初得二根者，謂身根、命根、**迦羅羅**時。（T23p10a25-26）（宋元明宮本作「歌羅羅」）

　　若母腹中初受二根，身根、命根、**迦羅羅**中。（T23p327a29-b1）（元明本作「哥羅邏」）

6、摩多羅伽、摩多羅迦、摩怛羅迦、摩達迦

　　能持修多羅持比尼持**摩多羅伽**。（T23p146c27-28）（宋元明宮本作「摩怛羅迦」）

　　我等當問餘比丘持修多羅、比尼、**摩多羅迦**者，若應持者當持。（T23p118c23-24）

　　是僧多有比丘持修多羅者，持比尼者，持**摩多羅伽**者。（T23p254 a7-8）（宋元明宮本作「摩達迦」）

7、憂多、憂多

　　作**憂多**殺，頭多殺。（T23p8c14）（宋元明宮本作「憂多」）

8、祇桓、祇洹

時多比丘祇桓門間經行。(T23p41b6)(宋元明本作「祇洹」)

有一時跋難陀釋子。於祇洹中取臥具。(T23p245c19-20)(宋宮本作「祇桓」)

9、僧伽梨、僧伽黎;安陀衛,安陀會

僧伽梨、欝多羅僧、安陀衛。(T23p121a18-19)(明本作「僧伽黎」;宋元明宮本作「安陀會」)

衣名三衣,若僧伽梨,若欝多羅僧,若安陀會。(T23p57b10-11)(宋元明宮本作「安陀衛」)

10、阿練兒、阿練若、阿蘭若

若比丘在阿練兒處,白餘比丘入聚落。從聚落還到阿練兒處,即以先白,復至聚落,波逸提。(T23p123b23-25)(宋元明宮本作「阿練若」)

若比丘在聚落,衣在阿練若處,比丘應至衣所。若比丘在阿蘭若處,衣在聚落,比丘應至衣所。若比丘在阿蘭若處,衣亦在阿蘭若處,比丘應至衣所。(T23p32a23-26)

有住處無住處亦如是,無聚落阿練若亦如是。(T23p199c28-29)(宋宮本作「阿練兒」)

(五)音譯詞意譯詞異文

就是一個版本用音譯詞,另一個版本用意譯詞。

1、兜羅、華

若比丘自以兜羅綿貯臥具,若使人貯,波逸提。兜羅綿者,柳華、白楊華、鳩羅華、波鳩羅華、鳩舍羅華、間闍華、波波闍華、離摩華。(T23p127c25-29)(宋元明宮作「華」)

2、阿闍黎、長老、大德

我閉門作煎餅,時阿闍梨迦留陀夷來,現種種神力。(T23p122b5-6)(宋元明宮本作「長老」)

我等無有善知識大利益我等如阿闍梨迦留陀夷者。何以故？我等因阿闍梨迦留陀夷故，破二十身見，斷三惡道。（T23p122b20-22）（宋元明宮本作「大德」）

3、修多羅、經；比尼、毘尼、律

先當問餘比丘持修多羅持比尼持摩多羅迦者。（T23p119a11-12）（宋元明宮本作「持經持律」）

諸上座所說是法，是律，是佛教。（T23p120a9-10）（宋元明宮本作「毘尼」）

如法，如毘尼，如佛教，滅是事。（T23p252b27）

4、薩薄、商人

爾時諸國貴人長者居士大富薩薄，備眾供具種種肴饍，車駄盈溢。（T23p188a27-29）

諸國貴人長者居士大富商人，備眾供具種種肴膳，車駄充滿。（T23p99c1-3）

5、鈎鉢多羅，小鉢

提婆達以鉢、鈎鉢多羅、大揵瓷、小揵瓷、衣鈎、禪鎮、繩帶、匙筋、鉢支、扇蓋、革屣，隨比丘所須物皆誑誘之。（T23p93b14-16）（宮本作「小鉢」）

三、從句的角度看，可以分為四種：衍字異文、脫字異文、緊縮異文、換用表達法。

（一）衍字異文

就是句子不小心誤增了字。

1、有比丘尼名施越，多知識謂有福德人，喜供養，與油、酥蜜、石蜜。（T23p7a7-8）（宋元明宮本無「謂」）

按：此處「謂」是多餘的。

2、如是語勞問。（T23p109b1）（宋元明宮聖聖乙本作「勞問訊」）

按：「訊」是衍文。「勞問」是佛經裏的一個常用詞，就是「慰問」的意

思。「如是語勞問」是《十誦律》的固定句式，共出現 17 次，沒有「如是語勞問訊」的說法。

（二）脫字異文

就是句子不小心遺漏了字。

1、若比丘面前瞋譏僧所差人，若遙譏者，波夜提。（T23p76a17-18）

（宋元明宮本作「遙瞋譏」）

按：宋元明宮本對。此句上下文都是「遙瞋譏」。「遙瞋譏」在《十誦律》出現 8 次，「遙譏」只有這 1 次。

2、時彼林中有一死馬，女到馬所則身不現。（T23p3a7-8）（宋元明本作「隱身」）

按：《大正藏》本脫了「隱」字，「隱身」在佛經常見。

3、汝等看是，爲是婦耶？爲是私通，必共作婬欲事。（T23p82c23-24）

汝等看是，爲是婦耶？爲是私通，必共作婬欲事。（T23p83b21-22）

（聖乙本作「欲事」）

按：把前後兩句對比，很明顯，聖乙本少了一個「婬」。

（三）緊縮異文

就是一個版本用了幾個詞或短語，另一個版本將其緊縮成一個詞或短語。緊縮與脫字不同，緊縮後意思是完整的，而脫字後意思殘缺。

1、以嫉瞋心訶責言。（T23p118a14）（宋元明宮本作「嫉妒心瞋心」）

2、以惡語麤語不淨語苦語語比丘言。（T23p91a22）（聖乙本作「麤惡語」）

3、佛見諸比丘羸瘦無色無力，知而故問阿難：「諸比丘何故羸瘦無色無力？」（T23p91b5-7）（宋元明宮本作「無色力」）

4、一時長老大目揵連，在耆闍崛山。（T23p12c18）（宮本作「目連」）

5、某得無量慈心無量悲心無量喜心無量捨心。（T23p11a24-25）（宋元明宮本作「無量慈心悲心喜心捨心」）

6、丈夫有如是病：若癲癇、漏瘡、疽、痔癩病。（T23p156a9-10）（宋元明宮本作「乾痔癲狂」）

（四）換用表達法

1、棄死人已，諸居士屏處立看。是比丘作是念：「是中所有菜葉乾糒，莫令鳥鳥來污。」即起往守。諸居士言：「是比丘起已，**去已**，近**已**，**取已**，**食已**。」諸居士定謂沙門釋子噉人肉。（T23p96a25-29）（宋明宮本作「**必捉死人噉肉**」，元本作「**必提死人噉肉**」）

按：《大正藏》本的描寫富有文學色彩，而宋元明宮本更直接。

2、明日地了，諸釋婦女以好寶物自莊嚴身。（T23p132c5-6）

我等是諸釋婦女，以好寶物嚴身。（T23p132c16）（宋元明宮本作「**以好寶物自莊嚴身**」）

諸釋婦女以妙寶嚴身。（T23p132c20）（宋元明本作「**以妙寶物自莊嚴身**」，宮本作「**以好寶物自莊嚴身**」聖乙本作「**以好寶嚴身**」）

按：「莊嚴」和「嚴」都是指打扮，妝扮。慧琳《一切經音義》卷 21「嚴麗」條：「嚴，莊也。」《後漢書》李賢注：「嚴，即裝也。避明帝諱，故改之。」

3、無憍慢心。（T23p125a8）（宋元明宮本作「**無有憍慢**」）

4、遣人往喚迦留陀夷言：「來看我病。」（T23p123a14-15）（宋元明宮本作「**看我病來**」）

5、是語云何？是事應爾。（T23p119a14-15）（宮本作「**是有何義**」）

6、諸佛常法，不盡得食不從坐起。何以故？若食不足佛力令足。（T23p100c1-2）（聖、聖乙本作「**所以者何**」）

7、是人惡甚於我，若令是人有力勢者，極當作惡。（T23p98b11-12）（聖、聖乙本作「**極作大惡**」）

8、若比丘不受食著口中，波逸提，除水及楊枝。（T23p96b15-16）（宋元明宮本作「**除水及楊枝，波逸提**」）

9、若比丘非時入聚落，不白餘比丘，波逸提，除急因緣。（T23p123c22-23）（宋元明宮本作「**除急因緣，波逸提**」）

10、若汝有罪便言有，無便言無。（T23p76c2-3）（宋元明宮本作「**汝若**」）

11、忍不足不？安樂住不？**乞食易不？道路不極耶？**（T23p83a23-24）
（宋元明宮本作「**乞食不難道路不極耶？**」）

12、有城下宿者答言城下，**樹下宿者**答言樹下，井邊宿者答言井邊。
（T23p82b6-8）（聖本作「**宿樹下者**」）

13、諸比丘**不食不得飽滿故**，羸瘦無色無力。（T23p91b19-20）（宋元
明宮本作「**不噉不得飽**」）

14、若相去半尋坐波逸提，相去一尋坐波逸提，相去一尋半坐突吉羅。
（T23p85b4-6）（宋元明宮本分別作「**五尺**」、「**一丈**」、「**丈五**」）

15、爾時船去**已遠**。（T23p94b19）（宋元明宮本作「**已去**」）

16、我在自家隨意**坐臥**。（T23p98b4-5）（宋元明宮本作「**自在**」）

17、頭面禮佛足，右遶而去**還自舍**。（T23p139a13-14）（宋元明宮作
「**歸**」）

18、必起惡業，是名**第一**過失。（T23p125a29）（宋元明宮本作「**初**」）

19、時**婦**作是念。（T23p123a1）（宋元明宮本作「**女人**」）
是**女人**聞法示教利喜已，頭面禮長老迦留陀夷足。（T23p122b2-3）
（宋元明宮本作「**婦**」）

20、佛**為種種說法**示教利喜，不入王心。（T23p124c26-27）（宋元明宮
本作「**為說種種法**」）

21、六群比丘余時，大小便洟唾菜上，**臭爛死壞**。（T23p140b25-26）
（宋元明宮本作「**菜臭爛死**」）

22、願佛及僧**受我明日請**。（T23p96c5-6）（宋元明宮本作「**受我請明
日食**」）

第四節 利用異文考釋疑難詞語

當有些詞語不易索解，遍查詞典無獲，「山重水複疑無路」時，如果能夠另
闢蹊徑從異文入手，則往往「柳暗花明又一村」。即使有些詞語可以通過查詞典
獲知意思，異文材料也可以作為佐證。舉幾個例子來說明。

【阿練兒】此詞《大詞典》和《訂補》均未收錄。該詞有兩個意思：①本義為山林、荒野。因適於比丘修行與居住，後引申指出家人修行與居住的林野。後亦用以稱一般佛寺。②借指修行者。《大詞典》收有「阿蘭若」，《訂補》增收了「阿練若」。從下面的異文來考察，就很容易看出，「阿練兒」、「阿練若」和「阿蘭若」是同一個梵語詞的不同音譯。下面第一、二句的「阿練兒」指山林、曠野。第三、四句指修行者。

> 若比丘在阿練兒處，白餘比丘入聚落，從聚落還到阿練兒處，即以先白，復至聚落，波逸提。又比丘在阿練兒處，白餘比丘入聚落，從聚落入聚落僧坊，即以先白，復至聚落，波逸提。又比丘在阿練兒處，白餘比丘入聚落，從聚落入所住處，即以先白。（T23p123b23-28）（宋元明宮本均作「阿練若」）

> 阿練兒處者，去聚落五百弓。（T23p57b5-6）（宮本作「空閒」）

> 爾時長老憂波斯那，與多比丘眾五百人俱，皆阿練兒，著納衣一食乞食空地坐。（T23p41b2-4）

> 汝能盡形作阿練兒，著糞掃衣乞食一食空地坐，我當教汝讀經，與汝依止。（T23p41b14-16）

【倉藏】倉庫。此詞《大詞典》和《訂補》均未收錄。《玉篇·艸部》：「藏，庫藏。」《文選·左思〈魏都賦〉》張銑注：「藏，即庫也。」異文可以補證。

> 是小兒多有福德，我倉藏滿皆是小兒力。（T23p87a24-25）（聖、聖乙本作「倉庫」）

> 倉藏財寶增長豐實。（劉宋求那跋陀羅《雜阿含經》T2p339c9-10）（宋元明本作「倉庫」）

【敬難】恭敬。《大詞典》和《訂補》都失收。《大正藏》裏「敬難」出現達61次。難，讀 nàn，通「戁」，「恭敬」義。《禮記·儒行》：「儒有居處齊難，其坐起恭敬。」王引之《經義述聞》：「難，讀為戁。《說文》：『戁，敬也。』徐鍇傳曰：『今《詩》作熯。』《小雅·楚茨篇》：『我孔熯矣。』毛傳曰：『熯，敬也。』《爾雅》同。熯、戁、難聲相近，故字相通，『齊難』與『恭敬』義亦相近也。」《十誦律》的異文可以補證。

唯有一人，著故弊衣在佛前坐聽法，**敬難**佛故，不敢驅去。

（T23p124c13-14）（宋元明本作「**恭敬**」）

唯有一人，著弊故衣近佛坐聽法，我等**敬難**佛故，不敢驅卻。

（T23p124c15-17）（宋元明本作「**恭敬**」）

【地曉】黎明。同「地了」。「曉」和「了」都有「清楚」義。「地曉」和「地了」就是說天蒙蒙亮，剛看得清大地的輪廓，就是黎明的意思。「地了」是佛經中的一個常用詞，李維琦《佛經詞語彙釋》已釋。下面第一個例句的「地曉」在宋元明本作「地了」。而第二個例子，「地曉」和「地了」在結構相同的上下兩句分別出現，足證「地曉」就是「地了」。

爾時迦留陀夷**地曉**時，著衣持鉢入王宮，至門下立彈指。

（T23p125a19-20）（宋元明本作「**地了**」）

問：若比丘衣在界內，比丘出界外，至**地曉**，是離衣宿耶？答言：離宿。問：若衣在界外，比丘在界內，至**地了**時，是名離衣宿耶？答言：離宿。（T23p388c1-4）

【潣渡】渡河。此詞是《十誦律》首創，《大正藏》只出現2次。《廣韻・祭韻》：「以衣渡水，由膝已上爲潣。」《楚辭・九歎・離世》：「櫂舟杭以橫潣兮」，王逸注：「潣，渡也，由帶以上爲潣。」異文可以作爲補證。

時五百乘車**潣渡**未久，水濁水清。以是故不即取水與佛。

（T23p449c6-7）（宋元明本作「**渡河**」）

譬如遮迦越王車馬人從**潣渡**水，令水濁惡。過渡以去，王渴，欲得水飲。王有清水珠，置水中，水即爲清，王便得清水飲之。（《那先比丘經》T32p707b29-c2）

【齊何】爲何，爲什麼。此詞在《十誦律》出現8次，在《大正藏》共出現多達269次，但《大詞典》和《訂補》均未收錄。其實「齊何」就是「云何」。「云何」是常用詞，很早就出現了，如《詩經》：「既見君子，云何不樂？」有時候「爲何」、「云何」和「齊何」甚至可以同時出現，意思是一樣的，只不過用不同的詞表示強調。

爲何於緣安住其心？**云何**於緣安住其心？**齊何**名爲心善安住？

（《瑜伽師地論》T30p428a2-3）

問：「齊何名富貴人？」答：「乃至三語令官受用，是名富貴。」
（T23p384b16-17）（宮本作「云何」）

「世尊，齊何名有所得？齊何名無所得？」佛言：「善現，諸有
二者名有所得，諸無二者名無所得。」「世尊，齊何名有二，齊何名
無二？」（《大般若波羅蜜多經》T6p863a25-28）（明本均作「云何」）

善現復白佛言：「齊何應知是菩薩摩訶薩久修六種波羅蜜多？」
（《大般若波羅蜜多經》T7p592b17-18）（明本作「云何」）

【挑擲】拋擲。《大詞典》和《訂補》均未收。此詞《十誦律》凡3見。查詞典，
「挑」並無「拋」義，但佛經異文中，「挑擲」和「拋擲」常相通，也許二者
只是方言的區別。

挑擲法者，佛聽挑擲作聲，爲怨賊故，莫令著，余時不得作，
是名挑擲法。（T231435p417c9-11）

撿攝其衣服，以左手舉山置於右手中，便挑擲虛空。（《佛本行
經》T4p103b14-15）（元明本作「拋擲」）

譬如勇健巨力丈夫，以指撚取迦利沙槃，上下拋擲不以爲難。
（《菩薩念佛三昧經》T13p802b19-21）（宋元明宮本作「挑擲」）

我能取是須彌山及兩龍，著掌中拋擲他方，又能以手撮磨須彌
山令碎如塵。（《經律異相》T53p75b2-3）（宋元明宮本作「挑擲」）

【作使】《大詞典》和《訂補》未收錄。有兩個意思：①供勞作使喚。②供勞
作使喚的僕役。這是佛經中的一個常用詞，僅《十誦律》就出現14次。此詞
的意義不太好確定，除了排比歸納外，還可以與其它佛經中類似的句子對比。
從四、五句和六、七句對比可以看出，「作使」相當於「侍使」，「侍使」是供
侍奉使喚的人，那麼「作使」就是供勞作使喚的人。

是人若託病，應次第驅出，僧中作使，一切應作。（T23p245
a27-28）

不得自作使到童男童女家，不得教他作使到童男童女家。
（T23p290b29-c1）

九歲淨者，九歲比丘應隨僧作使。十歲淨者，十歲比丘應畜弟子。（T23p424a5-6）

我不大富，少於田宅人民作使。（T23p86a20）

是聚落中有富貴家，多饒財寶，穀米豐盈，多諸產業田地人民奴婢作使，種種成就。（T23p71b27-29）

有長者名曰須檀，大富，多饒財寶象馬七珍僮僕侍使，產業備足。（《佛說興起行經》T4p170b15-16）

復有一婆羅門，名曰梵天，大富，饒財象馬七珍侍使僕從。（《佛說興起行經》T4p166a10-11）

【心濡】心軟。《集韻》：「濡，乳兖切。」今音 ruǎn。「渜」的今字。柔軟；柔弱。《淮南子‧說山訓》：「厲利劍者必以柔砥，擊鍾磬者必以濡木。」異文可以補證。

是比丘持是語，向彼女人說。女人心濡，聞如是事，走到男所，得共和合。（T23p384c18-20）（宋元明宮本作「心軟」）

有雌獼猴常數來往此比丘所，比丘即與飲食誘之，獼猴心軟，便共行婬。（T23p2a2-3）

是故先行布施，令其心濡，可以引導。（《大智度論》T25p704b13-14）（宋元明宮本作「心軟」）

【濡語】同「軟語」。柔和而委婉的話語。《大詞典》收錄了「軟語」。《十誦律》「軟語」凡 75 見，「濡語」僅 1 見。

若諸比丘不先濡語約勅，便以白四羯磨約勅，是如法約勅不？（T23p386b11-12）（宋元明宮本作「軟語」）

【喑嗌】大喊大叫貌。同「喑噎」。《大詞典》和《訂補》未收錄。此詞是《十誦律》首創，大正藏共出現 18 次，其中 17 次出現在《十誦律》。

若比丘向餘比丘喑嗌，突吉羅。若向比丘尼式叉摩尼沙彌沙彌尼喑嗌，突吉羅。若比丘尼向比丘尼喑嗌，突吉羅。若向式叉摩尼沙彌沙彌尼喑嗌，突吉羅……（T23p291b23-26）（宋元明宮本均作「喑噎」，共 11 處。）

在床上有五事：一不得大吹，二不得叱吒喑噫，三不得歎息思念世間事。（《法苑珠林》T53p644b22-24）

按：據慧琳《一切經音義》，佛經的「喑嗌」、「喑噎」的寫法是錯誤的，應該作「喑噫」。該書卷 56「喑噫」條：「喑，唔，大呼也，亦大聲也。《說文》：『噫，出息也。』經文作『噎』，於結反，咽塞也。『噎』非此義也。」卷 58「喑噫」條：「喑，噫，大呼也。《說文》：『飽出息也。』律文作『嗌』，非也。」卷 64「喑噫」條：「喑，唔也。噫，歎傷也，亦大聲也。戒文作『嗌』，於亦反。嗌，咽也。『嗌』非字義。」《大詞典》收有「喑噫」一條，只有一個義項「形容心情鬱結」。例舉唐韓愈《劉統軍碑》：「公雖家居，為國喑噫。」當補。

【拘鉢多羅】【鉤鉢多羅】

這是佛經裏常出現的兩個詞，但遍查不獲。通過對《十誦律》前後文異文的對比和不同版本間異文的對比，可以知道，「拘鉢多羅」就是「鉤鉢多羅」，就是「小鉢」。

提婆達以鉢、**鉤鉢多羅**、大捷瓷、小捷瓷、衣鉤、禪鎮、繩帶、匙筋、鉢支、扇蓋、革屣，隨比丘所須物，皆誆誘之。（T23p93b14-16）

調達以大鉢、小鉢、大小鍵鎡、衣鉤、禪鎮、繩帶、匙匕、鉢支、扇蓋、革屣，隨比丘所須物，皆用誆誘。（T23p259c17-19）

若鉢，若**拘鉢多羅**，若半**拘鉢多羅**、鍵鎡、半鍵鎡、帶鐶、禪鎮、衣鞈、鉢支、澡罐、鉢囊、蓋扇、革屣，如是等種種比丘所須物，持詣竹園布施僧。（T23p198c17-20）

是長老多得故一鉢、半鉢、**拘鉢多羅**、半**拘鉢多羅**、大捷鎡、小捷鎡。（T23p60c20-22）（宋元宮作「鉤」）

斧稍，大刀，小刀，鉢，**拘鉢多羅**，半**拘鉢多羅**，大捷鎡，小捷鎡。（T23p65a1-3）（宋元明宮作「鉤」）

【修多羅】【修妬路】【比尼】【毘尼】【摩多羅伽】

《大詞典》收錄了「修多羅」：「梵語音譯，指佛教經典。也寫作修妬路、素怛纜、蘇怛囉、修單蘭多。」「比尼」就是「毘尼」，《大詞典》和《訂補》

均失收，是專指律典。「摩多羅伽」一詞《大詞典》也未收，聯想到佛經分爲經、律、論三藏，這裏的「摩多羅伽」應該是指論典。

> 僧中多有持修妬路、毘尼、摩多羅伽者。（T23p361c26-27）

> 先當問持修多羅，持毘尼，持摩多羅伽者。（T23p396a12-13）

> 是僧多有比丘持修多羅者，持比尼者，持摩多羅伽者。（T23 p254a7-8）

> 能持修多羅，持律，持摩多羅伽。（《律戒本疏》T85p643b7-8）

> 當問餘比丘持修多羅，持毘尼，持摩多羅伽者。（《十誦比丘尼波羅提木叉戒本》T23p484a22-23）（宋元明宮本作「持經持律」）

> 諸上座所説是法是律是佛教。（T23p120a9-10）（宋元明宮本作「毘尼」）

【義仲】【議仲】結義兄弟。《大詞典》和《訂補》均未收。慧琳《一切經音義》卷 58：「議仲，謂伯仲兄弟也。伯長仲中也。」

> 六群比丘與白衣作義仲，取發取華。諸白衣呵責言：「汝等出家人，何用此義仲，用取發取華爲？」諸比丘聞是事白佛。佛言：「從今不得作義仲，截發取華，犯者突吉羅。」（T23p351b23-26）（宋元明宮本作「議仲」，慧琳《一切經音義》也作「議仲」）

第六章 《十誦律》詞彙研究對大型語文辭書的修訂作用

　　《漢語大詞典》（以下簡稱《大詞典》）是目前公認最權威的一部大型歷史性漢語詞典，收詞多達 37 萬 5000 餘條，約 5000 萬字。從總體上說，《大詞典》收詞廣泛、義項完備、釋義準確、書證豐富、體例嚴謹，能夠反映漢語詞彙發展演變的面貌，堪稱我國漢語辭書編纂史上的一座里程碑。但由於時代、技術、當時學術水平的局限和辭書編纂理論的欠缺以及對資料的收集不夠廣泛等原因，留下不少缺憾，比如大量詞條失收、義項不全、例子跨度太大、書證過晚、有的詞條書證太少甚至沒有書證等等，離它所致力的「古今兼收，源流並重」的目標仍相距甚遠。

　　2010 年底，上海辭書出版社編輯出版了《漢語大詞典訂補》（以下簡稱《訂補》），收詞 3 萬餘條，在新增、訂訛、補義、補證等方面都做了大量工作，使原書質量有了很大提高。但是，根據筆者的考察，《訂補》存在的問題仍然很多，比如僅《十誦律》就存在很多詞語失收、書證太晚的情況，學者們的很多成果也沒有被吸收。這都反映了辭書編撰工作的艱巨性和長期性。

　　在漢語專書詞彙研究中，我們既要充分利用大型語文辭書的研究成果，又要自覺地為其查漏補缺，使其日趨完善，這無論對漢語詞彙史的研究還是語文辭書的編纂都具有重要的意義。

第一節　爲《大詞典》增補詞條

　　《十誦律》有很多詞語並沒有在《大詞典》和《訂補》中得到記錄，主要大概有兩個原因：一個是編撰者對語料的收集不夠廣泛，另一個是《十誦律》裏不少詞條是鳩摩羅什等人獨創的，並沒有得到廣泛的流行。佛經語料數量龐大，但《大詞典》和《訂補》利用得非常少，常用的只有蕭齊求那毗地的《百喻經》、梁慧皎《高僧傳》、唐道世《法苑珠林》、唐玄奘《大唐西域記》等有限的幾部，而這些都是時代較晚的語料。《十誦律》裏有很多詞語沒有被《大詞典》和《訂補》收錄，這裏不可能一一列舉，只能舉一些例子說明。

【阿練兒】梵語 aranya、巴利語 aranna 的音譯。又譯「阿練若」、「阿蘭若」。《大詞典》只收了「阿蘭若」，《訂補》增收了「阿練若」，而「阿練兒」依舊沒有被收錄。而且《大詞典》和《訂補》的義項都不完備，需要將二者結合起來。「阿蘭若」和「阿練兒」都是鳩摩羅什首創的。有兩個意思：①本義爲山林、荒野。因適於比丘修行與居住，後引申指出家人修行與居住的林野。後亦用以稱一般佛寺。②借指修行者。下面第一、二句的「阿練兒」是指山林、曠野，後兩句是指修行者。

　　　　若比丘在阿練兒處，白餘比丘入聚落，從聚落還到阿練兒處，即以先白。（T23p123b23-25）

　　　　阿練兒處者，去聚落五百弓。（T23p57b5-6）

　　　　爾時長老憂波斯那，與多比丘眾五百人俱，皆阿練兒，著納衣一食乞食空地坐。（T23p41b2-4）

　　　　汝能盡形作阿練兒，著糞掃衣乞食一食空地坐，我當教汝讀經，與汝依止。（T23p41b14-16）

【躄地】倒地。「躄」同「躃」。躄，仆倒。

　　　　時阿耆達慚愧憂惱，熱悶躄地，時宗親以水灑面，扶起乃醒。

　（T23p100a4-5）

【晡時】申時，即十五時至十七時。《十誦律》常見。東漢康孟詳等譯經中已出現。

　　　　日出時，日出已，中前，日中，中後，晡時，日沒，日沒已。

　（T23p23c26-27）

地了竟時，中前時，日中時，晡時，日沒時。（T23p77b8-9）

【勦健】輕捷而強有力。《一切經音義》卷56：「勦健，謂勁速。」勦（chāo），
輕捷。健，強有力。《易》：「天行健，君子以自強不息。」此詞是《十誦律》
首創，未流行，《大正藏》只出現12次，其中6次出現於《十誦律》，4次出
現於慧琳《一切經音義》。

　　六群比丘大力勦健，不大謹慎，即強牽出。是比丘柔軟樂人，
頭手傷壞，鉢破衣裂。（T23p78b18-20）

　　是中有比丘尼，名修目佉，勦健多力，出婆羅門家。（T23p308
c15-16）

【城統】管理城市的官員。此詞是《十誦律》獨創的，凡5見，未見於其它佛
經。

　　城統即放木師，將達尼迦比丘前到王所。（T23p3c23-24）

　　時城統即將木師到王所言：「大王，此是木師。」（T23p3c21-22）

【嗤弄】戲弄。

　　諸外道嗤弄言：「此是汝等贊施師，汝等塔，汝等所尊敬。先受
供養在前食，在汝等前行者，正如是耶？」諸賢者皆大羞愧。
（T23p421a22-24）

　　主人欲嗤弄比丘，故問言：「尊者，湯實熱可著不？」（《摩訶僧
祇律》T22p308a1-2）

【臭劇】極臭。此詞是鳩摩羅什首創，未流行。在他之前的支謙只是說「身體
極臭，劇於人糞。」（《撰集百緣經》卷5）

　　比丘卻蓋時小便臭劇，佛言：「蓋上開小孔，令臭氣出。」
（T23p276b12-13）

【臭穢】惡臭穢濁。這是佛經使用頻繁的一個詞。東漢譯經中已出現。

　　取藥時，流污壁及臥具，房舍中臭穢。（T23p184c16-17）

　　爾時有比丘名強耆羅，多毛。洗浴已，毛中水濕，衣爛壞，身
體臭穢。（T23p267b2-4）

【廚士】以烹調爲專業的人。同「廚師」。大正藏沒有「廚師」，只有「廚士」。此詞西晉譯經中已出現。

> 問言：「誰作此食？」主人答言：「廚士所作。」（T23p318a24）

> 有國王事天神，大祠祀，用牛羊豬豚犬雞各百頭，皆付廚士殺
> 牛羊。廚士中有一優婆塞言：「我持佛戒，不得殺生。」廚監大恚。
> （鳩摩羅什《眾經撰雜譬喻》T4p539b22-25）

【窗向】窗戶。向，朝北的窗。《詩·豳風·七月》：「穹窒熏鼠，塞向墐戶。」毛傳：「向，北出牖也。」清夏炘《學禮管釋·釋窗牖向》：「牖與向不同，南出者謂之牖，北出者謂之向。」

> 滿宮房舍、窗向、欄楯、諸樓閣間及床榻下，諸甕甕器皆悉盛
> 滿。（T23p126a6-7）

> 梁者，棟所依處。戶者，安扇處。向者，窗向通明處。（T23p80
> a17-18）

【刺棘】芒刺荊棘。同「棘刺」。《大詞典》收「棘刺」。吳康僧會等人譯經中已出現。

> 若開，應入。若不開，僧坊外有牆塹刺棘，應在現處立。
> （T23p300a24-25）

> 其地岑岩，礫石刺棘，身及足跔，其瘡毒痛。（《六度集經》
> T3p10b29）

【蹴蹸】踩踏。此詞是鳩摩羅什創造的，不過《大正藏》僅此 1 見。蹴，踩踏。《孟子·告子上》趙岐注：「蹴，蹋也。」蹸，也有「踩踏」義。如《莊子·秋水》：「赴水則接腋持頤，蹸泥則沒足滅跗。」

> 又復比丘病，父母扶將歸家，比丘蹴蹸倒父母上，父母若死，
> 比丘無罪。（T23p381c10-12）

【大便道】【小便道】【口道】分別指肛門、生殖器、口腔。

> 道者，小便道、大便道、口道。若令入大便道中，得波羅夷。
> 入小便道中，得波羅夷。入口道中，得波羅夷。（T23p424c21-24）

我不見<u>小便道</u>作婬，我見<u>大便道</u>、口中作婬。（T23p387b12-13）

見比丘與女人於<u>小便道</u>作婬。（T23p387b7）

【等侶】伴侶；朋輩。《十誦律》只出現一次，其它佛經中常見。

有一比丘摩訶盧患苦痛，無有<u>等侶</u>，無人看視。（T23p148
a14-15）

今者逃命在空山林，唯與禽獸而爲<u>等侶</u>。（三國吳支謙《菩薩
本緣經》T3p56b5-6）

【詆謾】詆毀謾罵罵。同「詆嫚」。此詞是《十誦律》首創。大正藏只出現 3
次，2 次在《十誦律》，另一次在元魏時代慧覺等譯的《賢愚經》。《大詞典》
收有「詆嫚」，例舉南朝梁劉勰《文心雕龍》。

有五大賊：劫賊、盜賊、詐取賊、<u>詆謾</u>賊、受寄賊。有五種取
他物：劫取、盜取、詐取、<u>詆謾</u>取、法取。（T23p363b18-20）

二家相棄，遂失其牛。後往從索，言已還汝，共相<u>詆謾</u>。（《賢
愚經》T4p428b10-11）

【地了】黎明，天剛剛亮。「了」有清楚、明白的意思。「地了」就是說剛剛看
得清大地的輪廓，借指黎明。丁福保《佛學大辭典》：「地了，天曉可辨方角之
頃也。」此詞李維琦《佛經詞語彙釋》已釋，而且《漢語大詞典訂補》在後記
中專門感謝李維琦曾把自己的書寄給編輯組參考，但不知爲何沒有被採納。此
詞在《大正藏》共出現432次，其中僅《十誦律》就出現了306次。最早出現
在三國支謙譯經中，僅 1 見。在鳩摩羅什之前，「地了」作黎明講的只有支謙
這一次。

夜宿已，<u>地了</u>便去。（T23p78a9）

<u>地了</u>已，日出時，日出已，中前，日中，日昳，晡時，日沒時，
日沒已。（T23p103a6-7）

夜既終已，清旦<u>地了</u>，於薪聚邊即便吹火。（支謙《菩薩本緣經》
T3p66b10-11）

【地未了】天將亮未亮，大地輪廓還分辨不清楚。指黎明之前的一段時間。

「地了」一詞常見，而「地未了」則是《十誦律》首創，《大正藏》凡 12 見，其中 9 次出現於《十誦律》。

> 非時者，過日中至<u>地未了</u>，是中間名非時。（T23p95b14-15）

> 一夜者，從日沒至<u>地未了</u>時。（T23p102c18-19）

【地曉】黎明，天剛剛亮。同「地了」。此詞也是《十誦律》首創。

> 爾時迦留陀夷，<u>地曉</u>時著衣持鉢入王宮，至門下立彈指。（T23p125a19-20）

> 若比丘衣在界內，比丘出界外至<u>地曉</u>，是離衣宿耶？（T23p388c1-2）

【鬥亂】搗亂；擾亂。

> 有安居比丘，聞彼比丘欲來<u>鬥亂</u>，破此比丘自恣。爾時安居比丘作是念：「我不欲聞是<u>鬥亂</u>事。」（T23p399a26-28）

> 若比丘喜<u>鬥亂</u>諍訟，僧因是故作苦切羯磨，是名苦切。（T23p410b27-28）

> 我不作賊，不中陷人，不<u>鬥亂</u>王，為以何過而見加毀？（鳩摩羅什《大莊嚴論經》T4p325c3-4）

> 不得妄語，不能教人妄語，<u>鬥亂</u>彼此。（竺佛念《出曜經》T4p673b1-2）

【妒瞋】嫉妒怨恨。是「嫉妒瞋恚」的縮略語。此詞是鳩摩羅什首創，用得最多，其它很少人用。從下面例句看，此詞還處在凝固化進程中。

> 爾時六群比丘，自知不復得教誡比丘尼，<u>妒瞋</u>作是言……（T23p82c1-2）

> 沙門瞿曇<u>妒瞋</u>調達故。令作是唱。（T23p260c10）

> 是摩訶男性善不瞋不驚，諸行食人<u>嫉妒瞋恚</u>。（T23p96c23-24）

> 軍中有不信者，<u>嫉妒瞋言</u>……（T23p101b29）

> 是鳥即死，爾時諸王子皆慚愧<u>妒瞋恨言</u>……（T23p110c11-12）

【對至】（災難）一起到來。就是禍不單行的意思。「對」有共、同、合之義，

如唐杜甫《卜居》詩：「無數蜻蜓齊上下，一雙鸂鶒對沉浮。」《魏書・張讜傳》：「遣中書侍郎高閭與讜對爲刺史。」

> 佛在舍衛國。是時舍衛城有一居士，無常對至，財物妻子眷屬奴婢一切死盡，唯有父子三人。（T23p151b4-6）

> 汝今不應念惜此身，汝雖復欲多年擁護，而對至時不可得免。（《菩薩本緣經》T3p69c18-19）

> 人在世間，無常百變，命非金石，對至無期。（《菩薩睒子經》T3p436c6-7）

【多諸】多，有很多。「多」和「諸」是同義複用。此詞在佛經中使用非常頻繁，《十誦律》22 見，《大正藏》凡 2035 見。此詞在三國譯經中已經出現。

> 是聚落中多諸貴人，奴婢財寶穀米豐饒，種種成就。（T23p11a15-16）

> 是聚落中有富貴家，多饒財寶，穀米豐盈，多諸產業田地人民奴婢作使，種種成就。（T23p71b27-29）

> 國事殷湊，多諸過咎，咎既鍾身，無逃避處。（《菩薩本緣經》T3p59b7-8）

> 時那羅聚落，多諸疫鬼，殺害民眾。（《撰集百緣經》T4p209c4-5）

【度籌】考慮；計算；謀劃。「忖度籌量」的縮略語。此詞也是《十誦律》首創。

> 即屈指度籌到七日時，與象酒醉，繫住待佛。（T23p262b2-3）

> 孜孜忖度籌量，數數推窮大事。（《錦江禪燈》X85p162a9）

【惡賤】有兩個意思：①惡劣低賤。②厭惡鄙視。此詞《十誦律》2 見，是第一個意思。最後三個例子是「厭惡鄙視」的意思。

> 至惡賤國土乞食，是比丘先從惡賤人受食噉。（T23p414b27-28）

> 若人愚癡，心懷諂諂，一切眾中，惡賤下劣。（《賢愚經》T4p377c22-23）

> 先迦尸國人，惡賤父母，無恭敬心。（《雜寶藏經》T4p456a29）

見於世間夫妻事出，心生惡賤，左手捉取，右手推之。（《起世經》T1p362a6-7）

如是頭等餘頭皆售，唯有人頭，見者惡賤，遠避而去，無肯買者。（《大莊嚴論經》T4p274a28-29）

【爾所】此詞在佛經使用非常頻繁。有兩個意思：①無數。慧琳《一切經音義》卷 10：「經云『尚多』、『無數次』，文云『爾所』、『恒河沙數』。」②相當於「爾許」，就是如許、如此。以下 4 個例子中，前兩個是「無數」，後兩個是「如許、如此」。

出城見一比丘，即便語言：「汝能爲我請佛及爾所弟子，明日至我舍食不？」（T23p95a2-3）

王子聞已，便作是念：「佛法僧眾必大不小，能令居士捨爾所寶物。」（T23p244c23-25）

客比丘問：「汝幾歲？」答言：「我爾所歲。」客比丘念：「若小房中比丘爾所歲者，何況大房？」（T23p248a20-22）

若比丘在大眾中坐，以一把小豆、一把大豆、一把沙，散大眾上，隨粒墮他上，犯爾所罪。（T23p377b5-7）

【放馬】牧放馬匹。《大詞典》只有「放牛」。

是國清涼水草豐美，有波羅奈國人，逐水草放馬，欲令肥丁。（T23p187c14-16）

有看馬人，從波羅奈國詣舍婆提放馬。（T23p460a9-10）

時放馬人有緣事。來至舍衛城。（T23p279a13）

【肥丁】肥壯。此詞是《十誦律》首創，未流行。丁，壯盛；強壯。《史記·律書》：「丁者，言萬物之丁壯也。」漢班固《白虎通·五行》：「丁者，強也。」唐慧琳《一切經音義》卷 75「肥丁」條：「丁，強也。《釋名》云：『丁，壯也。言物體皆壯也。夏時萬物丁，成實也。』」

是國清涼水草豐美，有波羅奈國人，逐水草放馬，欲令肥丁，來到此處。（T23p187c14-16）

是國有清水美草，有波羅國人，逐水草牧馬，欲令肥丁，來到
此處。(《經律異相》T53p20b6-8)

【肥好】肥美。

爾時偷蘭難陀比丘尼，以掌拍女根。諸比丘尼問言：「汝作何
等？」答言：「欲使肥好。」(T23p318a6-8)

乃至分田，薄埆多穢持作一分，肥好良者復作一分。(《摩訶僧
祇律》T22p250c21-22)

【肥悅】肥壯。此詞是《十誦律》首創，未流行。從第二個例句看，「肥悅」
是和「羸瘠」相對的，就是「肥壯」的意思。《十誦律》裏有好幾個詞，如「肥
丁」、「肥盛」、「肥悅」，表示的意思是一樣的，都是「肥壯」，不能拘泥於字
面，像《大詞典》把「肥盛」解釋爲「肥壯盛多」是錯誤的（詳見本章第四
節）。

是病人得差，平復，得色力肥悅，捨戒還家。(T23p152b23-24)

諸狗既至，悉皆肥悅，並不解語，唯大藥狗羸瘠異常。(《根本
說一切有部毘奈耶雜事》T24p343c5-6)

時有一人，姓張名奴，不知何許人，不甚見食，而常自肥悅，
冬夏常著單衣。(T53p747b26-28)

【㵉星】即孛星，也就是彗星。㵉和孛，古音是一樣的。㵉，《廣韻》方味切，
去聲非母微部。孛，《廣韻》蒲昧切，去聲並母微部。古無輕脣音。此詞《十
誦律》出現 4 次，《大正藏》凡 51 見。此詞在東漢譯經中已經出現。從下面第
一句也看得出來，「㵉星」就是「孛星」。

二十八宿中鬼星名也。生時相應鬼宿，因以爲名。或名㵉星，
或名孛星。(《翻譯名義集》T54p1058b27-29)

爾時舍衛城中有估客眾，用㵉星吉日欲出行他國。(T23p90
b28-29)

舍婆提國有賈客主，欲至他國，占㵉星日發。(T23p457b26)

十五㵉星下現，侍太子生。(東漢康孟詳等《修行本起經》

T3p464a12-13）

沸星出時生，沸星出出家，沸星出成道，沸星出滅度。（後秦竺
佛念等《長阿含經》T1p30a15-17）

值得注意的是，彗星的出現在佛經中都被看成吉兆，佛陀的出生、出家、
成佛、涅槃都在彗星出現時，商人出行也特意選在彗星日。而在中土文獻裏，
彗星的出現卻往往被看成重大災難的預兆。《漢書·五行志下》:「北斗，人君象；
孛星，亂臣類，篡殺之表也。」

眞宗即位，有彗星見於東方，眞宗恐懼。（宋丁謂《談錄》）

你到那裏，又遇孛星爲敵，要見圜扉淹滯冤終雪，骨肉參商事
可憐。（明沈鯨《雙珠記·風鑒通神》）

【糞掃】「糞掃」本是動詞，指掃除。《說文·米部》:「糞，棄除也。」《玉篇·
米部》:「糞，除也。」動詞轉化爲名詞，指垃圾。「糞掃衣」就是垃圾堆裏找
到的衣服。「糞掃缽」就是垃圾堆裏找到的缽。「糞掃食」就是垃圾堆裏找到的
食物。等等。

不相接聚落界者，若雞飛所及處，若棄糞掃所及處。（T23p32
b5-6）

是中界者，謂擲糞掃所及處。（T23p32b14）

若比丘無病露地燃火向，若燃草木牛屎木皮糞掃，若自燃若使
人燃，波逸提。（T23p104c15-17）

糞掃缽者，若巷中、死人處、糞掃中，有棄弊器，取持水上洗
治受用。糞掃杖者，若巷中、死人處、糞掃中，棄杖，取持水上洗
治畜用。糞掃革屣者，若巷中、死人處、糞掃中，有棄革屣，取持
水上淨洗縫治畜用。糞掃食者，若巷中、死人處、糞掃中，有棄羅
蔔葉、胡荽葉、羅勒葉若臭糒，自手取持至水上淨洗治已便食，是
名糞掃食。（T23p96a1-8）

【糞掃衣】垃圾堆裏找到的衣服，又叫納衣、百衲衣。《一切經音義》卷11:
「糞掃衣者，多聞知足上行比丘常服衣也。此比丘高行制貪，不受施利，捨
棄輕妙上好衣服，常拾取人間所棄糞掃中破帛，於河澗中浣濯令淨，補納成

衣，名糞掃衣，今亦通名納衣。」還可以從最後三句的異文考察，「糞掃衣」就是「納衣」。

> 時有比丘求糞掃衣，見是地衣，四顧無人，便取持去。（T23p7
> b4-5）

> 我從今聽阿練兒著糞掃衣頭陀比丘，若送食不送食，若布薩不
> 布薩，隨意來至我所。（T23p41b25-27）

> 爾時諸比丘作是念：「我等何不捨居士衣，著納衣耶？」實時諸
> 比丘舍居士衣，皆著糞掃衣。（T23p41c26-28）

> 爾時長老憂波斯那，與多比丘眾五百人俱，皆阿練兒，著納衣
> 一食乞食空地坐。（T23p41b2-4）

> 汝能盡形作阿練兒，著糞掃衣乞食一食空地坐，我當教汝讀經，
> 與汝依止。（T23p41b14-16）

【疴躄】【拘躄】駝背跛腳。疴，讀□ōu，曲脊。拘，也讀□ōu，彎曲。《荀子·
宥坐》楊倞注：「拘，讀爲鉤，曲也。」躄，也作躃，指足跛不能行。《文選·
枚乘〈七發〉》李善注：「躄，跛不能行也。」

> 盲者得視，聾者得聽，瘂者能言，疴躄者得伸，跛蹇得手足，
> 眛眼得正，癭者得除苦痛。（T23p261c1-3）

> 盲者得視，聾者得聽，瘂者能言，拘躄者得伸，跛蹇者得手足，
> 眛眼得正，病瘦者得除，苦痛者得樂。（T23p134c9-12）

【垢臭】骯髒惡臭。是「污垢臭穢」的略語。此詞也是鳩摩羅什首創，未流
行。

> 開一房，見草及衣弊納狼籍在地，臥具垢臭。（T23p183c13-14）

> 取時流污壁、臥具，房舍臥具垢臭。（T23p461c26-27）

【故爛】破舊。此詞是《十誦律》首創。

> 若用故爛衣作迦絺那衣者，不名爲受。（T23p207b25-26）

> 時有比丘，有僧伽梨故爛弊壞，自念言：「世尊與比丘結戒：
> 衣已竟，迦絺那衣已出，聽十日內畜長衣，過者犯尼薩耆波逸提。

然我此僧伽梨<u>故爛弊壞</u>，十日中間更不能辦，我今當云何？」（《四分律》T22p604b29-c5）

【關邏】關塞，關卡。慧琳《一切經音義》卷 16「關邏」條：「鄭注《周禮》云：『關者，界上之門也。』《說文》：『以木橫持，門戶也。』《廣雅》：『關塞也。』……《字書》：『邏，遮也。』《韻略》云：『遊兵備寇，險徑鎮戍之所也。』」

　　　若比丘過<u>關邏</u>，應輸稅物而不輸，得何罪？（T23p379c5-6）

　　　若估客到<u>關邏</u>，語比丘言：「與我過是，物稅直當與比丘半。」（T23p379c8-10）

【廣說】【廣問】「廣說」是詳細解釋和說明。「廣問」是詳細詢問。據慧琳《一切經音義》卷 70：「毘婆沙，或言鼻婆沙，《隨相語》作『毘頗沙』，此譯云『廣解』，或言『廣說』，亦云『種種說』，或言『分分說』，同一義。」「廣說」在佛經裏常見，「廣問」用的不太多，大概是承「廣說」產生的。

　　　佛即<u>廣說</u>本生因緣。（T23p266a15）

　　　時諸比丘種種呵已，向佛<u>廣說</u>，佛以是事集比丘僧。（T23p1c2-3）

　　　億耳如是思惟：「是我時到，當以五事<u>廣問</u>世尊。」（T23p181c5-6）

【戶鑰】鑰匙。同「戶鈎」。《訂補》已收錄「戶鈎」。東漢安世高譯經中就已經出現。

　　　佛持<u>戶鑰</u>從房至房，觀諸房舍。（T23p49b16-17）

　　　此是<u>戶鑰</u>，此是房舍，此是臥具。（T23p78a24-25）

　　　持<u>戶鑰</u>有五事：一者欲出時常當先所披貫臂著指，二者欲閉戶不得並持鑰。（安世高《大比丘三千威儀》T24p916c14-15）

　　　受值日有五事：一者當先受<u>戶鑰</u>，二者當數銅佛像，三者當數銅香爐。（《大比丘三千威儀》T24p923b18-20）

【擊擽】此詞是《十誦律》首創，凡 8 見，《大正藏》凡 72 見。擽，讀 lüè。《大詞典》：「擽，同『擽』。」《廣雅・釋詁三》：「擽，擊也。」《集韻・藥

韻》同。「擊攊」，雖然從字面上看是「敲擊」，但從佛經實際用例看，似爲撩撥逗弄之義。存疑。據《說文通訓定聲·小部附錄》：「攊，假借又爲撩。」「撩」有撩撥，逗弄義。也許「擊攊」就是「擊撩」，就是撩撥，逗弄。

> 十七群眾中有一小兒憙笑，諸比丘捉擊攊，令大笑故，便死。……答言：「以戲笑故擊攊。大笑故便死。」佛言：「無罪。從今日不應擊攊人，若擊攊得波夜提。」（T23p437b8-13）

> 爾時十七群比丘至六群比丘住處，共相擊攊。有一比丘眾共擊攊，不勝笑故，氣絕而死。（《五分律》T22p59a8-10）

【急怖】焦急恐怖。此詞是《十誦律》首創，《大正藏》凡 15 見，其中 13 次在《十誦律》。

> 佛語諸比丘：「阿難不但今急怖時不捨離佛，乃過去世急怖時亦不捨離佛。」（T23p263a10-12）

> 時鱉急捉獼猴，卻行欲入水。獼猴急怖，便作是念：「若我入水，必死無疑。」（《摩訶僧祇律》T22p265a12-13）

【絞捩】擰乾。此詞是《十誦律》首創。只出現於《十誦律》（6 次）和《摩訶僧祇律》（1 次）。

> 持革屣至水邊浣，拂拭。物浣已，絞捩。絞捩已，擘散。然後捉革屣，先拭前頭，次拭後拭中拭帶。（T23p420b10-12）

> 復有浣衣人，持衣至水邊。浣已，絞捩。曬已，一處坐看。（T23p428c19-21）

【撿究】查究。撿，查看。此詞是《十誦律》首創。大正藏共 28 次，其中《十誦律》就出現 26 次。《十誦律》另有「撿按」一詞，《大詞典》已收錄，「查看；查視」義。

> 佛言：「應以五事撿究問是事。」（T23p360a28-29）

> 更有五法應撿究，應苦切作苦切，應依止作依止，應驅出作驅出。（T23p360b3-5）

> 竊惟方等大典多說深空，尋長含樓炭辯章世界，而文博偈廣，

卒難<u>撿究</u>。（《法苑珠林》T53p278a1-2）

爾時跋難陀釋子，度王軍將。爾時邊國人叛，時王<u>撿挍</u>此將。有人答言：「出家。」（T23p283b15-16）

【儉世】饑荒年代。是「饑儉世」、「世饑儉」的縮略詞，是《十誦律》首創。《大詞典》收有「饑儉」，「饑儉」就是饑荒。

有信婆羅門居士多與財物，是比丘尼得財物已，值<u>世饑儉</u>。比丘尼作是思惟：「今時<u>儉世</u>宜自活命，若我活者，後當作比丘尼僧坊。」即於<u>儉世</u>食是物盡。<u>饑儉世</u>過，豐樂時至，諸比丘尼復行乞物，欲作僧坊。（T23p315c9-13）

【盡形】終生；終身。同「盡形壽」、「盡壽」。這兩個詞李維琦《佛經詞語彙釋》已釋。第三個例句「盡形」和「終身」對舉，二詞義同。

我從今日歸依佛，歸依法，歸依僧，我<u>盡形</u>作佛優婆夷。（T23p113a25-26）

和上尼言：「可還取來，若不得者，<u>終身</u>驅汝出。」是弟子畏<u>盡形</u>驅出故，即往索衣。（T23p314a18-20）

【久壽】長壽。此詞西晉竺法護譯經中已經出現。

世間有三大賊，無能及者，<u>久壽</u>作大罪，人無能捉。（T23p356a13-14）

有惡比丘<u>久壽</u>，作大罪久住，僧不能擯。（T23p356a18-19）

設使<u>久壽</u>，設使亡去會當死，何以意愛俱樂？（竺法護《身觀經》T15p242b16-17）

【揩摩】拭抹，擦拭。《大詞典》有三個義項，所舉例子都是宋代的，太晚。《十誦律》已多次出現。

長老跋提行頭陀，入浴室洗時不聽他人<u>揩摩</u>。作是念：「若佛聽我編繩自<u>揩</u>身者善。」（T23p278a10-12）

汝等隨上座安住，與辦洗浴具，與油澡豆，欲<u>揩摩</u>者即與<u>揩摩</u>。（T23p218a20-22）

【來久】很久。此詞三國譯經中已經出現。

> 有一比丘病久，看病比丘看視故，作是念：「我看來久，是病人不死不差，今不能復看，置令死。」是看病人便不看故，病人便死。（T23p436c23-26）

> 有一比丘病，多有衣鉢財物。看病人瞻視來久，作如是念：我今不能復看，置令死。（T23p436c28-29）

> 時彼梵志遙見佛來，即起奉迎，共相問訊，言：「善來，瞿曇，不面來久，今以何緣乃能屈顧？唯願瞿曇就此處坐。」（《長阿含經》T1p66a15-17）

> 往昔有佛名影法無穢如來王，滅度來久，經法都盡，常悲菩薩，夢見其佛爲其説法。（《六度集經》T3p43a19-21）

【睞眼】斜視眼。睞，斜視。

> 爾時有一婆羅門，有女睞眼，即名睞眼。（T23p90a24-25）

> 聾者得聽，瘂者能言，拘躄者得伸，跛蹇者得手足，睞眼得正，病瘦者得除，苦痛者得樂。（T23p134c10-12）

【勞熟】非常疲勞。「勞」是疲勞，「熟」表示程度深，類似的如諳熟、精熟、醉熟、嫻熟、滑熟，等等。此詞在大正藏中只出現 2 次。

> 以手腳打是比丘，勞熟已捨去，是比丘大受苦痛已還去。（T23p298b11-13）

> 比丘捉杖便打彼船主，罵言：「弊惡人，敢毀辱沙門釋子！」罵訖，傷打船主手臂腳，膊傷破，勞熟已，便排著水中。（《摩訶僧祇律》T22p246c19-22）

【樂著】喜愛。這是個佛經常用詞，《大正藏》凡 936 見。《大詞典》收有「貪著」。

> 一切眾生所可樂著，不可久保，皆當別離散壞磨滅。（T23p445c27-28）

> 云何名比丘？自乞作廣長高大舍，久故難治，數從諸居士種種

求索，<u>樂著</u>作事，以是因緣妨廢讀經坐禪行道。（T23p20c1-4）

我一生已來，資財無量，而<u>樂著</u>弊衣。（安世高《佛說鬼問目連經》T17p535b21-22）

【蘆蔔】蘿蔔。也寫作「蘿蔔」、「蘆菔」、「萊菔」。《後漢書・劉盆子傳》：「幽閉殿內，掘庭中蘆菔根，捕池魚而食之。」北魏賈思勰《齊民要術・蔓菁》：「種菘、蘆菔法，與蕪菁同。」石聲漢注：「『蘆菔』，現在寫作『蘿蔔』、『萊菔』。」

時有白衣，以<u>蘆蔔</u>葉、胡荽葉、羅勒葉、雜食與諸比丘，諸比丘不食，不得飽滿故，羸瘦無色無力。（T23p91b18-20）

芋根、菔根、藕根、<u>蘆蔔</u>根、蕪菁根，如是等種種根可食。（T23 p193c23-24）

長者自手行水，自行<u>蘆蔔</u>根，諸比丘嚼<u>蘆蔔</u>根作聲。（T23p299 a11-12）

【鹵薄】也作「鹵簿」。有兩個意思：①天子出車駕。慧琳《一切經音義》卷58「鹵簿」條：「蔡邕《獨斷》曰：『天子大駕出，陳鹵薄也。』」卷 75「鹵蓐」條：「蔡邕《獨斷》曰：『天子出車駕，謂之鹵薄也。』」②引天子車駕之樂名。宋希麟《續一切經音義》卷 4「沙鹵」條：「鹵薄，樂名，引天子車駕者也。」卷 5「鹵土」條：「太常鹵簿，樂名。」

不得乘象馬，車不得乘人，不得作<u>鹵薄</u>入園觀中，犯者皆突吉羅。（T23p290c13-14）

王有鳴鼓我無鳴鼓，王有曲蓋我無曲蓋，王有<u>鹵薄</u>我無<u>鹵薄</u>。（《佛本行集經》T24p871a1-2）

【罵詈】罵，用惡語侮辱人。同「詈罵」。《大詞典》收「詈罵」。在《大正藏》中，「罵詈」752 次，「詈罵」只有 4 次。

諸比丘不與，鬥諍<u>罵詈</u>。（T23p467a22）

若軟語若<u>罵詈</u>，欲令伏從。（T23p172b10）

【免濟】免於禍患，得到救助。三國支謙譯經中就已經出現。

舍衛城有估客，莊嚴船入大海。入已，龍來捉船，諸估客各自求所事神天，禮拜求願，猶不蒙恩，不蒙得脫。中有一估客是目連弟子，目連常出入其舍，此人即作此念：「若目連見念者，必得<u>免濟</u>。」（T23p432b21-25）

中有一估客，目連是師，常出入其舍。此人即作是念：「若目連見念者，必得<u>免濟</u>。」（T23p432c9-11）

佛觀於本無，察應當度者，普使得<u>免濟</u>。（支謙《佛説黑氏梵志經》T14p967b18-19）

【摩拉】有兩個意思：①撫摸。②揩擦。《一切經音義》有三處解釋「摩拉」，卷14：「韻英》云：修拭也，摸也。」卷41：「《廣雅》云：拭也。」卷59：「拉拭也，律文或作『捫摸』也。」

象醉即醒，頭面禮佛，以鼻拭佛足。佛以右手摩其頭，即說偈言：世尊以長臂，柔軟相輪手。<u>摩拉</u>象頭教，如父教其子。（T23p262c6-9）

大歡喜踊躍，左手攝衣，右手<u>摩拉</u>鬢髮。（《中阿含經》T1p624c14）

入園洗足，亦不<u>摩拉</u>，而足自淨。（《梵摩渝經》T1p884b14）

【木果】【草果】「木果」指樹上結的果實。是和「草果」相對而言的。「草果」指草本植物結的果實。《十誦律》無「草果」，其它佛經中有。

聽食<u>木果</u>，若胡桃、栗、枇杷，更有如是種種<u>木果</u>，是一切聽食。（T23p190c22-24）

聽汝食<u>木果</u>。<u>木果</u>者，胡桃、栗、捺婆陀摩。如是等<u>木果</u>，是名<u>木果</u>。（T23p413b7-8）

葉中除菜、<u>草果</u>，除瓜瓠等，竝時漿故，椰子列在<u>草果</u>，即今瓢子之類。古云南海樹生者，此乃<u>木果</u>，不在簡除。（《四分律行事鈔資持記》T40p378c7-9）

【能善】善於，擅長。佛經中常見，大正藏出現1700多次。三國吳支謙等人譯經中已經出現。

跋難陀是大法師辯才，能<u>善</u>說法，即爲說種種微妙法，令比丘尼生歡喜心。（T23p314a10-12）

闍利吒比丘不能滅諍，不通利毘尼，不能分別相似句義，不能<u>善</u>說戒，不能令有疑者親近不能立正法。（T23p361a10-12）

【畦畔】田界。「畦」和「畔」都有「田界」義。

是時近山有好稻田，<u>畦畔</u>齊整。佛告阿難：「汝見彼稻田<u>畦畔</u>齊整不？」（T23p194c25-26）

復次佛住王舍城，天帝釋石窟前經行，見摩竭提稻田，<u>畦畔</u>分明，差互得所。（《摩訶僧祇律》T22p454c27-28）

【慳惜】吝嗇，小氣。此詞東漢譯經中已出現。

是不吉弊女<u>慳惜</u>他家故，令我等不得食。（T23p341a18-19）

居士婦言：「汝等<u>慳惜</u>。前有比丘尼來，我索小段，便脫衣與我。」（T23p335c26-27）

【牆障】【塹障】「牆障」指牆壁。「塹障」指壕溝。

僧坊外者，此僧坊<u>牆障</u>外，若籬障外，若<u>塹障</u>外。僧坊内者，僧坊<u>牆障</u>内，籬障内，<u>塹障</u>内。（T23p133a21-23）

【侵損】侵佔，損害。此詞最早見於三國支謙譯經。

是人已<u>侵損</u>我，當<u>侵損</u>我。今<u>侵損</u>我，云何令彼不<u>侵損</u>我而利益我？（T23p368a26-27）

是人已<u>侵損</u>我知識，當復<u>侵損</u>，今復<u>侵損</u>。（T23p368a24-25）

如人熱時止息涼樹，是人乃至不應<u>侵損</u>是樹一葉。受恩不忘亦復如是。（支謙《菩薩本緣經》T3p68b1-2）

【輕毀】輕視詆毀。此詞在西晉譯經中就已經出現。

噁心作惡口，<u>輕毀</u>聖人故。壽終必當墮，如是地獄中。（T23p23a18-19）

自羞退沒，人所<u>輕毀</u>，造諸罪業。（T23p352c29-p353a1）

謗佛謗尊，<u>輕毀</u>眾僧，甚可疑怪，爲未曾有。（西晉竺法護《生

經》T3p76b26-27）

【輕譏】輕視譏笑。此詞是《十誦律》獨創的，共 10 見，其它佛經均未見。

　　若以中國語瞋恨輕譏邊地人，邊地人不解是語；若以邊地語，瞋恨輕譏中國人，中國人不解是語，皆得突吉羅。若瞋恨輕譏瘂人聾人瘂聾人，若作書若遣使若示相，若展轉瞋恨輕譏，若瞋恨輕譏狂人散亂心人病壞心人，皆得突吉羅。（T23p393a3-8）

【輕惱】輕視惹惱。此詞是鳩摩羅什首創。《十誦律》出現 2 次，《大正藏》凡 25 見。

　　語一眼人言：「汝一眼人，得何罪？」答：「輕惱他故，得波逸提。」問：「如佛所說，比丘若內若外輕惱他，是中云何內云何外？」（T23p409c12-14）

　　爲此所輕惱，如是亦能忍。（鳩摩羅什《妙法蓮華經》T9p45a14）

　　行者貪著供養故，則失道德，或轉人心，令輕惱菩薩，或罵或打，或傷或害。（鳩摩羅什《大智度論》T25p458c11-13）

【輕弄】輕視戲弄。《十誦律》只出現 1 次。

　　時諸外道輕弄諸優婆塞。（T23p274b6-7）

　　目連作是念：「今舍利弗復輕弄我，將欲相試乎？」（《增壹阿含經》T2p709a23-24）

【傾損】傾倒損壞。此詞是《十誦律》首創，未流行。

　　佛言：「給孤獨居士有子，字僧迦羅叉。應語：是祇林汝父作，而今傾損，汝能治不？」諸比丘到語言：「僧迦羅叉，是祇林汝父所作，今日傾損，汝何以不治？」（T23p201b19-23）

　　入瓦官寺登寶閣，閣高二十丈，是梁武帝之所建也，至今三百餘歲，微有傾損。（《遊方記抄》T51p992a23-24）

【傾轉】傾斜翻轉。此詞最早見於三國支謙譯經中。

　　飲食具騾驢牛象馱來，諸馱傾轉。驅馱人喚：「諸大德，佐我正馱！」（T23p459c26-27）

白衣沙彌負食具來，負傾轉，語：「諸大德，與我正負！」（T23 p459c29-p460a1）

當斯之時，十方雲回，天地傾轉，百流西傾，懸光束沒。（支謙 《須摩提女經》T2p837b18-19）

猶如摩伽陀國赤圓銅鉢，置於石上，傾轉不定，自然出聲。（《大 方等大集經菩薩念佛三昧分》T13p838b20-22）

【染心】即染著心。指被愛欲所浸染之心。《大詞典》收有「染著」，指愛欲之 心浸染處物，執著不離。

欲盛者，即名變心，亦名貪心染心繫心。或有變心，非欲盛心， 亦非貪心染心繫心。（T23p15a16-17）

時迦留陀夷生染著心，諦視其面。比丘尼亦生染心，視比丘面。 （T23p344c5-6）

【肉臠】肉塊。同「臠肉」。臠，切成塊狀的魚肉。

若韋囊，若腳指，若肉臠，若藕根，若蘿蔔根，若蕪菁根，若 瓜，若瓠，若梨。（T23p320b18-19）

猶如割肉臠，當受大苦惱。如執大火炬，不慎而燒身。（《佛本 行集經》T3p737a14-15）

【灑散】像灑水一樣散佈。慧琳《一切經音義》卷 58：「如水之灑地也。」此 詞在三國支謙譯經中就已出現。

若比丘瞋意，把沙，把小豆、胡豆灑散大眾，隨所著人得罪。 （T23p394c27-28）

其母但以飲食漿水，灑散棄地。（支謙《撰集百緣經》T4p225 a12-13）

【掃篲】掃帚。同「掃彗」。篲，掃帚。陸德明《經典釋文》：「篲，帚也。」《大 詞典》收有「掃彗」。

新作僧伽藍，無掃地物，諸比丘不知云何。是事白佛，佛言： 「應作掃篲。」（T23p278b23-25）

爾時比丘新成染衣，以<u>掃篲</u>掃卻染滓。（T23p276c14-15）

【鱣魚】黃鱔。也作「鱓魚」。慧琳《一切經音義》卷33：「鱣魚，大黃魚也。口在頷下，大者長二三丈也。」《大詞典》有「黃鱔」條：「魚名，身體像蛇而無鱗，黃褐色，有黑色斑點。生活在水邊泥洞裏。也叫鱓魚。」此詞最早見於吳康僧會譯經中。

爾時有人施僧<u>鱣魚</u>皮革屣，諸比丘不受：「佛未聽我著<u>鱣魚</u>皮革屣。」是事白佛，佛言：「應受<u>鱣魚</u>皮革屣。」（T23p286c14-17）

即自投海，海大魚飽，小者得活。魂靈化爲<u>鱣魚</u>之王，身有里數。（康僧會《六度集經》T3p2a2-3）

【設欲】想要。最早出現於東漢康孟詳等譯經中。唐以後很少使用。

有烏來下，與雞共合生子。鳴時亦不能作雞聲，復不能作烏聲。<u>設欲</u>鳴時，作雞烏聲。（T23p224b25-27）

若有女人<u>設欲</u>求男，禮拜供養觀世音菩薩，便生福德智慧之男；<u>設欲</u>求女，便生端正有相之女。（《妙法蓮華經》T9p57a7-9）

【伺捕】伺機捕捉。

是園主作是念：「誰偷我蒜？我當<u>伺捕</u>。」是居士即於屛處伺看。（T23p317b4-5）

是諸比丘自言善好有德，以衣覆頭入家內，似如<u>伺捕</u>人。（T23p135b26-27）

【貪嫉】貪婪嫉妒。此詞在三國時期的康僧會等人譯經中已多次出現。

敷尼師壇，正坐端身，繫念在前，除世<u>貪嫉</u>，於他財物遠離貪著。（T23p8a20-21）

一者瞋恨不語，二者惡性欲害，三者<u>貪嫉</u>，四者諂曲，五者無慚愧，六者惡欲邪見。（T23p367a7-9）

小妻<u>貪嫉</u>，恚而誓曰：「會以重毒鴆殺汝矣！」結氣而殞。（康僧會《六度集經》T3p17a24-25）

【挑擲】拋擲。查詞典，「挑」並無「拋」義，但佛經異文中，「挑擲」和「拋

擲」常相通，也許二者是方言的區別。

> 挑擲法者，佛聽挑擲作聲，爲怨賊故，莫令著，余時不得作，是名挑擲法。（T231435p417c9-11）

> 撿攝其衣服，以左手舉山置於右手中，便挑擲虛空。（《佛本行經》T4p103b14-15）（元明本作「拋擲」）

> 譬如勇健巨力丈夫，以指捩取迦利沙槃，上下拋擲不以爲難。（《菩薩念佛三昧經》T13p802b19-21）（宋元明宮本作「挑擲」）

> 我能取是須彌山及兩龍，著掌中拋擲他方，又能以手撮磨須彌山令碎如塵。（《經律異相》T53p75b2-3）（宋元明宮本作「挑擲」）

【痛劇】劇痛。

> 時比丘以指涕鼻中，或以毳取而涕，涕時不便流入，眼更增痛劇。（T23p276a1-2）

> 如是罪人受此殘害，上上品苦難可堪忍，極堅極強最爲痛劇。（《佛說立世阿毘曇論》T32p209a20-21）

【頭光】婦女頭上的一種裝飾品。《十誦律》出現5次。

> 爾時偷蘭難陀比丘尼，著頭光在婬女門中立。諸婆羅門居士來欲近之，即以腳踧蹋。（T23p343a7-9）

> 若比丘尼著頭光，波夜提。若作，突吉羅。若治故光，突吉羅。若與他著，突吉羅。（T23p343a19-21）

【推覓】推求尋覓。

> 若僧坊破壞，是上座應自治，若使人治，若不見比丘，應推覓。（T23p418c24-25）

> 若不見房中比丘，應推覓。若有病比丘，應看視問訊。（T23p419a3-4）

> 爾時彼王遣千餘人，乘象馳馬四方推覓。（《大莊嚴論經》T4p345a2）

> 二兄待之經久不還，尋迹推覓。（《賢愚經》T4p353a5-6）

【韋囊】皮製的口袋。此詞是鳩摩羅什首創。

> 若韋囊，若腳指，若肉臠，若藕根，若蘿蔔根，若蕪菁根，若瓜，若瓝，若梨。（T23p320b18-19）

> 行者到死屍邊，見死屍膖脹，如韋囊盛風，異於本相，心生厭畏。（鳩摩羅什《大智度論》T25p217b6-7）

【閒便】方便；沒有外人。此詞是《十誦律》首創。

> 若比丘尼入白衣舍，獨與一比丘共立共語竊語，遣共行比丘尼去，求閒便故，波夜提。（T23p321b18-20）

> 爾時助調達比丘尼入白衣舍，獨與白衣男子共立共語竊語，遣共行比丘尼去，求閒便故。（T23p321b25-27）

【懈惓】鬆懈倦怠。同「懈倦」。《大詞典》收「懈倦」。《集韻・線韻》：「倦，或作惓。」《太玄・玄文》：「仰天而天不惓。」司馬光集注引許翰曰：「惓與倦同。」

> 身不疲極，不忘所憶，心不懈惓，聲音不壞。（T23p269c19-20）

> 廣爲天人八部之眾，於其長夜常爲說法，無有疲厭，不生懈惓。

（《撰集百緣經》T4p218c18-19）

【行食】到處乞食。

> 若比丘彼行食時，有檀越與五種食，比丘應噉應食。（T23p92b27-28）

> 汝自起行食，我等當住。（T23p131c1）

> 諸沙彌持器瓫筐盋杓行食時，比丘爲沙彌受食分，若沙彌行食，比丘爲受。（T23p465c10-11）

> 有馬行食，比丘以一束草示馬，馬隨比丘去。（T23p430b24-25）

【凶健】兇狠而健壯。此詞是《十誦律》首創。

> 有比丘名黑阿難，凶健有力。（T23p435a11-12）

> 男夫婦女先凶健，顏色端正有勢力。（北涼曇無讖《大方等大集經》T13p306b23）

【羞厭】羞恥厭惡。同「羞惡」。

> 是時有一龍，信心清淨，<u>羞厭</u>龍身，從宮中出，變爲人身，詣諸比丘所。（T23p154a27-28）

> 猶如初迎新婦，見其姑嫜，若見夫主，則慚愧<u>羞厭</u>。（《中阿含經》T1p465a18-19）

【須臾頃】【彈指頃】【剎那頃】片刻，短時間。是「須臾」、「彈指」、「剎那」與「頃刻」緊縮而成，表示一個更短暫的時間概念。宋洪邁《容齋三筆・瞬息須臾》：「瞬息、須臾、頃刻，皆不久之辭，與釋氏『一彈指間』，『一剎那頃』之義同，而釋書分別甚備……又《僧祇律》云：『二十念爲一瞬，二十瞬名一彈指，二十彈指名一羅預，二十羅預名一須臾，一日一夜有三十須臾。』」

> <u>須臾頃</u>不發露。云何名不覆藏？<u>須臾頃</u>不覆藏。（T23p349a6-7）

> 若比丘作婬欲已。乃至<u>彈指頃</u>。不生覆藏心。衆僧以白四羯磨。（T23p418c1-2）

> 一<u>剎那頃</u>比丘尼僧坊皆悉空虛。譬如空中星流滅於四方。（鳩摩羅什《大莊嚴論經》T4p333b19-20）

【奄失】【掩失】全部失去。奄，覆蓋，引申爲盡，包括。《詩・魯頌・閟宮》：「奄有下國，俾民稼穡。」鄭玄箋：「奄猶覆也。」《書・大禹謨》「奄有四海」蔡沈集傳：「奄，盡也。」《方言》卷10「奄，息也」戴震疏證：「奄、掩古通用。」《十誦律》只有「奄失」。

> 口過故得衰，衰故不受樂。如<u>奄失</u>財利，是衰爲尠少。（T23p23a13-14）

> 諍爲少利，如<u>掩失</u>財。從彼致諍，令意向惡。（《出曜經》T4p665b11-12）

> 爭爲微少利，如<u>掩失</u>財寶。從彼致鬪諍，合意向惡道。（《法集要頌經》T4p781b11-12）

【厭畏】厭惡畏懼。最早出現於西晉竺法護譯經中。

> 有碎石逆來向佛。佛欲令衆生生<u>厭畏</u>心，及示諸業不失果報。

以是因緣故，入定於經行，頭沒，現於東方。（T23p260a21-23）

我厭畏地獄苦，是以結舌不語，十有三歲。（竺法護《太子墓魄
經》T3p410c10-11）

【癢悶】瘙癢。此詞浙江大學胡畔碩士論文（2009 年）已指出，未被《訂補》
吸收。佛經中關於「悶」的有好幾個詞，如「愁悶、癡悶、迷悶、吐悶、癢
悶、煩悶、惱悶」等，這裏的語素「悶」並無多少實在意義，詞的意思主要
是由前一個語素承擔的。「愁悶」就是發愁，「癡悶」就是愚癡，「迷悶」就是
昏迷，「吐悶」就是嘔吐，「癢悶」就是瘙癢，「煩悶」就是煩躁，「惱悶」就
是惱火。《大詞典》未收「癡悶」、「吐悶」、「癢悶」，關於其它幾個詞的解釋
也值得商榷。

衣濕染汗，著身生疥皰，不得浴故，癢悶吐逆。（T23p110a29-b1）

革屣醤腳，腳中癢悶，無揩腳物。（T23p273c29-p274a1）

有病比丘，蘇油塗身，不洗癢悶。（T23p275c22）

【衣分】【食分】【稟分】「衣分」就是應該分得的衣物。「食分」就是應該分得
的食物。「稟分」就是應該分得的糧食。稟，穀倉，也指糧食。《後漢書·劉虞
傳》：「而牢稟逋懸」，李賢注：「稟，食也。」前兩個是佛經常用詞，「稟分」
是鳩摩羅什獨創的，僅此 1 見。

我若是中作布薩，得此處衣分。若彼間住處布薩，亦得此處衣
分。（T23p177c18-20）

聽安居竟自恣時受安居施衣。諸沙彌來索衣分。（T23p198c4-5）

佛自房住迎食分。（T23p87b21）

有看病比丘。先於僧中食竟。迎病比丘食分去。（T23p91c13-14）

佛遣使語波斯匿王言：「大王，王賜城邑、聚落、人稟，頗少多
與跋難陀稟分不？」王言：「不與。」（T23p470a2-4）

【盈長】剩餘；多餘。「盈」有滿、充足、眾多等意思。此處的「長」應讀 zhàng，
多、多餘的意思。《廣韻》：「長，多也，冗也，剩也。」「長物」就是多餘的東
西。南朝宋劉義慶《世說新語·德行》：「丈人不悉恭，恭作人無長物」。

佛即語阿難：「盈長衣中取五衣與是比丘尼。」阿難言爾，即盈
長衣中取五衣與之。（T23p42b28-c1）

爾時魔王化作諸比丘，飯食盈長，齎向諸國。……答言：「彼常
有大會，肴膳盈長，我所持者是彼遺餘。」（T23p99b24-28）

【猶故】仍舊；還是。「故」是副詞，尚；還；仍然。晉葛洪《抱朴子・對俗》：
「《史記・龜策傳》云：江淮間居人爲兒時，以龜枝床，至後老死，家人移
床，而龜故生。」今本《史記・龜策列傳》作「龜尚生」。又清顧炎武《北
嶽辨》：「予嘗親至其廟，則嘉貞碑故在。」

至中夜更語，猶故不從。至後夜復語，亦故不從。（T23p113
a12-13）

爾時諸比丘中前服，過中不服，猶故羸瘦少色力。（T23p184c5-6）

【攃手】【磔手】一攃手，就是現在所說的一拃長，指張開手指，從大拇指到
中指的距離。「攃手」和「磔手」同義。《大詞典》：「攃，zhǎ，以手度物。」
「磔，zhé，張開。」《一切經音義》卷 39：「磔，開也，張其手，取大指中指
所極爲量也。」卷 43：「《廣雅》云：『磔，張也，開也。』案一磔手者，開掌
布地，以頭指中指爲量也。」從《十誦律》看，佛教徒是以佛陀的一拃長作爲
度量標準的。這個有點像英語的 foot，foot 有兩個意思，一是腳，一是英尺，
因爲據說一英尺最早是以國王的腳長度爲標準的。後兩例中的「修伽陀」
（Sugata），是佛的十大名號之一。

量者，長佛六攃手，廣二攃手半。（T23p129b20）

是中量者，長十二修伽陀攃手，内廣七攃手。（T23p20c6-7）

用是故敷具作周匝一修伽陀磔手。（T23p49b24-25）

【掌護】掌管愛護。《十誦律》未見「掌護」，「賞護」共 8 見，宋元明宮本均作
「掌護」。「賞護」於義不通，應爲「掌護」之訛。「掌護」在其它佛經中屢見
不鮮。

是物應好賞護，莫令失更求覓。（T23p417b14）（宋元明宮本作
「掌護」）

不應故破，不得輕用，應好賞護，勿令破失。（T23p419b11-12）

（宋元明宮本作「掌護」）

有人得罪於王，王令掌護一篋，篋中有四毒蛇，王勅罪人，令看視養育。（鳩摩羅什《大智度論》T25p145b10-11）

大王，僧物難掌，我今惟聽二人掌護：一者羅漢比丘具八解脫，二者須陀洹人。大王，除是二人，更無有人掌護僧物。（北涼曇無讖《大方等大集經》T13p216a25-28）

【直首】直接伏罪；坦白認罪。是「直爾便首」的縮略形式。《訂補》「直爾」條：「就這樣，直接。」首，伏罪。《漢書・梁孝王劉武傳》顏師古注：「不首謂不伏其罪也。」《後漢書・西域傳序》李賢注：「首，猶服也。」此詞是《十誦律》獨創，凡6見。

此比丘不肯直爾便首，當與作不見擯。（T23p214a24-25）

夫言：「云何肯直首？」即以手腳打比丘。（T23p115c12-13）

是比丘不肯直首，將詣官斷。（T23p281c24）

【自手】親手。同「手自」。《訂補》收錄「手自」。

自取者，手自取，自手舉離本處，波羅夷。教他者，若比丘教人盜他物，是人隨語即偷奪，取離本處，是時比丘得波羅夷。（T23p4b18-21）

自手採花，亦使人採。自貫花鬘，亦使人貫。頭上著花，自著耳環，亦使人著。（T23p26b16-17）

【足飽】（使）吃飽。同「飽足」。《大詞典》收有「飽足」。此詞是鳩摩羅什首創，是對前人「充足飽滿」一詞的縮略。

多有飯食，足飽一切。（T23p297a14）

食彼飯已，充足飽滿，發歡喜心。（支謙《撰集百緣經》T4p222b5-6）

第二節 爲《大詞典》增補義項

「語文辭書中普遍存在義項不完備，詞義嬗變線索不清之弊……譯經中有

用例且能概括確立義項者，均可用以增補。」〔註1〕《十誦律》中的很多詞語雖然在《大詞典》中有收錄，但各個義項均無法解釋清楚該詞語在句中的意思，需要另立義項。

【飽足】吃飽。《大詞典》只有一個義項：滿足。而且所舉的例子有問題，許地山《空山靈雨·債》「吃不飽足」，這裏的「飽足」不是「滿足」，而是「飽」。「飽足」在《十誦律》只出現 1 次，在其它佛經中常見。

> 象師白佛：「眾已飽足。」（T23p189b7-8）

> 已於我處啖水、奶酪、粥、薄餅及肉，並皆飽足。（《根本説一切有部毘奈耶》T23p653a11-12）

【邊人】鄙陋之人。《爾雅·釋詁下》：「邊，垂也。」郝懿行義疏：「邊與鄙義同。」《大詞典》只有兩個義項：①駐守邊境的官員、士兵等。②邊民。

> 於如來所現毘尼法中更生異想，於文字中更作相似文句，遮法覆法，不隨順法，所説不了，是邊人下賤人，無益於世，無男子行。……於如來所現毘尼法中不生異想，於文字中不作相似文句，不遮法不覆法，隨順法，所説明了，是非邊人，非下賤人，非無利益，有男子行。（T23p353a8-16）

> 蛇言：「我臨命終時，邊人持扇墮我面上，令我瞋恚，受是蛇身。」（《眾經撰雜譬喻》T4p535b10-12）

> 昔有人死已後，魂神還自摩娑其故骨。邊人問之：「汝已死，何為復用摩娑枯骨？」（《舊雜譬喻經》T4p518c18-19）

【波羅】《漢語大詞典》收有「波羅」一詞，只有四個義項：①虎。②悲愁貌。③梵語「波羅蜜」之省。④即鳳梨，亦寫作「波蘿」。但在《十誦律》裏應該是表示重量的單位，從上下文來看，這個重量很輕，一百波羅還不到一兩。

> 若取白氊羊毛，過十波羅，乃至一兩作敷具，得突吉羅。（T23 p48b21-22）

〔註1〕顏洽茂《佛教語言闡釋——中古佛經詞彙研究》，杭州大學出版社，1997 年，第279 頁

自乞者，或得五十波羅，或得百波羅，乃至得一兩。（T23p55
a18-19）

【充備】充足。《大詞典》只有兩個義項：①參預；充當。②充滿；具備。

　　夏四月供具充備，如何令佛及僧三月食馬麥？（T23p188b18-19）

　　衣食充備，不令飢寒。（《生經》T3p96b1-2）

【出息】借出錢物，向人收取利息。《大詞典》只有六個義項：①呼出的氣息。
②收益。③猶出挑；長進。④個人的發展前途或志氣。⑤猶底細。⑥猶出色。
特別佳美。

　　產業處者，耕種處，販賣處，出息物處，算計處。（T23p47b20-21）

　　長老，是塔物，汝當出息，令得利供養塔。（T23p415c9-10）

　　佛言：「聽僧坊淨人若優婆塞出息塔物，得供養塔。」（T23p415
c11-12）

【端視】正視，仔細看。《大詞典》只有一個義項：古代的一種民間雜耍。

　　端視缽食應當學，若不端視缽食突吉羅，端視缽食不犯。
（T23p139a5-6）

【販買】同「販賣」，義為買賣。《大詞典》只有一個詞義「購買，買進」。

　　種種販買亦如是。（T23p390a18）

　　我先父以來，販買治生，用成家業。（《撰集百緣經》T4p224
c22-23）

　　時彼城中，有五百賈客，往詣他邦，販買求利。（《撰集百緣經》
T4p209a22-23）

【伏藏】隱藏的寶藏。《大詞典》只有一個詞義「隱藏；潛藏。」

　　時天大雨，水突伏藏出，多有寶物。（T23p107c1-2）

　　諸伏藏寶物自然發出，現如是希有事。（T23p134c17-18）

　　有比丘夏安居，見伏藏大價珍寶。（T23p177a13-14）

【和合】可以增補兩個義項：1、集合。2、男女交媾。《大詞典》只有七個義項：

①和睦同心。②調和；混合；匯合。③猶撮合。④順當；吉利。⑤神名。即萬回哥哥。⑥神名。指和合二神。⑦神名。指清時所封唐高僧寒山、拾得二聖。把下面前四個句子對比，可以看出，「和合」就是集合的意思。最後三個句子的「和合」指男女交媾。

> 佛以是事<u>集</u>比丘僧，知而故問迦留陀夷：「汝實作是事不？」（T23p14a16-17）

> 佛以是因緣<u>集</u>比丘僧，知而故問舍利弗。（T23p32a1-2）

> 佛以是因緣<u>和合</u>眾僧，佛知故問跋難陀：「汝實爾不？」（T23p433c17-19）

> 佛以是因緣<u>和合</u>僧，佛知故問跋難陀：「汝實爾不？」（T23p433b8-9）

> 又言：「佛聽我畫塔者善。」佛言：「除男女<u>和合</u>像。餘者聽畫。」（T23p351c17-18）

> 即爲舒看，當中條有男女<u>和合</u>像。中有年少比丘尼憙調戲笑者，見已語言：「是衣好。」（T23p84c3-5）

> 是居士常入出。與居士婦<u>和合</u>。（T23p444c6-7）

【拘執】梵語音譯，是一種黑色的毛織品。《大詞典》只有兩個義項：①拘捕。②拘泥，固執。據唐慧琳《一切經音義》卷 26：「拘執，狀如㲲，一邊毛長，色黑。《律》中六群比丘反被拘執，夜出怖人，言似鬼之者也。」卷 58：「拘褔，之涉反。或言拘執，梵言訛轉耳，謂㲲之垂毛者。」

> 一切房舍地布軟<u>㲲拘執</u>、欽婆羅、雜色綾羅，處處寶瓶盛水。（T23p189b28-29）

> 卻四寶床，更布淨床，以細<u>㲲</u>、<u>拘執</u>、欽婆羅、雜色綾綺布淨床上。（T23p189c6-7）

【苦切】痛苦。《大詞典》只有三個義項：①悽愴哀傷。②懇切；迫切。③殘害；侵害。

> 我見有一眾生五百由旬大火焰燒身，虛空中來，大喚啼哭，極受<u>苦切</u>。（T23p440b8-9）

見閻浮提苦惱眾生，無量劫中被婬、怒、癡、煩、惱毒箭，受大<u>苦切</u>。(《大般涅槃經》T12p391c9-10)

世界中間有諸眾生在大地獄，爲彼獄卒之所逼切，身體碎壞，周遍熾然猶如火聚，受大<u>苦切</u>，如奪命苦。(《大悲經》T12p963a21-23)

【了了】勤勞的樣子。《大詞典》只有三個義項：①聰慧；通曉事理。②明白；清楚。③拍打穀物用的一種農具。下面第一句是勤勞的樣子，後兩句是聰慧的意思。

於田中<u>了了</u>勤作，好看守護。(T23p87a21-22)

如來是眞實語、<u>了了</u>語、折伏語。(T23p259a6-7)

佛言：「應遣二知法<u>了了</u>比丘尼受教誡。」即遣二知法<u>了了</u>比丘尼。(T23p297b7-8)

不欲<u>了了</u>向人說我反戒。(T23p411a2-3)

【馬子】【象子】【牛子】【羊子】分別指放馬的人、放象的人、放牛的人、放羊的人。《大詞典》未收「象子」，其它幾個詞義項不全。

馬大疫死。有諸貧賤人、<u>象子</u>、<u>馬子</u>、<u>牛子</u>、客燒死人、除糞人，皆噉馬肉。(T23p186b18-19)

適至本國，見有群象，問<u>象子</u>曰：「此誰家象？」<u>象子</u>答曰：「此是某甲師象」。……見有群馬，問<u>馬子</u>曰：「此誰家馬？」<u>馬子</u>答曰：「某甲師馬。」小復前行，見有群牛羊，問群<u>牛羊子</u>曰：「此誰家牛羊？」<u>羊子</u>答曰：「某甲師牛羊。」(《雜譬喻經》T4p526a25-b2)

【寧當】寧可。《大詞典》只有一個義項：難道；豈可。

爾時長老舍利弗，從憍薩羅國遊行向舍衛國，到福德舍，時風病發，作是念：「我若住中過一宿不食，得突吉羅。我<u>寧當</u>去。」去已，道中病更增劇。(T23p89c26-29)

有比丘犯僧伽婆屍沙罪。諸比丘言：「汝行波利婆沙摩那埵，是罪如法懺悔。」其人言：「我不能行，我<u>寧當</u>反戒。」(T23p458a13-15)

> 我家昔先人，自有家禮教。<u>寧當</u>自滅身，不毀舊法訓。（《大莊嚴論經》T4p290c3-4）

> <u>寧當</u>飢渴死，不爲非法貪。<u>寧當</u>入火聚，不爲姦邪事。（《大莊嚴論經 T4p340b28-c1）

【譬如】猶如，好像。《大詞典》只有兩個義項①比如。②與其。《訂補》增加了一個義項：假如，假使。《大詞典》義項①下例舉《史記‧魏其武安侯列傳》：「今人毀君，君亦毀人，譬如賈豎女子爭言，何其無大體也。」這裏釋爲「比如」是不確切的，應該譯爲「猶如，好像」。「譬如」在《十誦律》裏常見。

> 夏安居時潛處隱靜，<u>譬如</u>鳥日中熱時避暑巢窟。（T23p173b8-9）

> 是石蜜火煙出，水沸聲震，<u>譬如</u>竟日火燒熱鐵投著水中，煙出水沸聲震。（T23p189b13-14）

> 目連，<u>譬如</u>大海漸漸深廣，佛法亦如是。（T23p239c4-5）

【身份】身體。此詞在浙江大學胡畔的碩士論文（2009）已指出，未被《訂補》採納。這是佛經中的一個常用詞。《大詞典》只有六個義項：①指出身和社會地位。②指身價。③模樣；姿態；架勢。④指手段；本領。⑤行爲，勾當。⑥質地，質量。

> 寧以<u>身份</u>内毒蛇口中，終不以此觸彼女身。（T23p1c14-15）

> 比丘用手打他，若足若頭若餘<u>身份</u>，作如是念，令彼因死。（T23p8b22-23）

【猩猩】鳥名。《大詞典》只有兩個義項：①指猿猴之類的哺乳動物。②指猩猩血。亦借指鮮紅色。《文選‧江淹〈雜體詩〉》李周翰注：「猩猩，鳥名。」《玄應音義》卷11「猩猩」注引《字林》：「猩猩，能言鳥也。知人名也，形如豕，頭如黃雞。今交趾封溪有之，聲如小兒啼。」

> 謂象申鳴，馬悲鳴，諸牛王吼，鵝、鴈、孔雀、鸚鵡、舍利鳥、俱均羅、<u>猩猩</u>諸鳥，出和雅音。（T23p134c5-7）

> 象深鳴，馬悲鳴，諸牛吼，鵝、鴈、孔雀、鸚鵡、舍利鳥、俱耆羅鳥、<u>猩猩</u>諸鳥，出和雅音。（T23p261b26-28）

有有主鳥：鵝鴈、孔雀、鸚鵡、猩猩，銜是物去，比丘以偷奪
心奪是鳥取，波羅夷。（T23p5c3-5）

【要令】誓約、盟約。《大詞典》未收錄，《訂補》雖然增補了「要令」一詞，
但只有一個義項：「使；須讓」。《十誦律》的「要令」明顯不是這個意思。「要」，
本身就有「誓約」、「盟約」的意思。如漢荀悅《漢紀・高后紀》：「陵讓平勃
曰：『諸君背要，何面目見高帝於地下？』」

即告諸人：「諸人先作要令，我自思惟，此要不全。」（T23p189
a21-22）

相率集會，共作要令。（T23p188c5-7）

共作要令：不聽一人往見瞿曇，若往見者，輸城中人五百金錢。
（T23p191c2-4）

【陰謀】暗中謀害。《大詞典》只有三個義項：①用兵的謀略。②秘計，詭計。
③暗中策劃，秘密計議。

不犯官事不？不陰謀王家不？不負人債不？」（T23p156a8-9）

一，陰謀王命。二，王誅大臣。三，典藏亡寶。四，宮人懷妊。
（《妙法蓮華經文句》）（T34p121b2-3）

【月忌】疑指女性月經期間需要忌諱的事情。《大詞典》以宋周密《齊東野語・
月忌》為依據，解釋為：「每月內的忌日。舊俗以農曆每月初五、十四、二十
三逢中宮之日為月忌，凡事必避之。」《十誦律》所說的「月忌」與周密所說
似乎不是一回事，因為它總是與女性有關，並且往往與女性的生理現象「月
病」、「月水」（即月經）聯繫在一起。此詞是鳩摩羅什首創。大正藏出現 19 次，
其中 15 次出現於《十誦律》。

問言：「汝有月忌不？」答言：「常有。」……佛言：「常有月忌
不能女，不應與出家受具戒。」（T23p294b6-10）

非是一乳不？非恒有月水不？非無月忌不？非婢不？（T23p332
b16-17）

爾時偷蘭難陀比丘尼，月病休止，浣病衣已淨，不欲起去，妨
餘有月病比丘尼不得故處，諸比丘尼苦惱。（T23p336a9-11）

【瞻視】照看。《大詞典》只有兩個義項：①觀瞻。指外觀。②觀看；顧盼。

> 僧問是看病比丘：「誰供養瞻視？」答言：「我等。」（T23p202
> c14-15）

> 佛知故問，問病比丘：「汝何所患苦？獨無人瞻視，自臥大小便
> 上。」（T23p205a27-29）

> 長老憂波離問佛：「誰應供給瞻視病人？」（T23p205c2-3）

【斟酌】擺設、布置。「斟酌」的對象不僅僅是酒，也可以指水和食物。《大詞
典》有七個義項：①倒酒；注酒。②指飲酒。③倒酒不滿曰斟，太過曰酌，貴
適其中。故凡事反覆考慮、擇善而定，亦稱斟酌。④猶思忖；思量。⑤品評欣
賞。⑥執掌。⑦安排；擺佈。

> 是時居士尸利仇多，從座起，行澡水，手自斟酌多美飲食，飽
> 滿多美飲食。（T23p464c15-16）

> 清信士即便施設，手自斟酌，食訖行水。（《長阿含經》T1p12
> c13-14）

> 弗波育帝見佛及僧悉安坐已，便起行水，手自斟酌諸美飲食。
> （《大般涅槃經》T1p196c9-10）

> 諸船師等察眾坐定，手自斟酌肴饍飲食。（《撰集百緣經》
> T4p208b16-17）

第三節　爲《大詞典》增補書證

《大詞典》有些詞條沒有書證，有些詞條只有孤證，有些詞條的例子是編
纂者自己造的，這些都需要完善。下面舉幾個例子。

【閉繫】囚禁。《大詞典》只有《後漢書》的一個孤證，時代也太晚。最早見於
東漢康孟詳等譯經。

> 牢獄閉繫，枷鎖杻械，悉得解脫。（T23p134c15-16）

> 若父若母，若與閉繫人，若與急須食人。（T23p419c9-10）

【爾時】猶言其時或彼時。《大詞典》只有《左傳》晉杜預注的一個例子，而且

時代也太晚。此詞是佛經的常用詞，出現得非常頻繁。東漢安世高譯經中已經出現。

> 爾時憍薩羅國有一比丘獨住林中，有雌獼猴常數來往此比丘所。（T23p2a1-2）

> 爾時佛與百千萬眾恭敬圍遶而爲説法。（T23p3a12-13）

> 爾時佛界三千日月萬二千天地皆大震動。（安世高《佛說轉法輪經》T2p503c19-20）

【奉上】《大詞典》有兩個義項：①侍奉君主、上司。②致送物品時的敬詞。其中義項②無書證，可以用《十誦律》補充。

> 當以何物奉上於佛？（T23p193a22-23）

> 耆婆持深摩根衣價直百千，欲奉上佛。（T23p194b28-29）

> 爾時釋提桓因，取好訶梨勒來奉上佛。（T23p284a9-10）

【腳掌】腳接觸地面的部分。《大詞典》無書證。此詞是《十誦律》首創，凡8見。

> 若比丘舉手掌，波逸提。若舉腳掌，波逸提。（T23p102b18-19）

> 掌有二種：手掌、腳掌。（T23p267b11）

【蘿蔔】《大詞典》無書證。此詞在《十誦律》中多次出現，有時也寫作「羅蔔」。「蘿蔔」最早見於西晉竺法護譯經中。

> 若藕根，若蘿蔔根，若蕪菁根，若瓜，若瓠，若梨。（T23p320b18-19）

> 有居士蘿蔔園盛好，一比丘詣居士所，語言：「與我蘿蔔」（T23p430b14-16）

> 根種子者，謂藕、羅蔔、蕪菁、舍樓樓、偷樓樓，如是比種根生物。（T23p75a29-b2）

【憒鬧】混亂喧鬧。《大詞典》只有《百喻經》的一個例子。此詞在吳支謙譯經已出現。

> 憒鬧處者皆得空閑，未種善根者種，已種者增長。（T23p134

c16-17）

或嗜五欲，或樂愛語，或好憒閙多人親附。（支謙《菩薩本緣經》T3p53b13-14）

【蒲桃】常綠喬木。葉對生，披針形。夏季開花，花大，白色。果實圓球形或卵形。淡綠色或淡黃色，味甜而香，可供食用。《大詞典》無書證。此詞東漢支婁迦讖譯經中已經出現。

昭梨漿，莫梨漿，拘羅漿，舍梨漿，舍多漿，蒲桃漿，頗樓沙漿，梨漿，是八種漿等。（T23p417a3-5）

昔者舍衛國有一貧家，庭中有蒲桃樹，上有數穗，念欲即施道人。（《雜譬喻經》T4p502a1-2）

【姝好】《大詞典》有兩個義項：①美好。②美女。都只有一個例子。此詞在《十誦律》出現多次，可以為義項①補充幾個例子。

是十七群比丘端正姝好，多人敬愛。（T23p95a26）

有婆羅門，生一女，端正姝好。（T23p295b13-14）

【蒜子】蒜頭。《大詞典》只有《南齊書》的一個例子。此詞是《十誦律》首創，僅1見。

若噉蒜子波夜提，若噉莖葉波夜提，若噉蒜皮蒜須突吉羅。（T23p317b22-23）

【憂毒】憂愁痛苦。《大詞典》無書證。《十誦律》僅1見。《大正藏》凡22見。此詞在東漢康孟祥等人譯經中已經出現。

女人所有怨嫉憂毒，無過對婦。（T23p125c23-24）

是時惡魔憂愁如箭入心，譬如新喪父母，甚大憂毒。（鳩摩羅什《小品般若波羅蜜經》T8p579a10-12）

其父憂毒，臥不安席，不復飲食。（康孟詳等《中本起經》T4p160a1-2）

【憂憒】憂慮煩亂。《大詞典》只有一個孤證。《十誦律》有一個例子可以補充。

我死消息聞，是聚落如是憂憒，若今見我，必復擾動，何須復

歸？（T23p180b22-23）

【止頓】停留。《大詞典》只有一個《三國志》的例子。此詞在《十誦律》出現
多次。

　　其林鬱茂，其地平博，世尊大眾止頓其中。（T23p187b27-28）

　　願世尊但受我請，我能爲辦僧坊，令諸比丘得來往止頓。

（T23p244b21-22）

第四節　爲《大詞典》提前書證

　　作爲一部「古今兼收，源流並重」的大型歷史性語文辭書，它的書證應
該能夠揭示詞語的歷史演變過程，既要注意溯源，也要注意探流。《大詞典》
在這方面做得不夠，有些書證的年代太晚，有些書證之間的年代跨度太大，
有些詞條書證太少，甚至沒有書證。《十誦律》可以爲《大詞典》中的某些詞
條提供更早的書證，筆者還將檢索《大正藏》，盡量找出該詞語在佛經中最早
出現的時代。

【阿父】《大詞典》有三個義項，其中義項①「父親」例舉《南史》，太晚。表
此義的「阿父」是《十誦律》首創。

　　是二小兒飢，見諸餅食，從父摩訶盧索言：「阿父，與我食！與
我餅！」父語兒言：「但索無價，誰當與汝？」二兒啼逐父行。
（T23p151b11-14）

【阿舅】舅父。《大詞典》最早的例子是《隋書》，太晚。此詞是《十誦律》首
創。

　　獺言：「阿舅，是河曲中得此鯉魚不能分，汝能分不？」（T23
p199c8-9）

　　有野幹來飲水，見已，問言：「阿舅，汝作何等？」（T23p433
c24-26）

【阿蘭若】梵語的音譯。也譯爲「阿練若」、「阿練兒」。意譯爲寂靜處或空閒
處。原爲比丘潔身修行之處，後亦用以稱一般佛寺。還可以指修行者。《大詞

典》最早的例子是宋王安石詩，太晚。此詞是《十誦律》首創的。

> 比丘在聚落，衣亦在聚落，比丘應至衣所。若比丘在聚落，衣在阿練若處，比丘應至衣所。若比丘在<u>阿蘭若處</u>，衣在聚落，比丘應至衣所。若比丘在<u>阿蘭若處</u>，衣亦在<u>阿蘭若處</u>，比丘應至衣所。（T23p32a22-26）

【愛護】愛惜，保護。《大詞典》最早的用例是北齊顏之推《顏氏家訓》，太晚。在三國吳支謙和康僧會譯經中已出現。

> 汝曹云何不<u>愛護</u>僧臥具？諸居士婆羅門血肉幹竭，布施作福，諸比丘是中應少受，善<u>愛護</u>。」（T23p183c26-28）

> 道人慈悲，<u>愛護</u>眾生，踰彼慈母。（康僧會《六度集經》T3p40b23-24）

【芭蕉】多年生草本植物。《大詞典》最早的例子是唐韋應物詩，太晚。此詞《十誦律》已多次出現，最早可追溯到東漢安世高譯經。

> 是調達得供養，自損減故，如竹以實死，<u>芭蕉</u>實亦然。（T23p257c26-28）

> <u>芭蕉</u>以實死，竹蘆實亦然。（T23p258a2）

【斑駁】《大詞典》有兩個義項，其中義項①「色彩錯雜貌」，最早的例子是南朝梁江淹《青苔賦》，太晚。此義《十誦律》已經出現。

> 有比丘著新染衣，天雨時露地洗腳，污衣失色，<u>斑駁</u>如白癩病。（T23p349c10-11）

【伴黨】《大詞典》有兩個義項：①夥伴，同伴。②隨從的差役或僕人。其中義項①最早的例子是《百喻經》，太晚。

> 如調達癡人及四<u>伴黨</u>，或能破我和合僧壞轉法輪。（T23p259c4-5）

> 佛種種因緣呵責惡知識惡<u>伴黨</u>，讚歎善知識善<u>伴黨</u>。（T23p334b17-18）

【辦具】備辦。《大詞典》只有一個孤證，是《漢書‧灌夫傳》唐顏師古注：「具，

辦具酒食。」時代太晚。此詞三國吳支謙譯經已出現。

　　我當辦具飲食，若佛與弟子來者當與，若不來者當用作酒自飲。

（T23p95a7-8）

　　若佛來者，各自當日辦具小食時食中後含消漿飲，勿令乏少。

（T23p100a16-17）

【飽滿】《大詞典》有五個義項：①充足。②吃飽。③豐滿。④謂獲得很多錢財。⑤充分滿足。其中義項②最早的例子是《百喻經》，太晚。此義東漢譯經中已出現。

　　諸沙彌守園人，先自食飽滿，餘殘與僧，僧食不足故，皆疲極羸瘦。（T23p413a11-12）

　　諸比丘食後還時，以如是語勞問諸比丘：「飲食多美，僧飽滿不？」諸比丘言：「世尊，飲食多美，眾僧飽滿。」（T23p77a11-14）

　　若設美飯以毒著中，色大甚好而香，無不喜者，不知飯中有毒，愚闇之人食之，歡喜飽滿。（支婁迦讖《道行般若經》T8p439a9-11）

【保任】《大詞典》有六個義項：①保守；保持。②擔保。③指擔保者。④特指向朝廷推薦人才而負擔保的責任。⑤泛指保薦，推薦。⑥佛教語。禪宗謂涵養真性而運用之。其中義項②最早的例子是《周禮》唐賈公彥疏，太晚。此義在東漢譯經中就已經出現。

　　跋難陀衣鉢物保任出息，余處死，餘處出息，余處保任。

（T23p470a25-26）

　　出息處諸比丘言：「是衣鉢物應屬我等。」保任處諸比丘言：「是衣鉢物應屬我等。」（T23p470a27-29）

　　凡人有四自危：保任他家，爲人證佐，媒嫁人妻，聽用邪言。是爲四自危。（三國支謙《佛說孛經抄》T17p731b14-15）

　　若如來爲作保任者，諸天阿須倫世間人民亦爲作保任。爾時大目如來爲作保任，時諸天阿須倫世間人民亦爲作保任。（東漢支婁迦讖《阿閦佛國經》T11p752c19-22）

【悲哽】悲傷哽咽。《大詞典》最早的例子是《隋書‧虞世基傳》，太晚。此詞

在《十誦律》已多次出現。

> 見佛食之，<u>悲哽</u>情塞。（T23p99b14）

> 欣悅無量，<u>悲哽</u>即除。（T23p188a15）

【悲惱】悲哀煩惱。《大詞典》最早的例子是宋蘇軾詩，太晚。

> 爾時長老阿難見薪藉然，<u>悲惱</u>哽塞即說偈言。（T23p446a20-21）

> 兒言：「我是長者兒，今蒙佛恩得生天上，見父母<u>悲惱</u>太甚，故來相化耳。」父意解，大歡喜，無復愁憂。（鳩摩羅什《眾經撰雜譬喻》T4p534c17-19）

【弊惡】《大詞典》有兩個義項，其中義項①「惡劣」，例舉《百喻經》，太晚。此詞在《十誦律》出現多達 23 次。在東漢安世高等譯經中已經出現。

> 汝是<u>弊惡</u>比丘尼，下賤比丘尼。（T23p7a18-19）

> 以汝<u>弊惡</u>牛故，大輸我物。（T23p64b3-4）

> 若干<u>弊惡</u>行生能得消。（安世高《長阿含十報法經》T1p240b22）

> 馬有<u>弊惡</u>態八。（東漢支曜《佛說馬有八態譬人經》T2p507a11-12）

【辯才】《大詞典》有兩個義項，其中義項②「善於言談或辯論的才能」，最早的例子是北齊顏之推《顏氏家訓》。太晚。此義在西晉竺法護譯經中已經出現。

> 跋難陀是大法師，有樂說<u>辯才</u>，爲說種種妙法。（T23p90b3-4）

> 六群比丘是佛弟子，多聞，善巧說法，<u>辯才</u>無礙。（T23p218a23-24）

> 舍利弗比丘奉戒真諦，有妙<u>辯才</u>，講法無厭。（西晉竺法護《生經》T3p80a22-23）

【博掩】古代六博、意錢一類的博戲，角勝負以取人財物。泛指賭博。《大詞典》最早的例子是唐慧琳《一切經音義》，太晚。此詞東漢安世高譯經中已經出現。

> 諸<u>博掩</u>人將汝到深林中行婬，云何不受？（T23p426c10）

> 有諸<u>博掩</u>人，牽入深林中，強爲婬欲。（T23p426c18）

復有六事，錢財日耗減：一者喜飲酒，二者喜<u>博掩</u>，三者喜早
臥晚起，四者喜請客，亦欲令人請之，五者喜與惡知識相隨，六者
憍慢輕人。（安世高《屍迦羅越六方禮經》T1p250c29-p251a3）

【怖畏】恐懼。《大詞典》最早的例子是《後漢書》，太晚。此詞在譯經中出現
非常頻繁，《大正藏》凡 5618 見。此詞東漢譯經中已經出現。

比丘僧房中壞故，房舍比丘作時，見墼中有蠍，<u>怖畏</u>跳下，墮
木師上，木師即死。（T23p11a1-3）

是梵志實時<u>怖畏</u>。（T23p52b21）

常當諦持，常當正心，常當<u>怖畏</u>。（東漢支婁迦讖《道行般若經》
T8p461c15-16）

【慚羞】羞愧。《大詞典》最早的例子是《太平御覽》引南朝梁沈約《俗說》，
太晚。此詞在《十誦律》已出現，最早可追溯到吳支謙譯經。

即生<u>慚羞</u>，胡跪而坐，不得起。（T23p125a20-21）

少自知有<u>慚羞</u>，諍變本說兩果。（支謙《佛說義足經》T4p183
a5-6）

【巢窟】蟲鳥獸類棲身之處。《大詞典》最早的用例是唐代蘇鶚的《蘇氏演義》，
太晚。三國支謙譯經中已出現。

夏安居時潛處隱靜，譬如鳥日中熱時避暑<u>巢窟</u>。（T23p173b8-9）

法無<u>巢窟</u>，有法者則為有窟。（《佛說維摩詰經》T14p527a7-8）

【叉手】《大詞典》有四個義項，其中義項③「佛教的一種敬禮方式」最早的例
子是唐王維文，太晚。這是佛經中的一個常用詞，在《十誦律》多次出現，最
早可追溯到東漢安世高譯經中。

民大居士從坐起，<u>叉手</u>合掌白佛言（T23p192a10）

即從坐起，著衣在一處立，<u>叉手</u>言：「善來，阿難，就此處坐。」
（T23p271b8-10）

【叉腰】大指和其餘四指分開，緊按在腰間。《大詞典》最早的例子是章炳麟
《新方言》，太晚。此詞在《十誦律》已多次出現。

又六群比丘叉腰入家內。諸居士呵責言：「沙門釋子自言善好有德，叉腰入家內，如王如大臣。」佛聞是事，語諸比丘：「從今不叉腰入家內，應當學。叉腰入突吉羅，不叉腰入不犯。」（T23p136a1-5）

【諂曲】曲意逢迎。《大詞典》最早的例子是南朝梁慧皎《高僧傳》，太晚。此詞在《十誦律》只出現1次。此詞在三國支謙譯經中已經出現。

一者瞋恨不語，二者惡性欲害，三者貪嫉，四者諂曲，五者無慚愧，六者惡欲邪見。（T23p367a7-9）

時彼城中有一長者，名曰賢面。財寶無量，不可稱計，多諸諂曲，慳貪嫉妬，終無施心。（《撰集百緣經》T4p228a16-18）

【瞋恨】憤怒怨恨。《大詞典》最早的例子是唐李華《律師體公碑》，太晚。《十誦律》已多次出現。最早可追溯到東漢支婁迦讖等人譯經中。

說是語時，倍生悔心，瞋恨不忍。（T23p44b19-20）

是人瞋恨不能自忍，到祇桓向佛所欲說跋難陀事。（T23p90b16-17）

【塵坌】《大詞典》有三個義項，其中義項①「灰塵，塵土」，最早的例子是明謝肇淛《五雜俎》，太晚。此詞《十誦律》已經多次出現。

諸比丘以二事故在後：一者恐塵坌，二者惡車聲。（T23p279c3-4）

有五塵坌不受得噉。食塵、谷塵、水塵、衣塵、一切塵，是名五塵坌。（T23p359c9-11）

【晨朝】清晨。《大詞典》最早的例子是唐代玄奘《大唐西域記》，太晚。最早出現於三國吳支謙譯經中。

晨朝開門，諸比丘尼即便先入。（T23p82b3）

大王，晨朝何來？（T23p109c21）

【愁怖】憂愁恐怖。《大詞典》最早的例子是南朝宋鮑照詩，太晚。此詞東漢譯經中已經出現。

是處龍處莫作聲，龍倘瞋，我等得大愁怖。（T23p457c11-12）

是處鬼神處莫作聲，鬼倘來，我等得大愁怖。（T23p457c16-17）

多懷愁怖種誹謗業，身死命終生地獄中。（東漢安世高《佛説出
家緣經》T17p736c3-4）

【愁惱】憂愁煩惱。《大詞典》最早的例子是明謝肇淛《五雜俎·事部四》，太
晚。此詞在《十誦律》已多次出現。

眾人來責，估客子心生愁惱。（T23p46c26-27）

諸比丘眾舍衛城乞食不得，愁惱不樂。（T23p131a13）

【杻械】腳鐐手銬，泛指刑具。《大詞典》最早的例子是唐杜甫詩，太晚。此詞
在《十誦律》已多次出現。最早可追溯到西晉竺法護等人譯經。

係者，若著杻械枷鎖在獄，皆名爲係。（T23p4b9）

瞋者不瞋，邪見者離邪見，牢獄閉係，枷鎖杻械，悉得解脱。

（T23p134c14-16）

【除卻】除去。表示所説的不算在內。《大詞典》最早的例子是唐曹唐詩，太晚。

一時瓶沙王欲洗，語守池人：「除人令淨，我欲往洗。」實時除
卻餘人。（T23p109c13-14）

爾時波斯匿王，聞佛在祇洹，即勅人民掃除祇洹，皆令淨潔：「我
欲見佛。」受勅掃灑，除卻眾人。（T23p124c11-13）

佛語諸比丘：「不應處處大便，當在一處作。」一處作已，大聚
糞。佛言：「除卻。」除卻時諸比丘吐悶。（T23p276a16-19）

除卻波斯匿王眷屬，獨爲王説。（T23p376a6）

【窗櫺】窗格。《大詞典》最早的例子是唐裴鉶的《傳奇》，太晚。此詞是《十
誦律》首創。

佛既不聽門外高處立看，故便於窗櫺中看。諸居士呵責言：「諸
比丘尼自言善好有德，在窗櫺中看，如王夫人如大臣婦。」（T23p294
a17-20）

云何比丘尼？窗櫺中看。從今不得窗櫺中看。（T23p294a21-22）

【床榻】床和榻的總稱，泛指床。《大詞典》例舉晚清《二十年目睹之怪現狀》，
太晚。此詞在佛經中出現非常頻繁，僅《十誦律》就有 57 次。最早可追溯到

東漢康孟詳等人譯經中。

> 別房舍中有好<u>床榻</u>，被褥敷好獨坐床，掃灑內外，皆悉淨潔。
> （T23p13c28-29）

> 諸居士實時出迎，問訊禮拜，湯水洗腳，蘇油塗足，給好<u>床榻</u>臥具氍褥被枕。（T23p89c4-5）

【床簀】床和墊在床上的竹席。泛指床鋪。《大詞典》最早的例子是宋陸游詩，太晚。此詞是《十誦律》首創。

> 佛言：「聽作床榻。」諸比丘取軟木作床桄、<u>床簀</u>，故隱身苦惱。
> （T23p243b8-9）

【垂死】接近死亡。《大詞典》最早的例子是《後漢書》，太晚。此詞是鳩摩羅什首創，在他的譯經中使用非常頻繁，僅《十誦律》就出現 17 次。

> 有一客比丘，未滿五歲，日暮來入僧坊求依止，久而不得，迷悶躄地，<u>垂死</u>。（T23p416b14-16）

> 是病比丘無人看故，<u>垂死</u>。（T23p105c27-28）

【忽遽】《大詞典》有兩個義項：①忙碌。②匆促，急急忙忙。兩個義項的最早例子都是唐人著作，太晚。此詞是鳩摩羅什首創。

> 諸比丘以是因緣，心常<u>忽遽</u>，樂著作事，妨廢讀經、坐禪、行道。（T23p20b10-12）

> 諸佛子如人夢中，欲渡深水。是人爾時發大精進，施大方便，欲渡此水。未渡之間，廓然便覺，所渡方便，乃<u>忽遽</u>事，即皆放捨。
> （鳩摩羅什《十住經》T10p520c27-p521a1）

【蹴蹋】《大詞典》有四個義項，其中義項①「踩；踏」，例舉唐杜甫詩。義項②「踢」，最早的例子是《漢書》唐顏師古注。例子的時代都太晚。這兩個義項在《十誦律》都有出現。

> 如是埋已，令象<u>蹴蹋</u>，令馬駱駝牛驢<u>蹴蹋</u>。（T23p9a5）

> 爾時六群比丘，攜手入家內，<u>蹴蹋</u>瓶甕，器物倒地。（T23p137a2-3）

　　爾時偷蘭難陀比丘尼，著頭光在婬女門中立，諸婆羅門居士來欲近之，即以腳蹴蹋。（T23p343a7-9）

　　諸比丘尼自言善好有功德，著頭光在婬女門中立，見諸人來近，以腳蹴蹋。（T23p343a10-11）

【摧伏】折伏，制服。《大詞典》最早的例子是《隋書‧經籍志》，太晚。《十誦律》出現 1 次。最早可追溯到西晉竺法護等譯經中。

　　爾時眾人聞佛摧伏惡象，希有事故，無量眾集。（T23p262c19-20）

【答難】答辯疑難問題。《大詞典》最早的例子是唐牛肅《紀聞》，太晚。此詞是《十誦律》首創。

　　諸比丘語闡那：「汝莫爾。諸上座所說是法是律是佛教，汝莫中間作異語，不待說竟，答難上座，無敬畏心。」闡那言：「我答難上座，無敬畏心，何預汝事？」（T23p120a4-7）

【大力士】謂力氣特別大的人。《大詞典》只有一個孤證，是夏衍的《野草》，時代太晚。此詞最早在西晉譯經中出現。

　　是僧中有比丘，得神通力。亦有本是大力士，及本是大射家子。（T23p438c17-19）

　　大軍王生一子，身著鎧甲，手中把血，從母胎中出，其身有大力士之力。（《阿育王傳》T50p126c10-12）

　　使五百兵普學諸術，令大力士住守東城門，宿衛菩薩。（《普曜經》T3p504a4-5）

【觝突】牴觸衝撞。《大詞典》只有北魏賈思勰《齊民要術》一個孤證，且時代太晚。此詞在三國支謙等譯經中已經出現。

　　有六種取他物：苦切取，輕慢取，以他名字取，觝突取，受寄取，出息取。（T23p379c23-25）

　　此牛群中，有大惡牛，觝突傷人，難可得過。（《撰集百緣經》T4p232a11-12）

　　汝等今者，無所曉知，彊難問我，狀似水牛，觝突人來。（《撰

集百緣經》T4p232c4-5）

【地主】《大詞典》有四個義項：①當地的主人。對來往客人而言。②神名。③田地的主人。④佔有土地，靠剝削農民爲生的人或階級。此詞《十誦律》只出現 1 次，結合鳩摩羅什其它譯經看，應該是第三個義項。《大詞典》例舉《元典章》，時代太晚。

> 如王爲地主檀越，是房舍臥具主，但得看視，不得奪一與一。
> （T23p369b23-24）

> 大王稱實能持大地，眞是地主不虛妄也。所以者何？能善分別
> 佛法深義，聰慧明達，是故稱王爲大地主。（鳩摩羅什《大莊嚴論經》
> T4p272b20-22）

【多饒】多。多、饒同義連文。《大詞典》失收，《訂補》雖然收錄，但最早的例子是北魏賈思勰的《齊民要術》，太晚。此詞在東漢譯經中已經出現。

> 我等諸親裏多饒財富，當因我故布施作福。（T23p1a15-16）

> 以是因緣故，諸鬥將漸漸大富，多饒金銀財寶奴婢人民，種種
> 成就。（T23p58a5-7）

> 有長者名曰須檀，大富，多饒財寶象馬七珍僮僕侍使，產業備
> 足。（東漢康孟詳《佛說興起行經》T4p170b15-16）

【惡穢】污穢。《大詞典》只有一個孤證，是《禮記》唐孔穎達疏，時代太晚。此詞在西晉竺法護譯經中已經出現。

> 從今日至惡穢國土，棄食著地得自取食。（T23p414c2）

> 自察其身，從頭至足，有身髮髓腦惡穢不淨，具足充滿。（竺法
> 護《光贊經》T8p193b26-27）

> 又說經法，當爲洗除惡穢罪業，使得清淨。（竺法護《佛說大淨
> 法門經》T17p819a22-23）

【乏少】《大詞典》有兩個義項：①缺少。②缺點；不足。其中義項①最早的例子是《三國志》裴松之注，太晚。此詞在三國譯經中就已屢見不鮮。

> 阿耆達齎諸供具追隨佛後，若乏少時當設供養。（T23p188c3-4）

　　見一空寺入中觀看，見臥具床榻釜鑊盆器斗斛瓶甕，眾僧生活物，無所乏少。（T23p438c10-11）

　　彼須達長者，多財饒寶，無所乏少。（支謙《撰集百緣經》T4p230c8-9）

　　羸瘦尫弱，氣力乏少。（《撰集百緣經》T4p226b25）

【豐足】豐裕富足。《大詞典》最早的用例是北魏賈思勰《齊民要術序》，太晚。三國吳支謙譯經已出現。

　　田業殷實，寶物豐足，歸依佛，歸依法，歸依僧。（T23p173c12-13）

　　大富饒，錢穀田宅寶物豐足，種種福德成就。（T23p185c7-8）

【奉餉】《大詞典》有兩個義項，其中義項②「饋贈」，最早的例子是宋蘇軾文，太晚。此詞在《十誦律》已出現。

　　備眾供具、種種肴膳，車駄盈溢，填道而來，奉餉世尊。（T23p188a28-29）

【夫婿】丈夫。亦作「夫壻」。《大詞典》最早的例子是南朝梁徐陵的《玉臺新詠》，太晚。此詞《十誦律》已多次出現。東漢安世高譯經中已出現。

　　是居士婦有娠，以憂愁失親裏財物夫婿故，身自枯瘦，兒胎縮小。（T23p326b8-9）

　　我父死母死兄弟死姊妹兒女死夫婿死，故憂愁。（T23p329a2-3）

【佛圖】《大詞典》有兩個義項：①佛塔。②佛寺。其中義項①最早的例子是南朝宋劉義慶《世說新語·言語》：「庾公嘗入佛國，見臥佛。」這裏明顯是將「佛圖」錯寫成了「佛國」，原文作「佛圖」。而且這裏的「佛圖」，不是指「佛塔」而是指「佛寺」。臥佛體積很大，不可能在佛塔裏。義項②最早的例子是《太平廣記》引南朝齊王琰《冥祥記》，太晚。《十誦律》的「佛圖」凡14見，應該都是指佛寺。

　　若比丘作師匠，欲新起佛圖僧坊，畫地作模像處所。（T23p117c10-11）

佛聽僧坊使人<u>佛圖</u>使人，是人屬<u>佛圖</u>屬眾僧，是名人物。非人
物者，佛聽象馬駱駝牛羊驢騾，屬<u>佛圖</u>屬僧。（T23p413c18-20）

【付囑】吩咐；叮囑。《大詞典》最早的例子是唐黃滔文，太晚。這是佛經中的
一個常用詞，《大正藏》出現多達 2219 次。最早見於三國支謙譯經中。

應<u>付囑</u>誰耶？應<u>付囑</u>敷臥具者。若無敷臥具者，應<u>付囑</u>典房者。
若無典房者，應<u>囑</u>修治房舍人。若無是人，應<u>付囑</u>是中舊比丘善好
有功德持戒者。（T23p78a25-29）

婦目二物悉是我有，今相<u>付囑</u>莫復余施。（支謙《菩薩本緣經》
T3p61b21-22）

【乾枯】《大詞典》有五個義項：①失去水分而枯槁。②乾燥。③乾癟；瘦瘠。
④比喻枯燥乏味。⑤枯竭；罄盡。其中義項①最早的例子是唐杜甫詩，太晚。
此詞三國支謙譯經中已經出現。

居士言：「若人須蘿蔔者當持價來，若我直與云何得活？」比丘
言：「汝心定不與我耶？」居士言：「我定不與汝。」時比丘以呪術
力呪令<u>乾枯</u>。（T23p430b17-20）

設我向河及以泉池，水爲至竭。若向果樹，樹爲<u>乾枯</u>。我今飢
渴熱惱所逼，不可具陳。（《撰集百緣經》T4p225a24-26）

【障閡】阻礙隔閡。《大詞典》最早的例子是明王鏊文，太晚。此詞《十誦律》
已多次出現。最早在三國譯經已出現。

若不悔過，能<u>障閡</u>道。（T23p63c19-20）

猶如大風，行諸世界無<u>障閡</u>故。（《佛說無量壽經》T12p274
a19-20）

【貢高】驕傲自大。這是佛經的一個常用詞。《大詞典》最早的例子是蕭齊時代
的《百喻經》，太晚。《十誦律》出現 1 次。最早可追溯到東漢康孟祥等人譯經
中，三國支謙、康僧會等人譯經中更是使用頻繁。

是比丘尼出，自<u>貢高</u>，語諸比丘尼言：「我今問一比丘阿毘曇事，
不能隨順答我。」（T23p341b26-28）

佛知瓶沙性素憍豪，剛強<u>貢高</u>。（東漢康孟祥等《中本起經》
T4p152b3-4）

佛將弟子到其隣國，五百羅漢心自<u>貢高</u>。（康僧會《舊雜譬喻經》
T4p520b16-17）

【垢膩】猶污垢。多指黏附於人體或物體上的不潔之物。《大詞典》最早的例子
是南朝齊蕭子良文，太晚。此詞三國支謙譯經中已經出現。

若臥具有塵土<u>垢膩</u>，應抖擻浣。（T23p421b23-24）

爾時王女，聞王遣使催喚。彼女心懷憂惱，著<u>垢膩</u>衣，舍諸瓔
珞，毀悴其形。（支謙《撰集百緣經》T4p242a13-15）

【賈客】商人。《大詞典》最早的例子是劉宋范曄的《後漢書》，太晚。此詞在
東漢譯經中已屢見不鮮。《大正藏》凡 534 次，《十誦律》出現 40 次。

一<u>賈客</u>見已語其婦言：「華色比丘尼於巷中倒地，汝扶令起將
來。（T23p131a13-14）

憍薩羅國諸比丘遊行，與<u>賈客</u>俱經過大澤故，諸比丘從<u>賈客</u>主
乞水，<u>賈客</u>主即出水與著鉢中。（T23p459a7-9）

爾時有兩部<u>賈客</u>，各有五百人，在波羅奈國，各撰合資財，欲
嚴船渡海。（康孟詳《佛說興起行經》T4p169c1-2）

時眾<u>賈客</u>各自念言：「我等勤治生無厭，不能施與，又不奉法，
不識道誼，死亦恐然不免此類。」（東漢支曜迦讖《雜譬喻經》
T4p501c24-26）

【估客】即行商。《大詞典》最早的例子是南朝宋劉義慶《世說新語》，太晚。
此詞在《大正藏》凡 446 見，僅《十誦律》就出現 168 次。此詞最早見於三國
支謙等譯經中。

爾時諸比丘，共<u>估客</u>遊行。（T23p49c26）

諸估客悉皆捨去，是<u>估客</u>在一面立，愁憂守是車物。（T23p50
a2-3）

商主軍師，遠行<u>估客</u>，近山諸王，皆當亡滅。（支謙等《摩登伽

經》T21p408b2-3）

【觀看】《大詞典》有兩個義項：①參觀；觀察；觀賞。②閱讀。其中義項①最
早的例子是唐鄭棨文，太晚。

> 爾時跋提居士，起僧房重閣，高大莊嚴，多諸男女觀看。（T23
> p248a14-15）

> 有眾多王臣，數數詣竹園房舍觀看。（T23p250a6）

【好看】《大詞典》有四個義項，其中義項③「抬舉，厚待」最早的例子是宋張
齊賢文，太晚。此詞《十誦律》已多次出現。

> 我等蒙師故，得衣服、臥具、湯藥、飲食。師好看我等者，自
> 當覺知。（T23p258b29-c1）

> 我若更取餘人作婦，則不能好看我兒，兒亦不愛樂。（T23p307
> c22-23）

【呵辱】猶辱罵。此詞是《十誦律》首創。《大詞典》例舉南朝宋鮑照《擬古》
詩，太晚。

> 摩訶男釋供給眾僧如事大家，諸比丘尼現前呵辱。（T23p341
> b12-13）

> 釋摩男供給眾僧如事大家，云何現前呵辱？（T23p345b18-19）

【毀辱】《大詞典》有兩個義項：①詆毀污辱。②玷辱。義項②最早的例子是宋
司馬光文，太晚。此詞《十誦律》已多次出現。

> 薩羅林中有賊，破法劫奪比丘尼，作毀辱事，諸城國邑惡名流
> 佈。（T23p152c27-28）

> 是薩羅林中本有惡賊，破法劫奪比丘尼，作毀辱事。（T23p153
> a10-11）

【厚重】《大詞典》有五個義項，其中義項③「厚實，有分量」，最早的例子是
宋岳飛文，太晚。表此義的「厚重」在《十誦律》已出現。

> 厚重革屣不應著，毛革屣不應著，聲革屣不應著，纏革屣不應
> 著。（T23p182a7-8）

是皮師以<u>厚重</u>革屣貴直二三錢，不肯與作一重革屣。（T23p184

a7-8）

【胡跪】古代僧人跪坐致敬的禮節，右膝著地，豎左膝危坐，倦則兩膝姿勢互
換。又稱互跪。《大詞典》最早的例子是南朝梁慧皎《高僧傳》，太晚。這是佛
經中的常用詞。

難提比丘偏袒右肩，脫革屣，<u>胡跪</u>，合掌，作如是言。（T23p3

a21-22）

是比丘從坐起，偏袒右肩，脫革屣，<u>胡跪</u>，合掌。（T23p20c25-26）

【護惜】愛護珍惜。《大詞典》最早的例子是《太平廣記》卷 78 引唐薛用弱
《集異記》，太晚。此詞是鳩摩羅什首創，在他的譯經中使用十分頻繁。

一切眾僧臥具，云何趣用踐蹋不知<u>護惜</u>？諸居士血肉幹竭，爲
福德故布施供養。汝等應少用，守護者善。（T23p77a17-19）

僧臥具不得不<u>護惜</u>用，若不護用得突吉羅罪。（T23p467a4-5）

我今不應<u>護惜</u>身命，但當貪惜如來智慧守護佛法，爲度眾生勤
行精進。（鳩摩羅什《佛說華手經》T16p175b16-18）

【羈繫】縛繫。《大詞典》最早的例子是清劉大櫆文，太晚。此詞西晉竺法護譯
經中已出現。

拔<u>羈繫</u>逸去，如惡馬。（T23p412c13）

如惡馬拔<u>羈繫</u>逸去。（T23p418b3）

薄德之夫，患苦所惱，爲諸邪見之所<u>羈繫</u>。（竺法護《正法華經》
T9p70c15-16）

【饑羸】饑餓瘦弱。《大詞典》最早的例子是宋蘇軾文，太晚。此詞《十誦律》
已出現。最早出現於西晉竺法護譯經中。

譬如狗<u>饑羸</u>，與美食，不肯食，反食不淨，是愚癡人亦如是。
（T23p153c21-22）

我身已疲極，譬如<u>饑羸</u>人。（《佛說方等般泥洹經》T12p912c26）

【技術】《大詞典》有三個義項：①技藝；法術。②知識技能和操作技巧。③指文學藝術的創作技巧。其中義項②最早的例子是現代作家周而復作品，太晚。此義在《十誦律》已經大量出現。

> 汝應學知竹葦相浸竹堅軟，學破學屈學作稍、箭、扇、蓋、箱、簞，如是種種竹師技術汝應學。（T23p65a19-21）

> 汝應學知土相取土調泥著水多少，學轉輪作盆、瓶、釜、蓋、大鉢、拘鉢多羅、半拘鉢多羅、大揵鎡、小揵鎡，如是種種陶師技術汝應學。（T23p65a9-12）

【煎餅】在鏊子上攤勻烙熟的餅。《大詞典》最早的例子是南朝梁宗懍《荊楚歲時記》，太晚。此詞是《十誦律》首創。

> 爾時婆羅門有小因緣不在，是婆羅門婦閉門作煎餅。（T23p121c23-24）

> 汝去後我閉門作煎餅，時阿闍梨迦留陀夷來。（T23p122b5-6）

【犍牛】閹割過的牛。《大詞典》最早的用例是唐代李延壽《北史》，太晚。此詞在《十誦律》裏已多次出現。

> 親裏遣使兩犍牛駕車來迎長老乘車來此間治眼。答言：「佛未聽乘兩犍牛車。」以是事白佛。佛言：「聽載犍牛車。」（T23p182c2-5）

【將無】莫非。《大詞典》最早的例子是南朝宋劉義慶《世說新語》，太晚。此詞東漢譯經中已經出現。

> 我將無得波羅夷耶？（T23p7a22）

> 是居士到余聚落，作是念：「我婦將無走去耶？」（T23p330b5-6）

> 譬若男子欲見大海者，常未見大海。若見大陂池水，便言：「是水將無是大海？」（支婁迦讖《道行般若經》T8p447a20-22）

【將息】養息；休息。《大詞典》最早的用例是唐王建《留別張廣文》詩，太晚。

> 洗浴淨潔，以香塗身，隨時將息，令身安隱。（T23p178b1-2）

【醬菜】用醬或醬油醃製的菜蔬。《大詞典》例舉老舍《四世同堂》，太晚。此

詞是《十誦律》首創。

> 是比丘尼先為辦盤醬菜果蓏，待比丘來。時此比丘持食詣比丘
>
> 尼精舍，坐食。此比丘尼起與醬菜，並說本居家中時事。
>
> （T23p318b20-23）

【交會】《大詞典》有七個義項，其中義項④「性交」最早的例子是明馮夢龍《古今譚概》，太晚。此詞《十誦律》已多次出現，最早可追溯到三國吳支謙譯經中。

> 佛言：「除男女交會像，餘者聽畫。」（T23p277c7）
>
> 行婬法者，婬名非梵行。非梵行者，二身交會。（T23p2c15-16）

【皆悉】盡；全都。《大詞典》最早的例子是《後漢書》，太晚。此詞東漢譯經中就已出現。

> 被褥敷好獨坐床，掃灑內外，皆悉淨潔。（T23p13c28-29）
>
> 諸甕甕器皆悉盛滿。（T23p126a6-7）
>
> 敷座已，請雞園中比丘僧毘捨離比丘僧皆悉聚之。（安世高《十
>
> 支居士八城人經》T1p916c24-26）

【盡皆】全都，完全。《大詞典》最早的例子是《三國演義》，太晚。此詞最早出現於三國吳支謙等人譯經中。

> 此一國人盡皆邪見，聞佛當來，相率集會。（T23p189a8-9）
>
> 次奉銀床、頗梨床、紺琉璃床，盡皆不受。（T23p189c5-6）

【經理】《大詞典》有六個義項，其中義項④「經營管理；處理」，最早的例子是宋朱熹文，太晚。

> 若比丘受迦絺那衣，持所有衣出界去，不經理，亦不言還，亦
>
> 不言不還。（T23p208c27-28）
>
> 不經理，當來還。（T23p210a23）

【經營】《大詞典》有五個義項：①籌劃營造。②規劃營治。③周旋；往來。④指藝術構思。⑤經辦管理。今多用於工商企業等。其中義項⑤最早的例子是唐柳宗元詩，太晚。此詞西晉譯經中已經出現。

此是小事，我經營之，汝等當受我恩。（T23p452b26-27）

我等經營種樹木勤苦，汝等客比丘，不語我默然取燒。（T23
p467b23-24）

時婆羅門恒自經營指授眾事，佛以道眼見此老翁命不終日當就
後世，不能自知而方忽忽，形瘦力竭，精神無福，甚可憐愍。（《法
句譬喻經》T4p586a22-24）

【精進】《大詞典》有兩個義項，其中義項②「佛教語。爲『六波羅蜜』之一。
梵語 vīrya 的意譯。謂堅持修善法，斷惡法，毫不懈怠。」舉的最早的例子是
北魏酈道元《水經注》，太晚。此詞是佛經常用詞，在東漢安世高譯經中已出
現。

有福德子月滿而生，名曰續種。至年長大，信樂佛法，出家學
道，勤行精進。（T23p1b14-16）

尊重敬愛思惟攝取，發起精進向一泥洹。（T23p367b21-22）

已聞法，精進行，從是增本行，不得慧便得慧。（《長阿含十報
法經》T1p237a12-13）

四者教之精進，不得自懈慢。（《尸迦羅越六方禮經》T1p251c13）

【具白】備述；詳細說明。《大詞典》唯一的例子是清末楊廷棟的跋文，太晚。
東漢安世高譯經已經出現。

有諸比丘少欲知足行頭陀，聞是事心慚愧，以是事具白佛。
（T23p158a13-14）

代我如是問訊，以此五事具白世尊。（T23p181b5-6）

【具足】《大詞典》有兩個義項：①具備。②充足。其中義項②例舉現代作家許
地山文，太晚。表此義的「具足」在《十誦律》出現得非常頻繁。佛教常說的
「具足戒」，其實就是「充足戒」，因爲這一戒律與沙彌、沙彌尼所受十戒相比，
戒品充足，所以叫「具足戒」或「大戒」。

持衣出界，衣財不具足故，作是念：「我當還此住處作衣。」
（T23p212c9-10）

我等富貴具足者，皆因達摩提那比丘尼故。（T23p58b1-2）

樹林具足，水具足，晝夜靜寂，少蚊虻，少風少熱，少諸毒蠍。
（T23p416c2-3）

【開敷】（花朵）開放；繁榮。《大詞典》兩個例子都是李大釗文，太晚。這是佛經中的一個常用詞，《大正藏》共出現 1000 多次。《十誦律》只 1 見。最早可以追溯到三國吳支謙譯經中。

如蓮華在水中，日日增長開敷。（T23p327c11）

有一池水，生好蓮花，其花開敷，有一小兒，結跏趺坐。（支謙
《撰集百緣經》T4p213b8-9）

【看見】看到。《大詞典》最早的例子是《朱子語類》，太晚。此詞《十誦律》已多次出現。

著衣持鉢入王宮，至門下立彈指。末利夫人看見師來，便言：「師
入。」（T23p125a19-20）

又相謂言：「上祇洹門外大樹上，遙看見不？」時有一比丘，上
樹看見言：「在某樹下、井上、岸下、多人眾中住。」（T23p141a25-28）

【看視】《大詞典》有五個義項：①察看。最早的例子是《後漢書》。②目光；眼色。③探望；問候。最早的例子是《紅樓夢》。④診視；診斷。⑤照顧；看待。最早的例子是《初刻拍案驚奇》。《十誦律》的「看視」出現共 9 次，①③⑤三個意思都有。

爾時長老闍那，欲起大房閣。是人性懈墮，作是念：「誰能日日
看視？」（T23p80a1-2）

有一比丘摩訶盧患苦痛，無有等侶，無人看視。（T23p148a14-15）

若有病比丘，應看視問訊。若無看病人，應與看病人。（T23p419
a4-5）

有一比丘病久，看病比丘看視故，作是念：「我看來久，是病人
不死不差，今不能復看。」（T23p436c23-25）

【可恥】可為羞恥。《大詞典》最早的例子是唐元稹詩，太晚。此詞《十誦律》

已出現。最早可追溯到西晉佛經中。

> 是事眾中可恥，爲人所輕。（T23p157b19）

> 毀仁正，不覺流俗穢濁可恥，斯謂八惡。（《佛般泥洹經》
> T1p172a14-15）

【渴仰】非常仰慕。《大詞典》未收，《訂補》已增補，但所舉例子是敦煌變文，
時代太晚。此詞《十誦律》已多次出現。此詞最早在東漢譯經中已出現。

> 若世尊遊行人間教化時，我恒渴仰欲見佛。（T23p351c12-13）

> 世尊遊行諸國土時，我不見世尊故甚渴仰，願賜一物我當供養。
> （T23p415b28-c1）

> 當爾日也，境界人民，靡不敬肅，渴仰世尊。（東漢康孟詳等《中
> 本起經》T4p157b16-17）

> 即於佛所，生殷重心，渴仰欲見。（三國支謙《撰集百緣經》
> T4p205b28-29）

【快心】《大詞典》有兩個義項：①猶稱心。謂感到滿足或暢快。亦指使感到滿
足或暢快。②恣意行事，只圖痛快。例舉唐司空圖詩。太晚。

> 若諸人有象馬牛羊驢騾駱駝，如是等畜生利益人民，若比丘快
> 心故，若截其足，若壞餘身份，若放令去，得偷蘭遮。若諸人有象
> 馬牛羊驢騾駱駝，如是等畜生利益人民，比丘快心故，解放令去，
> 得偷蘭遮。（T23p381a20-24）

> 諸捕鳥師張羅，比丘快心壞，得偷蘭遮；憐愍心壞，得突吉羅。
> 有捕鳥師張細網，比丘以快心壞，得偷蘭遮；憐愍心壞，得突吉羅。
> （T23p431b25-28）

【枯瘦】消瘦；乾瘦。《大詞典》最早的例子是宋歐陽修文，太晚。此詞《十誦
律》已出現。不過此處存疑。「枯瘦」在《大正藏》共出現 19 次，除了《十誦
律》1 次外，其餘 18 次均出現在唐、宋。且《十誦律》宋、元、明、宮本此
處均作「消瘦」。保守一點說，「枯瘦」應該產生於唐代。

> 是居士婦有娠，以憂愁失親裏財物夫婿故，身自枯瘦，兒胎縮

小。（T23p326b8-9）

忽遇如此衰老者，形體枯瘦倚杖行。（唐義淨《根本説一切有部毘奈耶破僧事》T24p112c24-25）

【庫藏】倉庫。《大詞典》最早的例子是劉宋范曄的《後漢書》，太晚。此詞東漢譯經中已出現。

諸居士内有庫藏、食簞、食廚。（T23p190a22-23）

諸比丘一處有庫藏，以飲食錢物著中。（T23p431a20）

阿凡和利遣婢市買，了無所得，還視庫藏，眾膳備具，唯乏薪炭，行求不得。（東漢康孟詳等《中本起經》T4p162a2-3）

【魁膾】劊子手。《大詞典》最早的用例是唐玄奘《大唐西域記》，太晚。而且三個例子中，兩個是唐代，一個是近代的章炳麟，時間跨度過大。此詞在《十誦律》僅1見。早在東漢譯經中已出現。

圍兔、偷賊、魁膾、咒龍、守獄。（T23p10b3）

屠兒魁膾斬截眾生，故獲斯罪。（東漢安世高《佛説罪業應報教化地獄經》T17p451a2）

【籬柵】籬笆和柵欄。《大詞典》最早的例子是唐盧綸詩，太晚。《十誦律》僅1見。

若牆壁、塹、籬柵，齊是來比丘不離三衣。（T23p388c8-9）

屏處者，若樹、牆壁、籬柵，若衣障及餘物障。（《四分律》T22p667a19-20）

如是水渠、溝塹、籬柵外，除聚落界，餘者盡名空地。（《摩訶僧祇律》T22p244a16-17）

【籬障】籬笆一類蔽護物。《大詞典》最早的例子是唐劉商詩，太晚。

若在牆壁籬障内，比丘以偷奪心驅出，過四跬，波羅夷。（T23p6c9-11）

僧坊外者，此僧坊牆障外，若籬障外，若塹障外。僧坊内者，僧坊牆障内，籬障内，塹障内。（T23p133a21-23）

【利益】《大詞典》只有兩個義項，都是名詞：①好處。最早的例子是劉宋范曄《後漢書》。②原為佛教語。指利生益世的功德。最早的例子是唐湛然《法華文句記》。這裏的例子時代都太晚，而且義項不全，「利益」還可以作動詞，指對人有好處。以下句子中，第一個「利益」指好處，第二、三個是指功德，最後四個都是動詞，指對人有好處。

> 經行有五利益：勤健，有力，不病，消食，意得堅固。是名經行五利。（T23p371b27-28）

> 爾時眾中，得如是種種大利益。（T23p80c15-16）

> 諸眾生得利益。（T23p261c10）

> 汝知不？是衣為我織。汝好織廣織極好織淨潔織，我當少多利益汝。（T23p55c12-13）

> 大德知不？我等無有善知識大利益我等如大德者。（T23p122b27-28）

> 云何令彼不侵損我而利益我？當於彼舍惱心。是人已利益我怨家，當復利益。（T23p368a26-28）

> 若諸人有象馬牛羊驢騾駱駝，如是等畜生利益人民，比丘快心故，解放令去，得偷蘭遮。（T23p381a22-24）

【料理】《大詞典》有九個義項：①照顧；照料。最早的例子是唐代房玄齡等《晉書》。②安排；處理。最早的例子是《宋書》。③整治；整理。最早的例子是北魏賈思勰《齊民要術》。④提拔；提攜。⑤指點；教育。⑥修理。⑦排遣；消遣。⑧料想。⑨日語漢字詞。烹調。亦借指肴饌。「料理」在《十誦律》出現6次，①②③三個意思都有。

> 「誰料理是家？」答言：「有一女婿，善好有功德，料理其家。」（T23p88b8-9）

> 先修治塔，次作四方僧事，次知僧料理飲食事。（T23p249c28-29）

> 來按行諸房舍，為斷比丘俗語故，以床臥具不料理者為料理故，已料理好安隱故。（T23p371b21-22）

【樓閣】泛指樓房。閣，架空的樓。《大詞典》最早的例子是《後漢書》，太晚。
此詞東漢譯經中就已經出現。

　　　　滿宮房舍窗向、欄楯，諸樓閣間及床榻下，諸甕甕器皆悉盛滿。
（T23p126a5-7）

　　　　爾時佛及僧露地坐食，諸人在堂屋上、牆壁、樓閣上，看佛及
僧。（T23p135a8-9）

　　　　其義譬如王有遊觀樓閣，而汝自樂山澤樹間燕處。（《阿那律八
念經》T1p836a7-8）

【轆轤】《大詞典》有七個義項，其中義項①「利用輪軸原理製成的井上汲水
的起重裝置」，例舉南朝宋劉義慶的《世說新語》，太晚。此詞是《十誦律》
首創。

　　　　諸比丘手軟，牽繩手痛，佛言：「應作轆轤。」有人墮井，佛言：
「應作欄。」（T23p248c21-23）

【邏人】巡邏的人；巡察的人。《大詞典》最早的例子是宋陳師道《後山叢談》，
太晚。此詞《十誦律》已多次出現，最早可追溯到東晉譯經。

　　　　即與賊俱去，不由濟渡恒河時，為邏人所捉。邏人問諸比丘：
「汝等亦是賊耶？」答言：「我等非賊，以失道故。」邏人即看，
無異財物。邏人言：「汝肯直首耶？當將詣官治。」（T23p116a13-17）

【裸露】《大詞典》有兩個義項：①袒露；沒有東西遮蓋。②引申為顯現、暴露。
其中義項①最早的例子是唐李延壽《南史》，太晚。此義在東漢安世高譯經中
就已經出現。

　　　　賊來劫奪衣被，令皆裸露。（T23p438c20-21）

　　　　散盡財賄，致眾苦患，怨諍增重，裸露形軀，惡名遐邇。（安世
高《佛說出家緣經》T17p736c5-7）

【門楣】《大詞典》有四個義項，其中義項①「門框上端的橫木」最早的例子是
唐白居易詩，太晚。此詞《十誦律》已多次出現。慧琳《一切經音義》卷 58
「門楣」條：「《爾雅》：楣謂之梁。注云：門上橫梁也。」此詞是《十誦律》
首創。

時寺<u>門楣</u>破，佛見已，知而故問阿難：「是寺<u>門楣</u>何以破耶？」
答言：「木師忙懅不得作。」佛語阿難：「求木作具來。」阿難受佛
教，求木取作具來與佛，佛取以自手治塔<u>門楣</u>。（T23p277b2-6）

【面孔】《大詞典》有三個義項：①臉。②容貌。③猶面子，體面。其中義項①
最早的例子是唐黃幡綽詩，太晚。此義在東漢譯經中已經出現。

若我不以軟語勞問者，其心必破，沸血當從<u>面孔</u>出。（T23p3
a14-15）

若我不軟語勞問，是人必破心肝，熱血從<u>面孔</u>出。（T23p425
a27-29）

倘聞說是事，其人沸血便從<u>面孔</u>出，或恐便死。（支婁迦讖《道
行般若經》T8p441b26-27）

【滅度】佛教語。滅煩惱，度苦海。涅槃的意譯。亦指僧人死亡。《大詞典》最
早的例子是唐白居易文，太晚。此詞是佛經常用詞，《大正藏》凡 5065 見。東
漢譯經中已經出現。

今出家得阿耨多羅三藐三佛陀，未度者度，未解者解，未<u>滅度</u>
者<u>滅度</u>，除生老病死憂悲苦惱。（T23p188a2-4）

是時佛欲<u>滅度</u>，我心愁悶故不問。（T23p449b20）

即於空中燒身<u>滅度</u>，於是大眾皆悲涕泣，或有懺悔，或有作禮
者，取其舍利。（康孟詳《佛說興起行經》T4p165b17-18）

【明瞭】《大詞典》有兩個義項：①明白；清晰。②清楚地知道或懂得。其中
義項①最早的例子是劉宋范曄的《後漢書》，太晚。此義在三國譯經中已經
出現。

辯才具足，無能勝者。無有滯礙，義趣<u>明瞭</u>。（T23p368b13-14）

何等比丘能誦毘尼<u>明瞭</u>？（T23p447c17）

如虛空無極悉<u>明度</u>，平觀諸法無不<u>明瞭</u>。（支謙《大明度經》
T8p489b4-5）

【摩觸】撫摩；摸索。《大詞典》最早的例子是許地山文，太晚。此詞在《十誦

律》常見。

> 是居士娶婦未久，欲手<u>摩觸</u>。婦言：「莫爾，比丘在此。」
> （T23p97c3-4）

> 從今比丘尼不得<u>摩觸</u>比丘身，<u>摩觸</u>者犯罪。（T23p295a15-16）

【奈何】《大詞典》有四個義項，其中義項④「謂採取手段、辦法整治對方」，最早的例子是《水滸傳》，表此義的「奈何」在《十誦律》已多次出現。

> 六群比丘勇健多力，不大畏罪，守菜人不能<u>奈何</u>。（T23p140
> b29-c1）

> 六群比丘勇健多力，不大畏罪，諸浣衣人不能<u>奈何</u>。（T23p140
> c16-17）

【輦輿】《大詞典》有兩個義項：①用人拉車。②人抬的車，即後世轎子。第二個義項最早的例子是唐玄奘《大唐西域記》，太晚。此詞《十誦律》已多次出現。最早可追溯到西晉竺法護譯經。

> 復次，王大嚴駕，幢幡鳴鼓，若乘象馬<u>輦輿</u>出，驅人遠道。（T23
> p125b13-14）

> 或騎象馬乘車<u>輦輿</u>，與多人眾吹唄導道入園林中。（T23p290
> a17-18）

【疲極】極，疲困。《大詞典》有兩個義項，義項②「疲勞；非常疲勞」，例舉唐道世《法苑珠林》，過晚。此詞在《十誦律》已多次出現，最早可追溯到東漢康孟祥等人譯經。

> 我等忍足安樂住乞食不乏，但道路<u>疲極</u>。（T23p11c17-18）

> 忍足，安樂住，乞食不難，但道中<u>疲極</u>。（T23p45a14-15）

> 朝去暮還，亦不<u>疲極</u>，馬腳觸塵，皆成金沙。（康孟祥《修行本
> 起經》T3p463a5-6）

【漂浮】《大詞典》有三個義項：①在液體的表面移動或停留。②漂泊，漂流。③比喻工作不踏實，不深入。其中義項①最早的例子是宋邵雍詩，太晚。此詞是《十誦律》首創的，僅1見。

爾時諸博掩人遊戲岸邊，見已相語：「汝看是比丘尼爲水所<u>漂浮</u>，往取來。」即共出之，扶著岸邊。（T23p426c27-29）

【顰蹙】皺眉蹙額。形容憂愁不樂。《大詞典》最早的例子是北齊顏之推《顏氏家訓》，太晚。此詞三國支謙譯經中已經出現。

應常一心先問訊人，喜心和視共語，捨離<u>顰蹙</u>。（T23p419c17-18）

若見乞者面目<u>顰蹙</u>，當知是人開餓鬼門。（支謙《菩薩本緣經》T3p63c12-13）

見來求者終不嗤笑，亦不輕弄，亦不<u>顰蹙</u>。（北涼曇無讖《菩薩地持經》T30p907b21-22）

【貧窮】《大詞典》有三個義項：①貧苦困厄。謂缺少財物，困頓不順。②指缺少資財。③指窮人。義項②最早的例子是元王實甫《破窯記》，太晚。這個意思的「貧窮」在東漢佛經中就已屢見不鮮。

由我等信受迦羅語故，令女姊妹墮是惡處，<u>貧窮</u>勤苦，衣食不充。（T23p18a24-26）

是中有一<u>貧窮</u>女人，信敬獨請長老莎伽陀。（T23p121a12-13）

汝未生時，汝父母持汝與我。今見我家<u>貧窮</u>，不欲與我。（T23p384c16-17）

見乞人<u>貧窮</u>困極，飲食未曾有美食時也，既惡食，不能得飽食。（東漢支婁迦讖《佛說無量清淨平等覺經》T12p284a19-21）

比丘僧比丘尼，優婆塞優婆夷，及諸<u>貧窮</u>乞丐者，其飯具適等。何以故？（支婁迦讖《般舟三昧經》T13p914c19-21）

【嚬呻】《大詞典》有兩個義項：①謂蹙眉呻吟。②謂苦吟。義項①最早例子是唐李白詩，太晚。此詞在《十誦律》已多次出現。此詞是鳩摩羅什首創。

爾時偷蘭難陀比丘尼故<u>嚬呻</u>，……佛言：「比丘尼不應<u>嚬呻</u>，若故<u>嚬呻</u>突吉羅。」（T23p292a16-19）

【平博】平坦寬廣。《大詞典》例舉唐李延壽《南史》，太晚。《十誦律》凡 2

見。早在西晉譯經中已出現。

　　　　城北有勝葉樹林，其樹茂好，地甚平博。佛與大眾止此林中。

（T23p98c25-p99a1）

　　　　城北有林，號曰勝葉波。其林鬱茂，其地平博。（T23p187b26-

27）

【破壞】《大詞典》有六個義項：①摧毀；毀壞。②割裂使破碎。③破損；損壞。
④損害；使受損害。⑤破除；消除。⑥擾亂；變亂；毀棄。其中義項③最早的
例子是元張光祖《言行龜鑑》，太晚。此義在三國支謙譯經中已出現。

　　　　多畜鉢，積聚生垢，破壞不用。（T23p53b13）

　　　　若僧坊破壞，是上座應自治，若使人治。（T23p418c24）

　　　　佛言：「應用瓫覆瓫。」又墮地破壞。（T23p243c17-18）

　　　　如車軸折，輻輞破壞不任運載。（支謙《菩薩本緣經》T3p54

c15-16）

【乞請】《大詞典》有兩個義項：①乞討。②請求。第二個義項最早的例子是漢
關漢卿《裴度還帶》，除了例子太晚外，還把元代的關漢卿弄成了漢代。此詞
《十誦律》裏已出現。

　　　　及餘比丘亦如法問訊已，從婆伽婆乞請五事（T23p181a21-22）

【棄捨】捨棄，丟開。《大詞典》最早的例子是《易‧井卦》唐孔穎達疏，太晚。
此詞在東漢支婁迦讖等人譯經中已出現。

　　　　若貴人來看汝，若聞沙門釋子噉狗肉，則棄捨汝去。（T23p186

c14-15）

　　　　爾時有迦羅比丘尼，先是外道，棄捨經律阿毘曇，誦讀種種咒

術。（T23p337b12-13）

【謙敬】謙遜恭敬。《大詞典》最早的例子是《後漢書》，太晚。此詞《十誦律》
出現1次。在東漢支婁迦讖、康孟詳等人譯經中已經出現。

　　　　百歲比丘尼見新受具戒比丘，應一心謙敬禮足。（T23p345c9-10）

　　　　當謙敬，不當嫉妒，不得瞋恚。（支婁迦讖《般舟三昧經》T13

p910a18-19）

比丘尼雖有百歲，持大戒，當處新受大戒幼稚比丘僧下坐，以
謙敬爲之作禮。（康孟詳等《中本起經》T4p158c29-p159a2）

【牆壁】《大詞典》有兩個義項：①院子或房屋的四圍。多以磚石等砌成，垂直
於地面。②喻賴以依靠的人或力量。其中義項①最早的例子是劉宋范曄的《後
漢書》，太晚。此詞在東漢安世高譯經中已出現。

若在牆壁籬障内，比丘以偷奪心驅出，過四踔，波羅夷。（T23
p6c9-11）

高上推墮下者，高山高岸殿舍牆壁深坑。（T23p10a18-19）

或爲石鐵，或爲金剛，或爲牆壁城郭，或爲高山石壁，皆過無
礙。（安世高《佛説阿難同學經》T2p874c28-29）

【強壯】《大詞典》有四個義項，其中義項②「壯健有力」最早的例子是宋葉夢
得《避暑錄話》，太晚。此詞《十誦律》已多次出現。此詞是鳩摩羅什首創。

是比丘身體肥大，多脂血肉，強壯多力。（T23p96a11-12）

時有比丘名黑阿難，身體強壯。（T23p282a5-6）

【輕躁】《大詞典》有兩個義項：①輕率浮躁。②輕便地爬動。其中義項①最早
的例子是《後漢書》，太晚。此詞三國譯經中已經出現。

聞是人啼哭聲，女人輕躁，便往就觀。（T23p436b4-5）

輕躁難持，唯欲是從，制意爲善，自調則寧。（《法句經》
T4p563a5-6）

【饒益】《大詞典》有三個義項：①富裕。②指贏利。③使人受利。其中義項③
最早的例子是南朝宋謝靈運文，太晚。此詞在佛經中使用非常頻繁，《十誦律》
僅出現2次，《大正藏》凡5625見。此義東漢譯經中已經出現。

爲饒益眾生故，安樂多眾生，憐愍世間故。（T23p448c23-24）

善哉，善哉。長者多饒益眾生，欲安隱眾生，天人得安。（安世
高《阿那邠邸化七子經》T2p862b1-2）

【熱悶】《大詞典》有兩個義項：①又熱又悶。最早的例子是晚清吳趼人《情

變》。②形容心情不暢快。最早的例子是現代作家艾蕪《南行記》。這兩個例子的時代都太晚。這兩個意思的「熱悶」在《十誦律》都有出現，其它佛經中也有。

> 佛言：「應待。」諸比丘久待，熱悶吐逆。佛言：「若有病者應去。」（T23p77b21-23）

> 時阿耆達慚愧憂惱，熱悶躄地，時宗親以水灑面，扶起乃醒。（T23p100a4-5）

> 如來涅槃焚身之時，我當注雨令火時滅，眾中熱悶為作清涼。（《大般涅槃經》T12p369a9-12）

【乳牛】奶牛。《大詞典》最早的例子是唐道世《法苑珠林》，太晚。此詞《十誦律》已出現，最早可追溯到三國吳支謙譯經。

> 遣五百人，以五百乳牛，五百乘車載粳米。（T23p192b24-25）

> 八萬小牛，八萬乳牛，悉從一犢。（《菩薩本緣經》T3p54a16-17）

【軟善】軟弱和善。《大詞典》最早的例子是元馬致遠雜劇，太晚。此詞東漢譯經中就已經出現。

> 更有軟善智慧持戒比丘。（T23p188a9）

> 阿難有共行弟子，名直信，軟善好人，常入出一居士舍。（T23p434a14-15）

> 清信女名曰生僂，名曰黑哲，名曰信法，名曰軟善，名曰樂涼，名曰忍苦樂，名曰樂愛愛婆夷。（支婁迦讖《佛說無量清淨平等覺經》T12p279c1-4）

【色力】猶氣力；精力。《大詞典》最早的用例是明袁宏道詩，太晚。三國吳康僧會《六度集經》已出現。

> 時牛聞是形相罵故，即失色力，不能挽重上阪，時黑牛主大輸財物。（T23p64a27-28）

> 是牛聞是柔軟愛語故，即得色力，牽重上阪。（T23p64b11-12）

> 色力踰前，身瘡斯須豁然都愈。（《六度集經》T3p1c23）

【唼唼】象聲詞，水鳥或魚的吃食聲。《大詞典》最早的例子是唐張籍詩，太晚。此詞是《十誦律》首創。

> 又六群比丘嚼食，唼唼作聲。諸居士呵責言：「沙門釋子自言善好有德，嚼食唼唼作聲，如豬唼食。」（T23p138b8-10）

【善能】《大詞典》有兩個義項，其中義項②「擅長」，最早的例子是蕭齊時求那毘地翻譯的《百喻經》，太晚。此詞《十誦律》已多次出現。在東漢安世高譯經中已多次出現。

> 是中有比丘尼，名結髮，做法師，善能說法。（T23p341b24-25）

> 闍利吒比丘能滅諍，善誦毘尼，善能分別相似句義。（T23p362a28-29）

> 彼聞摩竭國有大醫，善能治病。（東漢安世高《佛說奈女祇域因緣經》T14p898c12）

> 時彼國中有一婆羅門，善能占相。（三國支謙《撰集百緣經》T4p217c13）

【施設】陳設；布置。《大詞典》最早的例子是唐李延壽《南史》，太晚。最早可追溯到東漢安世高等人譯經中。

> 阿耆達知佛宿處，輒齋食具器物，先往施設。（T23p188c7-9）

> 阿耆達知佛宿處，先往施設，言：「我今日供，若明日供。」（T23p100a17-18）

【示教】顯示出來，使人們有所領悟。《大詞典》最早的例子是魯迅著作，太晚。此詞是鳩摩羅什首創，並成為佛經中的常用詞，僅《十誦律》就出現123次，《大正藏》凡972見。

> 時諸比丘種種因緣為眾女人說法，示教利喜。（T23p15a2-3）

> 佛與說法示教利喜，示教利喜已默然。華色比丘尼聞佛說法示教利喜，頭面禮足遶佛而去。（T23p42c2-5）

【受用】享受，享用。《大詞典》最早的例子是唐道世《法苑珠林》，太晚。東漢譯經中已經出現。

有棄弊器，取持水上洗治，<u>受用</u>。（T23p96a1-2）

此是食物，應口<u>受用</u>。（T23p100b6）

【似如】好像。《大詞典》最早的例子是南朝宋鮑照詩，太晚。此詞《十誦律》已多次出現，最早可以追溯到東漢譯經。

指我等言：「此是六群比丘。」<u>似如</u>過罪人。（T23p135a4-5）

佛即仰看，四人怖走，<u>似如</u>人捕。（T23p260b9-10）

【漱口】含清水或其它液體洗蕩口腔。《大詞典》最早的例子是《紅樓夢》，太晚。此詞東漢譯經中已經出現。

問：「云何<u>漱口</u>？」佛言：「以水著口中三回轉，是名<u>漱口</u>。」（T23p445b10-11）

食畢洗手<u>漱口</u>。（康孟詳等《修行本起經》T3p470a6）

佛口中本淨潔，譬如鬱金之香，佛反以楊枝<u>漱口</u>，隨世間習俗而入。（支婁迦讖《佛說內藏百寶經》T17p752a4-5）

【隨順】依順；依從。《大詞典》最早的用例是唐代韓愈《答陳生書》，太晚。最早出現在東漢譯經中。

沙門億耳心厭本事，怖畏世間，長老迦游延<u>隨順</u>其意而爲說法。（T23p180c7-9）

汝所作事非沙門法，不<u>隨順</u>道，無欲樂心，作不淨行。（T23p1b25-26）

【隨逐】跟從；追隨。《大詞典》最早的例子是《隋書》，太晚。東漢支婁迦讖譯經中已出現。

欲摩女身，女人即卻，漸漸遠去，便起<u>隨逐</u>，欲捉其身。（T23p3a6-7）

是國清涼，水草豐茂。時有波羅奈國諸牧馬人，<u>隨逐</u>水草來到此國。（T23p99a17-19）

佛復入須彌山中，石亦<u>隨逐</u>；到四天王上，石亦<u>隨逐</u>。（T23p260a25-26）

威勢無幾，隨惡名焦，身坐勞苦，久後大劇，自然隨逐，無有
解已。（東漢支婁迦讖《佛說無量清淨平等覺經》T12p297b22-24）

【索取】討取。《大詞典》最早的例子是《北史》，太晚。此詞在《十誦律》已
出現，最早可追溯到三國吳支謙譯經。

所須飲食衣服臥具湯藥薪草燈燭，皆從索取。（T23p307a9-10）

索取若得者好，若不得者，應強奪取。（T23p115a17-18）

【貪著】貪戀；貪嗜。《大詞典》最早的例子是蕭齊時期譯的《百喻經》，太
晚。此詞《十誦律》已多次出現。三國支謙譯經已出現。

除世貪嫉，於他財物遠離貪著。（T23p8a20-21）

跋難陀遙見居士來，著上下衣，生貪著心。（T23p44b1-2）

眼貪好色即著心中，晝夜念之，以好色貪著。（《釋摩男本四子
經》T1p848b22-23）

受供養已，不應貪著。（《菩薩本緣經》T3p53c15）

【跳躑】《大詞典》有兩個義項，其中義項①「上下跳躍」最早的例子是唐韓愈
詩，太晚。

變易服飾，馳行跳躑，水中浮沒，斫截樹木，打臂拍髀，啼哭
大喚。（T23p26b21-22）

或啼哭戲笑，或跳躑大喚，妨我坐禪讀經。（T23p57c23-24）

【宛轉】《大詞典》有 11 個義項，其中義項⑥「謂使身體或物翻來覆去，不
斷轉動」，最早的例子是北魏賈思勰《齊民要術》，太晚。此詞東漢譯經中已
出現。

復現作端正小兒，著金寶瓔珞，在太子膝上東西宛轉。（T23
p257c10-11）

有一比丘見舍利弗目連往調達眾所，宛轉啼哭似木段轉。
（T23p265b11-12）

諸比丘有宛轉地者，有心中愁感者。（T23p445c24-25）

是時薩陀波倫菩薩賣身不售，便自宛轉臥地，啼哭大呼，欲自

賣身持用供養於師，了無有買者。（支婁迦讖《道行般若經》T8p472
b12-14）

【蚊虻】一種危害牲畜的蟲類。亦指蚊子。《大詞典》最早的例子是《後漢書》，
太晚。此詞在東漢譯經中已經出現。

　　不滿二十歲人，不能堪忍寒熱飢渴，蚊虻風雨蛇毒所螫。（T23
p116b19-20）

　　見祇陀王子有園，來往穩便，樹林豐茂，有好流水，無諸毒蟲
蚊虻之類，無大風大熱，晝夜閒靜，少諸音聲。（T23p244c7-10）

　　其中清潔，無有蚊蜂、蚊虻、蠅蚤。（康孟詳等《修行本起經》
T3p469b29-c1）

【穩便】方便。《大詞典》有兩個義項：①恰當；方便；穩妥。②猶自便，請便。
義項①例舉唐吳兢《貞觀政要》，太晚。此詞《十誦律》已出現。此詞是鳩摩
羅什首創。

　　見祇陀王子有園，來往穩便，樹林豐茂，有好流水，無諸毒蟲
蚊虻之類。（T23p244c7-9）

　　此之竹園，近於城隍，還往穩便，來去不疲，平坦易行。（《佛
本行集經》T3p860b22-23）

【誣謗】誣衊誹謗。《大詞典》最早的例子是唐李延壽的《北史》，太晚。此詞
東漢安世高譯經中已經出現。

　　誣謗者，誣謗事，誣謗方便，是名誣謗事。誣謗發者，發起誣
謗，是名誣謗發。誣謗滅者，不作誣謗，是名誣謗滅。（T23p412
c14-16）

　　侵陵孤老，誣謗賢聖，輕慢尊長，欺誑下賤。（安世高《佛說罪
業應報教化地獄經》T17p452a25-26）

【蜈蚣】節肢動物。體扁長。頭部金黃色，有鞭狀觸角。軀幹部背面暗綠色，
腹面黃褐色，由許多環節構成，每個環節有足一對。第一對足有毒腺，能分泌
毒液。捕食小昆蟲。中醫入藥。《大詞典》最早的例子是唐劉恂《嶺表錄異》，
太晚。此詞《十誦律》已多次出現。

令象、馬、駱駝、牛、驢蹴蹋，若令毒蛇、蜈蚣往齧。（T23p9
a10-11）

是中有蛇窟，蜈蚣百足毒蟲乃至鼠穴。（T23p20c16-17）

【習氣】《大詞典》有兩個義項：①佛教語，謂煩惱的殘餘成分。②習慣；習
性。後多指逐漸形成的不良習慣或作風。義項②最早的例子是宋蘇軾詩，太
晚。《十誦律》中的「習氣」一詞大多是義項①，但義項②也已出現。

長老跋提本，白衣時著葡萄葉鑷，作比丘已，本習氣故，猶故
著之。（T23p268a1-3）

佛語比丘：「是畢陵伽婆蹉非憍慢，亦非自大輕蔑餘人，從五百
世來，常生婆羅門家，首陀羅語習氣不盡。」（《摩訶僧祇律》
T22p468a23-25）

【箱篋】指大小箱子。《大詞典》最早的例子是南朝宋劉義慶《世說新語・德
行》。過晚。《十誦律》已多次出現。

諸貴人舍所有金器，內外莊嚴具，若在箱篋中自然作聲，盲者
得視，聾者得聽，瘂者能言。（T23p134c8-10）

一切竹物不應分，除蓋扇箱篋席杖等應分。（T23p203b27-28）

【向火】烤火。《大詞典》最早的例子是唐拾得詩，太晚。東漢安世高的譯經中
已出現。

時估客各隨向火，拾薪草共燃火向。（T23p104c2-3）

病者，冷盛熱盛風盛，若向火得差，是名病除。（T23p104c17-18）

【向暮】傍晚。《大詞典》最早的例子是《三國志》裴松之注，太晚。此詞西晉
譯經中已經出現。

爾時有二客比丘向暮來，次第得一房共住，一人得床，一人得
草敷。（T23p77c6-7）

爾時諸釋子向暮食時，見食好香美。（T23p132c2-3）

爾時太子持利劍於巷頭待。爾時王晝日於園中伎樂自娛，向暮
還宮。王來轉近，即以頻遲羅劍遙用擲王。馬車速疾故，得免斯難。

（T23p260c19-21）

　　　日欲向暮，上樹四望，不見來者。（竺法護《修行道地經》

T15p215a24-25）

【邪婬】亦作「邪淫」。《大詞典》有 3 個義項，其中②「姦淫；下流的行為」，
最早的例子是唐實叉難陀《大乘起信論》，太晚。此詞在《十誦律》已多次出
現。最早可追溯到東漢安世高、吳支謙等人的譯經。

　　　殺者離殺，偷者離偷，邪婬者不邪婬，妄語者不妄語。（T23

p134c12-14）

　　　此三禽獸先喜殺生，偷奪他物，邪婬妄語。（T23p242c1）

【羞愧】羞恥和慚愧。《大詞典》最早的例子是《後漢書》，太晚。

　　　諸居士聞是事羞愧。（T23p155a22）

　　　諸比丘尼羞愧。（T23p294c12）

【煙塵】《大詞典》有五個義項：①烽煙和戰場上揚起的塵土。指戰亂。②煙霧
灰塵。③猶灰燼。④猶風塵。借指旅途辛勞。⑤人煙稠密處。其中義項②最早
的例子是唐劉知幾《史通》，太晚。此詞西晉竺法護譯經中已經出現。

　　　是火起煙塵，多人來索。（T23p413a9）

　　　心本清淨，心為顯明，猶如虛空，雲霧煙塵不害虛空。（竺法護

　　　《持心梵天所問經》T15p20c29-p21a1）

【養畜】畜養。《大詞典》最早的例子是清龍啓瑞文，太晚。此詞《十誦律》已
出現。

　　　從今諸有和尚阿闍梨看共住弟子近住弟子，養畜如兒想。（T23

p148b23-24）

　　　時長老阿難親裏二小兒走詣阿難，阿難以殘食養畜。（T23p151

b24-25）

【野干】野獸名。《大詞典》最早的例子是蕭齊時代翻譯的《百喻經》，太晚。
此詞在《十誦律》已經多次出現。

　　　更有五皮不應畜：象皮、馬皮、狗皮、野干皮、黑鹿皮。（T23

p182a24-25）

有<u>野干</u>來欲飲水，見言：「外甥，是中作何等？」（T23p199c7-8）

【蟻子】《大詞典》有三個義項：①螞蟻。②螞蟻的卵。③喻微小的人或事物。義項①例舉唐元稹詩，太晚。此詞《十誦律》已多次出現。最早可追溯到西晉竺法護譯經。

眾生者，謂樹神、泉神……蚊虻、蛄蜣、蛺蝶、噉麻蟲、蝎蟲、<u>蟻子</u>。（T23p75a23-25）

乃至<u>蟻子</u>尚不應故奪命，何況於人？（T23p334a11-12）

【憶念】《大詞典》有四個義項：①記憶。②回憶。③思念。④紀念。其中義項③最早的例子是宋葉適文，太晚。此義在三國支謙譯經中就已經出現。

我<u>憶念</u>父母兄弟姊妹妻子。速教我世間諸巧便事，教我令得世間安隱住處。（T23p410c27-29）

是比丘尼常<u>憶念</u>是男子，不得從意故，生病羸瘦，在房內臥。（T23p302c25-27）

如人遠客<u>憶念</u>故鄉。（吳支謙《佛開解梵志阿颰經》T1p262c29）

在師前當敬師，背後當稱譽師，師死常當<u>憶念</u>。（西晉白法祖《佛般泥洹經》T1p164b7-8）

【義趣】意義和旨趣。《大詞典》最早的例子是唐孔穎達疏。太晚。此詞在西晉竺法護等人譯經中已多次出現。

辯才具足，無能勝者，無有滯礙，<u>義趣</u>明瞭。（T23p368b13-14）

問：云何名細求？答：應求語言，應求<u>義趣</u>，應分別籌量。（T23p407c29-p408a1）

一切經法分別<u>義趣</u>故。（《光贊經》T8p198b21-22）

辯才如應<u>義趣</u>尊妙，越於一切世間之明。（《光贊經》T8p213c3-4）

【因緣】《大詞典》有11個義項，其中第7個義項是「原因」，最早的例子是宋蘇軾文，太晚。表此義的「因緣」在《十誦律》常見。

以銅鍱鍱腹、頭上然火來入舍衛國。時人問言：「汝何因緣爾？」

答言：「我智慧多，恐腹裂故。」（T23p63b16-18）

隨諸親裏，隨所信人，往彼安居，莫以飲食因緣故受諸苦惱。

（T23p71b23-25）

【隱處】陰部。《大詞典》有三個義項，其中義項③「陰部」，例舉明馮夢龍《古今譚概》，時代太晚。此義在《十誦律》已多次出現。

以他母事向女說言：「汝母隱處有如是如是相。」爾時女作是念：

「如是比丘所說，必當與我母通。」又以女事向母說：「汝女隱處有

如是如是相。」母作是念：「如是比丘所說，必當與我女通。」

（T23p70b20-24）

爾時六群比丘有大沙彌，隱處毛生，小違逆師意，師即剝衣裸

身可羞。（T23p350c19-21）

【癩瘡】癩疽惡瘡。《大詞典》例舉唐代道世《法苑珠林》，太晚。此詞《十誦律》已經多次出現。此詞最早見於西晉竺法護譯經。

大德，我患癩瘡，膿血流出污安陀衛。（T23p129c6-7）

若癩瘡未熟破人死，得偷蘭遮。（T23p437a10-11）

譬如癩瘡，若如箭鏃在體不拔。（《修行道地經》T15p219c7-8）

【擁護】《大詞典》有四個義項，其中義項②「簇擁；跟隨衛護」最早的例子是《水滸傳》，太晚。此詞在《十誦律》已出現。最早可以追溯到西晉佛經中。

是兒行時，執孔雀拂，持三股叉，侍衛擁護，是名吉母。（T23
p178b20-21）

作諸伎樂，音聲悲和，擁護王後，諸宮婇女各共圍遶。（竺法護
《普曜經》T3p489a5-7）

【憂悔】憂愁懊悔。《大詞典》最早的例子是唐陳子昂詩，太晚。此詞《十誦律》已多次出現。最早可追溯到西晉譯經。

汝應愁苦憂悔，乃作如是私屏惡業。（T23p1b24-25）

是我婦父，我當留鎭後自往破賊，我於是人無有惡事，後無憂悔。（T23p125c14-15）

【餘殘】《大詞典》只有兩個義項：①指殘兵敗卒。②指殘年餘生。《訂補》增加了一個義項：其它；其餘。但所舉兩個例子都是《敦煌變文集》，太晚。西晉竺法護譯經中已出現。

除佛五眾，餘殘出家人，皆名外道。（T23p101a1）

諸粥太多，餘殘棄一房舍内地。（T23p193b11-12）

若於最後餘殘末俗五濁之世。（竺法護《正法華經》T9p133a22）

【語論】說話；談論。《大詞典》最早的例子是宋曾鞏《祭亡妻晁氏文》，太晚。此詞在《十誦律》已出現。最早可以追溯到東晉法顯等人譯經。

復次王祕密語論事，或有内鬼神持外唱說。（T23p125b5-6）

云何安居中？安居中比丘不得種種世間語論。（法顯《大般涅槃經》T1p201a23-24）

【與助】《大詞典》釋爲「讚助」。似乎「幫助，援助」更準確。「與」和「助」是同義連用。《戰國策·秦策一》高誘注：「與，猶助也。」《大詞典》只有一個清末的例子，太晚。此詞是鳩摩羅什首創。

爾時六群比丘，與助提婆達多比丘尼，共期同道行，調戲大笑。（T23p82c20-21）

應差一比丘與助調達比丘親厚者往諫。（《五分律》T22p21a9-10）

【怨嫉】不滿，怨恨。《大詞典》最早的例子是唐李延壽的《北史》，太晚。此詞《十誦律》已出現，僅1見。最早可追溯到吳支謙譯經。

女人所有怨嫉憂毒，無過對婦。（T23p125c23-24）

我於彼王，長夜之中，初無怨嫉，而彼於我，返生怨讐。（《撰集百緣經》T4p207c9-10）

【雜碎】《大詞典》有五個義項，其中義項①「雜亂零碎」，最早的例子是《後漢書》，太晚。此詞在東漢譯經中就已多次出現。

何用半月半月說是<u>雜碎</u>戒爲？（T23p392c2）

用是<u>雜碎</u>戒爲？（T23p74b25）

是時薩陀波倫菩薩及五百女人俱皆散華，並持栴檀搗香蜜搗香，<u>雜碎</u>珍寶，都持散曇無竭菩薩及諸菩薩上。（《道行般若經》T8p474c28-p475a1）

【澡豆】古代洗沐用品。《大詞典》最早的例子是南朝宋劉義慶《世說新語》，太晚。《十誦律》已經多次出現。此詞東漢譯經已經出現。

應爲辦洗浴具：薪火、<u>澡豆</u>、湯水、塗身蘇油。（T23p170b27-28）

時比丘或有用<u>澡豆</u>，或有用土，以濕熱故，浴室蟲生。（T23p270c7-8）

弟子持器，若杅若釜，<u>澡豆</u>水漬已，漬和使<u>澡豆</u>著膩。（安世高《長阿含十報法經》T1p234b24-25）

譬如以麻油<u>澡豆</u>沐頭，垢濁得除。（三國支謙《齋經》T1p911b17-18）

【澡漱】洗漱。《大詞典》最早的例子是唐玄奘《大唐西域記》，太晚。此詞在《十誦律》已多次出現。最早可追溯到東漢安世高、吳支謙、康僧會等人的譯經。

食已，<u>澡漱</u>攝缽，持一小床坐僧前欲聽說法。（T23p190c3）

自恣飽滿，以水<u>澡漱</u>，取小床坐聽說法。（T23p249c11-12）

【責數】責備數說。《大詞典》最早的用例是明邵正魁《續列女傳·嚴延年母》。太晚。東漢譯經中已出現。

爾時諸異道出家譏嫌<u>責數</u>言。（T23p173b7）

時跋難陀苦<u>責數</u>已，梵志即脫翅彌樓染欽婆羅與跋難陀。（T23p52b9-10）

【瞻養】供給生活所需。瞻，通「贍」。《大詞典》唯一的例子是近代楊玉如《辛亥革命先著記》，太晚。此詞《十誦律》已多次出現。最早出現於三國吳支謙譯經中。

若行乞食去，是病比丘瞻養事闕。……是故我與看病比丘飲食，
瞻養不闕。（T23p128c22-24）

【展張】猶鋪陳。《大詞典》最早的例子是唐白居易詩，太晚。此詞是《十誦律》
首創，僅 1 見。

阿難受已，小卻，即割截簪縫中衣葉，兩向收襞，展張還奉佛。
（T23p194c28-29）

【障礙】《大詞典》有四個義項：①佛教語。惡業所引起的煩惱困惑，因能擾亂
身心，故佛典稱「障礙」。最早的例子是蕭齊時求那毘地譯的《百喻經》。②阻
礙；阻擋。兩個例子都是魏巍的文章。③阻礙物。④故障。前兩個義項所舉例
子的時代都太晚。

若人諸根具足無障礙，某種姓某名字某事業，眾僧一心如法和
合。（T23p410b5-6）

若不悔過，能障礙道。（T23p66c21-22）

是菩薩不見有法能障礙。（鳩摩羅什《摩訶般若波羅蜜經》
T8p402c14）

【執作】操作；勞作。《大詞典》只有一個例子，是南朝陳徐陵文，太晚。《十
誦律》已多次出現。最早出現於東晉法顯等《摩訶僧祇律》。

諸母愛故，養育長大，不能執作。（T23p155a6）

我是汝婢供養汝耶？今汝等坐，使我執作。（T23p337c20-21）

【滯礙】阻礙；不通暢。《大詞典》最早的例子是唐韓愈文，太晚。《十誦律》
只出現 1 次。此詞在西晉竺法護譯經中已多次出現。

辯才具足，無能勝者，無有滯礙，義趣明暸。（T23p368b13-14）

八辯才之辭無一滯礙。（竺法護《諸佛要集經》T17p761c11-12）

其餘人者莫能堪任，為決狐疑令無餘結，其惟濡首能雪滯礙。
時舍利弗承佛聖旨。（竺法護《文殊支利普超三昧經》T15p415b5-7）

【自首】《大詞典》有兩個義項：①自行投案，承認罪責。②向敵人投降告密。
義項①最早的例子是《後漢書》，太晚。此詞在東漢譯經中就已經出現。

若是比丘心悔折伏自首者，應與解擯。（T23p217a22-23）

我今心悔折伏自首，從僧乞解擯。我比丘某甲，心悔折伏自首，僧當與我解擯。（T23p217b1-2）

王故令我追呼汝還，汝急隨我還，陳謝自首庶可望活。若故欲走，今必殺汝終不得脫。（東漢安世高《佛說奈女祇域因緣經》T14p900c8-10）

第五節　為《大詞典》修正釋義

義項完備、釋義準確，這是對一部詞典起碼的要求，但要做到這一點絕非易事。作為一部卷帙浩繁，成於眾手的大型語文辭書，《大詞典》在義項的確立和釋義上不可避免地存在一些缺陷，需要我們為其「裨補闕漏，有所廣益」。

【摒擋】【屏當】在《大詞典》裏，是作為兩個不同的詞條，解釋也不同。其實這是同一個詞的不同寫法，解釋也應該一致。據《義府》和《別雅》卷4，「摒擋」有「併當」、「枡檔」、「偋當」、「屏當」等多種寫法。《大詞典》對「屏當」的解釋為「收拾；整理」，這是對的。「摒擋」，《大詞典》有兩個義項：①除去。玄應《一切經音義》卷16引漢服虔《通俗文》：「除物曰摒擋。」②收拾料理；籌措。例舉清代錢謙益等。義項①解釋有誤，義項②所舉例子時代太晚。服虔所說的「除物」並不是簡單的「除去」，而是「收拾料理東西」的意思。慧琳《一切經音義》有四處釋「摒擋」，卷58：「《通俗文》：除物曰摒擋。摒除也。」卷65同。卷56：「《廣雅》云：摒擋，除謂。掃飾摒除也。」卷73：「謂掃除也。《廣雅》云：摒除也。」從卷56和卷73可以看出，「摒擋」包括打掃、裝飾、除去雜物等很多內容，因此解釋為「收拾料理」更確切。義項①並沒有舉出「摒擋」當「除去」講的例子。「摒擋」在全部佛經中共出現25次，釋為「除去」都不行。如第一個例句中，「摒擋」包括除去雜物、打掃灑水、懸掛繪幡、燒香、布花、敷床等很多內容。

還家摒擋大堂、重閣、四合舍、廳舍、小房舍，除去種種所有，灑掃清淨，懸雜色繒幡，燒眾名香，布種種花，敷金銀頗梨紺琉璃床。（T23p189b23-25）

若客比丘欲去時，以灌繩掃篲還付本主，<u>摒擋</u>臥具，閉門下鍵已去。（T23p300b13-15）

料理房舍者，<u>摒擋</u>床席，卷疊覆蔽。（《善見律毘婆沙》T24p712a19-20）

世尊今欲住此安居，是故我等故來此處，<u>摒擋</u>料理此竹園中。
（《佛本行集經》T3p861a26-28）

【硨磲】【車磲】《漢語大詞典》「硨磲」一詞有四個義項：①次於玉的美石。②軟體動物，棲息熱帶海洋中。肉可食用。殼大而厚，略呈三角形，長可達一米，可製器皿及裝飾品。③指其介殼。古稱七寶之一。④特指酒杯。

按：第三個義項有誤，佛家七寶之一的「硨磲」是指次於玉的美石，不是指介殼。從三國到唐代，「硨磲」都是指美石，並沒有軟體動物和介殼的意思。如魏張揖《廣雅》卷9：「硨磲，石之次玉。」梁顧野王《玉篇》卷22：「硨磲，石，次玉。」唐慧琳《一切經音義》卷14：「硨磲，石寶也，次於玉也。」又卷29：「硨磲，寶名也，文玉也。」作軟體動物和介殼講的「硨磲」是從宋代才開始出現的，宋代周去非《嶺外代答》卷7：「南海有蚌屬曰硨磲，形如大蚶，盈三尺許，亦有盈一尺以下者，惟其大之為貴。大則隆起之處心厚數寸，切磋其厚可以為杯……佛書所謂硨磲者，玉也。南海所產得非竊取其名耶？」

捉舉他<u>硨磲</u>、瑪瑙、琉璃、真珠，波逸提。（T23p108b17-18）
二雁答言：「與金銀<u>車磲</u>瑪瑙衣服飲食。」（T23p264a20-21）

【肥盛】肥壯。《大詞典》釋義為「謂肥壯盛多」，誤。這裏的「盛」並沒有多少實義，只是用來修飾程度的，就像「壯盛」、「茂盛」、「宏盛」、「豪盛」的「盛」一樣。《大詞典》所舉兩個例句（「鳥獸肥盛喜樂」，「牛隻肥盛不曾倒死」）的「肥盛」其實都是「肥壯」義。在《大正藏》中，「肥盛」共出現56次，沒有一例是「肥壯盛多」的意思。

噉是飲食，身體充滿，得色得力，<u>肥盛</u>潤澤。（T23p11b19-20）

汝實忍足，安樂住，道路疲極，乞食不乏，何以故汝等<u>肥盛</u>顏色和悅？（T23p11c18-20）

時遠方民將一大牛，肥盛有力，賣與此城中人。（《生經》
T3p98a18-19）

有一土蚤來至虱邊，問言：「汝云何身體肌肉肥盛？」（《大方便
佛報恩經》T3p148a26-27）

受人供養，自養其形，身體肥盛，不能轉側。（《出曜經》T4p749
b2-3）

執持衣鉢亦至此村，顏色鮮好，容貌肥盛。（《根本説一切有部
毘奈耶》T23p675c4-5）

【行水】《大詞典》有六個義項：①行於水上。②流動的水；水流。③使水流通；
治水。④謂用水潔身以祈佛。⑤方言。指水路口的過路費、買路錢；亦指正當
的稅收、養路費。⑥巡視水勢。其中義項④「謂用水潔身以祈佛」是不對的，
「行水」就是倒水洗手。有個類似的詞「行酒」，就是斟酒。「行水」在佛經裏
比比皆是。

爾時居士見眾僧坐竟，自手行水，以淨潔多美飲食自恣飽滿
已，居士知僧洗手攝鉢竟，取一小床在僧前坐，欲聽説法。（T23p49
b27-29）

爾時居士知僧坐已，自手行水，自與多美飲食，自恣飽滿。爾
時居士知僧滿足已，攝鉢竟，自手與水，取小床坐眾僧前，欲聽説
法。（T23p77a7-10）

爾時居士令諸比丘坐雜色坐具，自行水，自與多美飲食，與多
美飲食自恣飽滿已，居士行水。（T23p85c3-6）

從上面的例子看出，飯前飯後都要「行水」，如果真的是「用水潔身以祈
佛」，飯前飯後洗兩次澡，那是不可思議的。

結　語

　　魏晉南北朝是中國歷史上戰亂不息的動盪年代，但客觀上也促進了民族融合和語言的交流。魏晉南北朝是漢語發展史上承前啓後的重要時期，當時的佛經文獻包含了大量當時人民的口頭語言，它是研究漢語史不可多得的寶貴語料。

　　佛經語料的重要性已經引起學者們的廣泛關注，越來越多的學者投身於這一領域，越來越多高質量的論著得以發表和出版。在佛經的經、律、論三藏中，相對於經藏研究的火熱場景來說，對於律藏的研究則顯得冷清和寂寞。本文希望能在這方面略盡綿薄之力。

　　隨著佛教傳入中國，譯經事業隨之展開。在歷代譯經家的不懈努力下，一部一部的佛經被翻譯成漢語，翻譯的技巧也越來越圓熟，並逐步確立了譯經的原則與規範。理論來源於實踐，又反過來指導實踐。譯經語言由早期的晦澀難懂佶屈聲牙過渡到後期的通順暢達文采斐然。在這個轉變中，鳩摩羅什居功至偉，堪稱譯經史上的一代宗師。在他之前的譯經被稱爲「舊譯」，在他之後的譯經被稱爲「新譯」，他起了劃時代的作用。由於鳩摩羅什在中國佛教史上的崇高地位和巨大影響力，他的翻譯經驗和用詞習慣必將對其它翻譯家產生廣泛影響。

　　《十誦律》是一部重要的佛教律典，雖然它成於眾手，但從《高僧傳》的記載看，它主要是鳩摩羅什的手筆，體現的是鳩摩羅什的語言風格。通過對《十誦律》詞彙的研究，可以看出，中古時代漢語詞彙復音化的趨勢非常明顯，在

造詞方面以並列式和偏正式最爲能產，附加式構詞法也廣泛運用。

佛經翻譯是漢語歷史上大規模引進外來語的一個高峰。漢譯佛經的詞彙對漢語詞彙的發展產生了重大的影響，它鞏固了舊詞的形式和意義，增添了舊詞的含義，還爲漢語注入了大量的新詞新義，極大地豐富了漢語的詞彙總量和語言的表現力。但同時也要看到，漢譯佛經雖然是翻譯文獻，但其中所使用的詞彙仍以漢語本土詞彙爲根本，不論是爲舊詞增添新義，還是創造、使用新詞，都以漢語原有的語言要素爲基礎。即使是純粹的音譯詞，也要儘量符合漢語的音節結構和發音習慣。

同素逆序詞現象在先秦就已經出現，但大規模湧現是在魏晉南北朝時期。語言系統和交際實踐都容不得可有可無的東西，淘汰冗餘是必然的。在《十誦律》裏 AB、BA 式同時並存的有 72 組，而現代漢語中完全保留的只有 6 組。同素逆序詞的大量存在反映了漢語詞彙復音化之初單音詞結合、連用的動態化歷程，而在現代漢語中的大量消失則體現了語言的經濟性原則和語言內部的調整選擇。

《十誦律》卷帙浩繁，異文材料豐富。異文研究既有助於佛經文獻的校勘整理，又可以爲文字學、音韻學、訓詁學提供豐富的材料和用武之地。另外，異文對考釋疑難字詞，訂補語文辭書也有一定的作用。

《十誦律》語言研究對《漢語大詞典》等大型語文辭書的修訂也能起到很大的作用。由於種種原因，大型語文辭書一般都存在這樣那樣的問題，不盡如人意。《十誦律》篇幅宏大，語料豐富，而且由於鳩摩羅什在創造和使用新詞方面非常大膽，《十誦律》有不少詞條是鳩摩羅什首創或僅見於該書的，《漢語大詞典》可以從中取材，比如：阿父、阿舅、阿誰、阿蘭若、阿練若、阿練兒、城統、窗櫺、床簀、垂死、臭劇、忽遽、答難、舐讕、地未了、地曉、妒瞋、度籌、急怖、腳掌、儉世、勳健、肥丁、肥悅、垢臭、故爛、呵辱、護惜、煎餅、醫榮、絞捩、撿究、輕惱、傾損、轆轤、門楣、漂浮、嚬呻、蒜子、強壯、唼唼、示教、韋囊、穩便、閒便、凶健、月忌、益利、議論、暗噁、與助、展張、足飽、執作，等等。

由於鳩摩羅什的巨大影響力和其它譯經家的推波助瀾，其中不少詞語逐漸流行開來，並一直沿襲到現在，如：垂死、煎餅、醫榮、轆轤、門楣、蒜子、強壯、議論，等等。

參考文獻

一、工具書

1. 宗福邦、陳世鐃等，故訓彙纂〔M〕，北京：商務印書館，2003。
2. 羅竹風，漢語大詞典〔M〕，上海：上海辭書出版社，2008。
3. 漢語大詞典編纂處，漢語大詞典訂補〔M〕，上海：上海辭書出版社，2010。
4. 徐中舒，漢語大字典〔M〕，成都：四川辭書出版社，2010。
5. 中國社會科學院語言研究所，現代漢語詞典〔M〕，北京：商務印書館，2005。

二、專　著

1. 蔡鏡浩，魏晉南北朝詞語例釋〔M〕，南京：江蘇古籍出版社，1989。
2. 陳耳東、陳笑吶等，佛教文化的關鍵詞〔M〕，天津：天津古籍出版社，2005。
3. 陳義孝，佛學常見詞彙〔M〕，臺北：財團法人佛陀教育基金會，2006。
4. 陳垣，中國佛教史籍概論〔M〕，北京：中華書局，1962。
5. 程湘清，漢語史專書複音詞研究〔M〕，北京：商務印書館，2003。
6. 董志翹，《入唐求法巡禮行記》詞彙研究〔M〕，北京：中國社會科學出版社，2000。
7. 杜繼文、黃明信，佛學小辭典〔M〕，上海：上海辭書出版社，2001。
8. 方立天，中國佛教哲學要義〔M〕，北京：中國人民大學出版社，2002。
9. 方一新，中古近代漢語詞彙學〔M〕，北京：商務印書館，2010。
10. 方一新、王雲路，中古漢語語詞例釋〔M〕，長春：吉林教育出版社，1992。
11. 方一新、王雲路，中古漢語讀本〔M〕，上海：上海教育出版社，2006。

12. 何九盈，中國古代語言學史〔M〕，廣州：廣東教育出版社，2005。

13. 蔣紹愚，古漢語詞彙綱要〔M〕，北京：商務印書館，2005。

14. 蔣紹愚，近代漢語研究概要〔M〕，北京：北京大學出版社，2005。

15. 李維琦，佛經詞語彙釋〔M〕，長沙：湖南師範大學出版社，2004。

16. 梁啓超，佛學研究十八篇〔M〕，天津：天津古籍出版社，2005。

17. 梁曉虹、徐時儀等，佛經音義與漢語詞彙研究〔M〕，北京：商務印書館，2005。

18. 梁曉虹，佛教詞語的構造與漢語詞彙的發展〔M〕，北京：北京語言學院出版社，1994。

19. 柳士鎮，魏晉南北朝歷史語法〔M〕，南京：南京大學出版社，1992。

20. 淮文起，佛家法器〔M〕，天津：天津人民出版社，2004。

21. 湯用彤，漢魏兩晉南北朝佛教史〔M〕，北京：中華書局，1983。

22. 汪維輝，東漢——隋常用詞演變研究〔M〕，南京：南京大學出版社，2000。

23. 汪維輝，《周氏冥通記》詞彙研究〔M〕，上海：上海教育出版社，2000。

24. 王德才，佛教常識〔M〕，長春：吉林人民出版社，2008。

25. 王力，漢語史稿〔M〕，北京：中華書局，1980。

26. 王鐵鈞，中國佛典翻譯史稿〔M〕，北京：中央編譯出版社，2006。

27. 王彥坤，古籍異文研究〔M〕，廣州：廣東高等教育出版社，1993。

28. 王雲路，中古漢語詞彙史〔M〕，北京：商務印書館，2010。

29. 王雲路，詞彙訓詁論稿〔M〕，北京：北京語言文化大學出版社，2002。

30. 吳平，圖説中國佛教史〔M〕，上海：上海書店出版社，2009。

31. 邢福義，漢語語法三百問〔M〕，北京：商務印書館，2002。

31. 向熹，簡明漢語史〔M〕，北京：商務印書館，2010。

33. 顏洽茂，佛教語言闡釋——中古佛經詞彙研究〔M〕，杭州：杭州大學出版社，1997。

34. 俞理明，佛經文獻語言〔M〕，成都：巴蜀書社，1993。

35. 曾昭聰，漢語詞彙訓詁專題研究導論〔M〕，廣州：暨南大學出版社，2010。

36. 趙克勤，古代漢語詞彙學〔M〕，北京：商務印書館，1994。

37. 張聯榮，漢語詞彙的流變〔M〕，鄭州：大象出版社，2009。

38. 張雙棣，《呂氏春秋》詞典〔M〕，北京：商務印書館，2009 年

39. 張永言，詞彙學簡論〔M〕，武漢：華中工學院出版社，1982。

40. 張志毅、張慶雲，詞彙語義學〔M〕，北京：商務印書館，2005。

41. 周法高，中國古代語法·構詞編〔M〕，臺北：臺聯國風出版社，1962。

42. 朱慶之，佛典與中古漢語詞彙研究〔M〕，臺北：臺灣文津出版社，1992。

43. 朱瑞玟，成語與佛教〔M〕，北京：北京經濟學院出版社，1989。

44. 朱瑞玟，佛教成語〔M〕，上海：漢語大詞典出版社，2003。

三、學位論文

1. 陳瑩，《修行道地經》異文研究〔D〕，湖南師大碩士論文，2010。

2. 馮延舉，北涼曇無讖譯經詞彙研究〔D〕，暨南大學碩士論文，2006。

3. 谷舒，《修行道地經》詞彙研究〔D〕，湖南師大碩士論文，2009。

4. 季琴，三國支謙譯經詞彙研究〔D〕，浙江大學博士論文，2004。

5. 胡畔，《摩訶僧祇律》詞彙研究〔D〕，浙江大學碩士論文，2009。

6. 焦毓梅，《十誦律》常用動作語義場詞彙研究〔D〕，四川大學博士論文，2007。

7. 羅曉林，《撰集百緣經》詞彙研究〔D〕，湖南師大碩士論文，2005。

8. 歐陽小英，《六度集經》異文研究〔D〕，湖南師大碩士論文，2010。

9. 漆灝，《大莊嚴論經》詞彙研究〔D〕，湖南師大碩士論文，2005。

10. 王玥雯，鳩摩羅什五種譯經複音詞研究〔D〕，武漢大學碩士論文，2004。

11. 熊果，《四分律》異文研究〔D〕，湖南師大碩士論文，2011。

12. 楊會永，《佛本行集經》詞彙研究〔D〕，浙江大學博士論文，2005。

13. 易咸英，《妙法蓮華經》異文研究〔D〕，湖南師大碩士論文，2009。

14. 禹建華《法苑珠林》異文研究〔D〕，湖南師大博士論文，2011。

15. 張巍，中古漢語同素逆序詞演變研究〔D〕，復旦大學博士論文，2005。

16. 張婷，《二程語錄》詞彙研究〔D〕，暨南大學碩士論文，2006。

17. 鄒偉林，《普曜經》詞彙研究〔D〕，湖南師大碩士論文，2006。

四、一般論文

1. 邊星燦，論異文在訓詁中的作用〔J〕，浙江大學學報：社科版，1998（3）。

2. 陳秀蘭，從常用詞看魏晉南北朝文與漢文佛典語言的差異〔J〕，古漢語研究，2004（1）。

3. 董志翹，是詞義沾染還是同義復用〔J〕，陝西師大學報：哲社版，2009（3）。

4. 化振紅，從《洛陽伽藍記》看中古書面語的口語詞〔J〕，中南大學學報：社科版，2004（2）。

5. 方一新，從《漢語大詞典》看大型歷史性語文詞典取證舉例方面的若干問題〔J〕，漢語史研究集刊，第一輯（上冊），巴蜀書社，1998。

6. 方一新，《大方便佛報恩經》語彙研究〔J〕，浙江大學學報：社科版，2001（5）。

7. 江傲霜，佛經詞語研究現狀綜述〔J〕，涪陵師範學院學報：社科版，2006（4）。

8. 江藍生，求實探新，開創漢語史研究的新局面〔J〕，語言文字應用，1998（1）。

9. 李思明，中古漢語並列合成詞中決定詞素次序諸因素考察〔J〕，安慶師院社會科學學報，1997（1）。

10. 栗學英，《高僧傳》詞語札記〔J〕，樂山師範學院學報：社科版，2005（1）。

11. 盧烈紅，禪宗語錄詞義札記〔J〕，中國典籍與文化，2005（1）。

12. 邱冰，中古漢語詞彙雙音化研究〔J〕，燕山大學學報，2010（1）。

13. 伍宗文，先秦漢語中字序對換的雙音詞〔J〕，漢語史研究集刊，第三輯，巴蜀書社，2000。

14. 王啓濤，近五十年來的中古漢語詞彙研究〔J〕，四川師大學報：社科版，2003（1）。

15. 王玥雯，鳩摩羅什五部譯經複音詞詞義若干問題研究〔J〕，湖北大學學報：哲社版，2007（2）。

16. 王雲路，百年中古漢語詞彙研究述略〔J〕，浙江大學學報：社科版，2001（4）。

17. 王雲路，中古漢語詞彙研究綜述〔J〕，古漢語研究，2003（2）。

18. 王雲路，試說翻譯佛經新詞新義的產生理據〔J〕，語言研究，2006（2）。

19. 顏洽茂，古漢語反義詞研究的回顧與展望〔J〕，浙江大學學報：社科版，2006（3）。

20. 曾昭聰，佛典文獻詞彙研究的現狀與展望〔J〕，暨南學報：哲社版，2010（2）。

21. 張明明，簡論漢語詞彙中的佛教外來詞〔J〕，聊城大學學報：社科版，2009（2）。

22. 朱慶之，試論佛典翻譯對中古漢語詞彙發展的若干影響〔J〕，中國語文，1992（4）。

23. 朱慶之，漢譯佛典語文中的原典影響初探〔J〕，中國語文，1993（5）。